INSANIDADE MENTAL

Livros do autor publicados pela **L&PM** EDITORES:

Adultérios
Cuca fundida
Insanidade mental
Pura anarquia
Que loucura!
Sem plumas

WOODY ALLEN

INSANIDADE MENTAL

Tradução de Ruy Castro

Texto de acordo com a nova ortografia.
Título original: *The Insanity Defense*

Insanidade mental é a reunião dos três livros de histórias curtas publicados na Coleção **L&PM** POCKET: *Cuca fundida, Sem plumas* e *Que loucura!*

Tradução: Ruy Castro
Tradução de "Origem das gírias": Caroline Chang
Capa: Ivan Pinheiro Machado
Revisão: Jó Saldanha

CIP-Brasil. Catalogação na Fonte
Sindicato Nacional dos Editores de Livros, RJ.

A427i

Allen, Woody, 1935-
    Insanidade mental / Woody Allen; tradução Ruy Castro. – 1. ed. – Porto Alegre, RS: L&PM, 2017.
    304 p. ; 21 cm.

    Tradução de: *The Insanity Defense*
    ISBN 978-85-254-3700-6

    1. Ficção americana. I. Castro, Ruy. II. Título.

17-45040   CDD: 813
              CDU: 821.111(73)-3

Copyright © 2007 by Woody Allen. Todos os direitos reservados. Tradução publicada em acordo com a Random House, uma divisão da Penguin Random House LLC.

Todos os direitos desta edição reservados a L&PM Editores
Rua Comendador Coruja, 314, loja 9 – Floresta – 90220-180
Porto Alegre – RS – Brasil / Fone: 51.3225.5777 – Fax: 51.3221.5380

Pedidos & Depto. Comercial: vendas@lpm.com.br
Fale conosco: info@lpm.com.br
www.lpm.com.br

Impresso no Brasil
Primavera de 2017

Sumário

Os róis de Metterling / 7
Uma espiada no crime organizado / 14
As memórias de Schmeed / 19
Minha filosofia / 25
A história de uma grande invenção / 30
Como realfabetizar um adulto / 35
Contos hassídicos / 40
Correspondência entre Gossage e Vardebedian / 45
Reflexões de um bem-alimentado / 53
Os anos 20 eram uma festa / 58
Conde Drácula / 62
Um pouco mais alto, por favor / 67
Conversações com Helmholtz / 74
Viva Vargas! / 81
Descoberta e uso do respingo imaginário / 89
O Cara / 92
Excertos de um diário... / 102
Examinando fenômenos psíquicos / 107
Alguns balés sem importância / 114
Os pergaminhos / 119
A puta com ph.D. / 124

Os primeiros ensaios / 132
Guia breve, porém útil, à desobediência civil / 136
Quem ganha do Inspetor Ford? / 140
O gênio irlandês / 147
Fábulas, bestas e mitos / 154
Mistérios da literatura / 159
Se os impressionistas tivessem sido dentistas / 162
Nada de preces para Weinstein / 168
Os bons tempos: uma memória oral / 174
Origem das gírias / 180
Meu tipo inesquecível / 185
O condenado / 191
Negado pelo destino / 198
A ameaça do OVNI / 204
Na pele de Sócrates / 211
O caso Kugelmass / 217
Discurso de paraninfo / 230
A dieta / 235
Que loucura! / 241
Reminiscências: pessoas e lugares / 248
Como quase matei o presidente dos Estados Unidos / 253
Um passo gigantesco para a humanidade / 259
O mais idiota dos homens / 266
O ópio das massas / 277
Retribuição / 283

Os róis de Metterling

Venal & Filhos publicaram, finalmente, o esperadíssimo primeiro volume dos róis de roupa de Metterling (*Róis de roupa reunidos de Hans Metterling*, Vol. I, 437 p., mais XXXII páginas de introdução; com índex; $ 18.75), enriquecido por um erudito ensaio do célebre especialista em Metterling, Gunther Eisenbud. A decisão de publicar esta obra separadamente, antes da conclusão da monumental *oeuvre* de quatro volumes, é oportuna e inteligente, acabando de vez com os boatos de que Venal & Filhos, tendo enchido a burra com o dinheiro dos romances, peças, anotações, diários e cartas de Metterling, estariam apenas insistindo em raspar o fundo do cofre. Como se enganaram esses fofoqueiros! Com efeito, o primeiro rol de roupa de Metterling,

Rol nº I

    6 cuecas
    4 camisetas
    6 pares de meias azuis
    4 camisas azuis
    2 camisas brancas
    6 lenços
    Sem goma,

é uma perfeita introdução a este gênio confuso, conhecido por seus contemporâneos como "o Bruxo de Praga". Este rol foi rascunhado na época em que Metterling escreveu *As confissões de um queijo monstruoso*, obra de impressionante importância filosófica, na qual prova que Kant não apenas se enganou sobre o universo como também nunca pagou uma conta. A aversão de Metterling à goma é típica daquele tempo e, quando a tinturaria devolveu-lhe tudo engomado, ele ficou deprimido e rabugento. Sua senhoria, Frau Weiser, relatou a amigos que "Herr Metterling passa dias inteiros trancado no quarto, lamuriando-se porque engomaram suas camisas". E, como sabemos, Breuer já havia enunciado a relação entre ceroulas engomadas e a constante sensação de Metterling de estar sendo comentado na vizinhança por homens de papadas (*Metterling: psicose paranoico-depressiva e os primeiros róis*, Zeiss Editora). O tema da incapacidade de seguir instruções aparece também na única peça de Metterling, *Asma*, na cena em que Needleman serve por engano a Valhalla uma bola de tênis amaldiçoada.

O óbvio enigma do 2º rol,

Rol nº 2

    7 cuecas
    5 camisetas
    7 pares de meias pretas
    6 camisas azuis
    6 lenços
    Sem goma,

consiste nos sete pares de meias pretas, pois, como é público e notório, Metterling tinha uma fanática preferência pelas azuis. De fato, a simples menção de uma cor diferente era bastante para enfurecê-lo e, certa vez, chegou a desfeitear Rilke porque o poeta manifestara um relativo apreço por mulheres de olhos castanhos. Segundo Anna Freud ("As meias de Metterling como expressão da mãe fálica", *Journal of Psychoanalysis*, nov. de 1935), sua inesperada mudança para meias mais escuras deveu-se a um desapontamento no "Incidente Bayreuth". Parece que Metterling espirrou escandalosamente durante o primeiro ato de *Tristão*, fazendo voar longe a peruca de um rico frequentador da ópera sentado à sua frente. A plateia se revoltou, mas Wagner o defendeu, com a sua hoje clássica observação de que "Todo mundo espirra". Mas, no mesmo instante, Cosima Wagner prorrompeu em lágrimas e acusou Metterling de sabotar a obra de seu marido.

Que Metterling estava de olho em Cosima Wagner, é mais do que sabido, porque ninguém ignora o fato de que ele tomou-lhe a mão uma vez em Leipzig e, de novo, quatro anos depois, no Vale do Ruhr. Em Dantzig, referiu-se maliciosamente à sua tíbia durante uma tempestade, e foi aí que Cosima decidiu nunca mais vê-lo. Voltando para casa completamente exausto, Metterling escreveu *Os pensamentos de uma galinha* e dedicou o manuscrito original aos Wagner. Quando estes usaram o manuscrito para calçar uma perna de mesa, Metterling embirrou e passou a usar meias pretas. Sua criada implorou-lhe para que se mantivesse fiel ao azul ou pelo menos tentasse o marrom, mas Metterling respondeu-lhe com grosseria: "Cale a boca, sua porca! E que tal meias xadrez, hem?".

No terceiro rol,

Rol nº 3

6 lenços
5 camisetas
8 pares de meias
3 lençóis
2 fronhas,

a roupa de cama é mencionada pela primeira vez. Metterling tinha grande afeição por roupas de cama, particularmente fronhas, que ele e sua irmã, quando crianças, usavam para cobrir a cabeça ao brincar de fantasmas, até o dia em que ele despencou do penhasco. Metterling gostava de dormir em lençóis limpos, a exemplo de seus personagens de ficção. Horst Wasserman, o serralheiro impotente de *Filé de Herring*, comete assassínio por causa de um lençol mal-lavado, e Jenny, em *O dedo do pastor*, só aceita ir para a cama com Klineman (a quem ela odeia, porque ele besuntou sua mãe com manteiga) porque assim iria "dormir entre lençóis macios". Foi uma pena que a tinturaria nunca tivesse satisfeito as exigências de Metterling com sua roupa de cama, mas presumir, como fez Pfaltz, que foi isto que o impediu de terminar *Aonde foste, cretino* é absurdo. Metterling dava-se ao luxo de lavar fora seus lençóis, mas nunca se tornou dependente de uma lavanderia.

O que impediu Metterling de concluir sua planejada obra poética foi um romance frustrado, de que há indicações no célebre 4º rol:

Rol nº 4

    7 cuecas
    6 lenços
    6 camisetas
    7 pares de meias pretas
    Sem goma
    Urgentíssimo

Em 1884, Metterling conheceu Lou Andreas-Salomé e, a partir daí, passou a exigir que sua roupa fosse lavada diariamente. Na verdade, os dois foram apresentados por Nietzsche, que disse a Lou que Metterling tanto podia ser um gênio quanto um idiota e que competia a ela descobrir. Naquela época, o serviço urgentíssimo começava a se tornar popular nas lavanderias do Continente, principalmente entre intelectuais, e a inovação entusiasmou Metterling. Primeiro, porque era pontual, e Metterling era fanático por pontualidade. Chegava sempre adiantado a qualquer encontro – algumas vezes até vários dias adiantado, e de tal forma que tinha de ser alojado num quarto de hóspedes. Lou também adorava receber trouxas de roupa limpa diariamente. Parecia uma criança com um brinquedo novo, levando Metterling para passear no bosque e lá abrindo a última remessa. Ela simplesmente amava seus lenços e camisetas, mas acima de tudo gostava era de suas cuecas. Chegou a escrever a Nietzsche que as cuecas de Metterling eram a coisa mais sublime que já tinha visto, nisto incluindo *Assim falava Zaratustra*. Nietzsche fazia de conta que não se importava, mas sempre teve ciúmes das ceroulas de Metterling e confidenciou a amigos que achava isso "hegeliano ao extremo". Lou Salomé e Metterling separaram-se após a Grande Fome de Melado, de 1886, e, enquanto Metterling esqueceu Lou, ela nunca se refez do choque.

O 5º rol,

Rol nº 5

6 camisetas
6 cuecas
6 lenços,

sempre intrigou os estudiosos, principalmente por causa da total ausência de meias. (De fato, Thomas Mann, anos depois, ficou tão obcecado pelo problema que escreveu uma peça inteira a respeito, *As peúgas de Moisés*, que acidentalmente deixou cair dentro de um boeiro.) Por que terá esse Metterling, de repente, eliminado as meias de seu rol semanal? Não porque, como acreditam alguns *scholars*, aquilo fosse um indício de sua iminente insanidade, embora a essa altura Metterling já começasse a dar sinais de um comportamento estranho. Um desses sinais era a mania de que estava sendo seguido ou que estava seguindo alguém. Chegou a revelar a amigos a existência de um plano sinistro, urdido pelo governo, para roubar seu queixo. Em outra ocasião, de férias em Jena, passou quatro dias inteiros sem dizer outra palavra senão "berinjela". No entanto, esses ataques eram esporádicos e não justificam a falta das meias. Nem a sua admiração por Kafka, que, por um breve período, também parou de usar meias por causa de um sentimento de culpa. Mas Eisenbud nos assegura que Metterling continuou a usar meias. Apenas deixou de mandá-las para a lavanderia! Por quê? Porque, nessa época, ele contratou uma nova criada, Frau Milner, que ofereceu-se para lavar suas meias no tanque – um gesto que o comoveu de tal forma que ele lhe deixou toda a sua fortuna, a qual consistia de um chapéu preto e uma bolsa de fumo. Ela serviu de modelo para o personagem de Hilda em sua alegoria cômica *O neném de mamãe Brandt*.

Evidentemente, a personalidade de Metterling começou a ir para cucuia em 1894, se se pode deduzir alguma coisa do 6º rol:

Rol nº 6

25 lenços
1 camiseta
5 cuecas
1 meia,

e não chega a surpreender o fato de que, nesta época, ele começou a fazer análise com Freud. Metterling conhecera Freud anos atrás em Viena, quando ambos estiveram presentes a uma representação de *Édipo Rei*, da qual Freud saiu carregado e suando frio. Suas sessões foram agitadas e Metterling muito agressivo, se é que podemos confiar nas anotações de Freud. Certa vez ameaçou engomar a barba de Freud e dizia frequentemente que ele lhe lembrava seu tintureiro. Gradualmente, o estranho relacionamento de Metterling com seu pai começou a vir à tona. (Os estudiosos de Metterling conhecem bem o seu pai, um insignificante funcionário público que se comprazia em humilhá-lo, comparando-o a uma salsicha.) Freud relata um sonho fundamental que Metterling lhe teria descrito:

"Estou jantando com alguns amigos quando entra um homem puxando uma travessa de sopa por uma coleira. Acusa minhas ceroulas de traição e, quando uma senhora tenta me defender, sua testa despenca da cabeça. Acho isto engraçado no sonho e rio. Em seguida, todos começam a rir também, exceto meu tintureiro, que me olha com ar severo e começa a despejar mingau de aveia nos ouvidos. Entra meu pai, apanha no chão a testa da tal mulher e foge com ela. Corre até a praça, gritando: 'Finalmente! Finalmente! Uma testa só para mim! Agora não preciso depender do estúpido do meu filho!'. No sonho, isto me deprime e sou acometido por um intenso desejo de beijar a roupa suja do Burgomestre." (Aqui o paciente começa a chorar e esquece o resto do sonho.)

Com o que depreendeu deste sonho, Freud pôde ajudar Metterling e os dois tornaram-se bons amigos nas horas vagas, embora Freud nunca se atrevesse a dar-lhe as costas.

No Volume II, pelo que se anuncia, Eisenbud analisará do 7º ao 25º rol, inclusive os anos em que o próprio Metterling lavou a sua roupa suja e o patético desentendimento com o chinês da esquina.

Uma espiada no crime organizado

Não é segredo que o crime organizado nos Estados Unidos lucra mais de 40 milhões de dólares por ano. O que não é nada mau, principalmente quando se considera que a Máfia gasta muito pouco em despesas de escritório. Informações de cocheira asseguram que a Cosa Nostra não despendeu mais que seis mil dólares no ano passado em papel timbrado e ainda menos em clipes. Além disso, mantém apenas uma secretária, que faz todo o trabalho de datilografia, e sua sede limita-se a três salinhas, que, nas horas vagas, são alugadas a uma gafieira.

No ano passado, o crime organizado foi responsável direto por mais de mil crimes, e os mafiosos participaram indiretamente de inúmeros outros, dando carona aos assassinos ou emprestando-lhes suas capas de chuva. Outras atividades ilegais praticadas pelos membros da Cosa Nostra envolveram jogo, tráfico de drogas, prostituição, sequestros, vigarice por atacado e o transporte de um enorme golfinho de um Estado para outro, com fins imorais.

Os tentáculos desse império da corrupção chegam até o próprio governo. Há apenas alguns meses, dois tubarões da Máfia, atualmente sob processo, passaram a noite na Casa Branca, enquanto o presidente ia dormir no sofá.

História do crime organizado nos Estados Unidos

Em 1921, Thomas Covello, o Açougueiro, e Ciro Satucci, o Alfaiate, tentaram organizar os vários agrupamentos raciais do submundo com o objetivo de tomar Chicago de assalto. O plano foi cancelado quando Albeto Corilo, o Positivista, assassinou Kid Lipsky trancando-o num armário e sufocando-o ao aspirar todo o ar que havia dentro através de um canudinho. O irmão de Lipsky, Mendy (vulgo Mendy Lewis, vulgo Mendy Larsen, vulgo Mendy Vulgo), vingou a morte de Lipsky, sequestrando o irmão de Santucci, Gaetano (também conhecido como Toninho ou rabino Henry Sharpstein), e devolvendo-o várias semanas depois em 27 moringas diferentes. Isto marcou o início de um banho de sangue.

Dominick Mione, o Herpetologista, alvejou Lucky Lorenzo (assim alcunhado quando uma bomba que disparou em seu chapéu não conseguiu matá-lo). Na revanche, Corillo e seus homens seguiram Mione até Newark e transformaram sua cabeça num instrumento de sopro. A esta altura, a quadrilha Vitale, chefiada por Giuseppe Vitale (na vida real, Quincy Baedeker), preparou-se para açambarcar toda a falsificação de bebidas no Harlem, a qual era dirigida por Larry Doyle, o Irlandês – um sujeito tão desconfiado que não dava as costas a ninguém em Nova York e, por isso, andava pelas ruas girando e saltando constantemente. Mas Doyle foi assassinado quando uma famosa empresa de especulação imobiliária resolveu construir um espigão justamente onde ficava seu esconderijo. Seu principal assecla, Little Petey Ross (também conhecido como Big Petey Ross), tomou o seu lugar e resistiu às investidas de Vitale, chegando até a atraí-lo a uma garagem abandonada do centro, sob o pretexto de que ali se realizava um baile à fantasia. Sem suspeitar de nada, Vitale adentrou o recinto fantasiado como um rato gigante e foi imediatamente recheado por várias metralhadoras. Leais até a morte ao seu chefe, os homens de Vitale viraram rapidamente as casacas e aderiram a Ross, inclusive a própria noiva de Vitale, Bea Moretti, famosa chacrete e estrela da Broadway. Bea acabou se casando com Moretti, embora mais tarde tenha pedido o divórcio, sob a acusação de que ele a teria besuntado com determinada pomada.

Temendo uma intervenção federal, Vincent Columbraro, o Rei da Torrada, pediu trégua. (Columbraro controla tão rigidamente o mercado de torradas produzidas em Nova Jersey que uma simples palavra sua seria capaz de estragar o café da manhã de dois terços do país.) Os membros do submundo foram convocados a um restaurante em Perth Amboy, onde Columbraro ordenou que todas as quizumbas internas acabassem e que, dali para frente, todos passassem a se vestir na moda e parassem com esse negócio de se esgueirar por vielas escuras. Os bilhetes até então assinados com o símbolo da *mão negra* deveriam ter o tratamento de "Atenciosamente", e todo o território seria dividido igualmente, cabendo Nova Jersey à mãe de Columbraro. Assim nasceu a Máfia, ou Cosa Nostra. Dois dias depois, Columbraro entrou na banheira para refrescar-se e está sumido há 46 anos.

Organização da quadrilha

A Cosa Nostra é estruturada como qualquer governo ou grande empresa – ou como qualquer quadrilha, o que dá na mesma. À testa de tudo, está o *capo di tutti capi*, ou chefe de todos os chefes. As reuniões são feitas na sua casa, e ele é responsável pelo gelo e pelos salgadinhos. A falta de uma coisa ou de outra implica em morte instantânea. (A morte, por sinal, é uma das piores coisas que podem acontecer a um membro da Cosa Nostra. Talvez por isso, muitos prefiram pagar uma multa.) Abaixo do chefe de todos os chefes, estão naturalmente os chefes, cada qual comandando uma zona da cidade com sua "família". As famílias da Máfia não consistem de mulher e filhos que costumam ir a circos ou piqueniques. São formadas por homens de cara fechada, cujo maior prazer na vida é ver quanto tempo certas pessoas conseguem sobreviver no fundo de um rio antes de começarem a engolir água.

O rito de iniciação na Máfia é bastante complicado. O membro a ser admitido é levado a um quarto escuro com os olhos vendados. Fatias de melão são colocadas em seus bolsos e ele é obrigado a pular pelo quarto num pé só, gritando "Ula-lá! Ula-lá!".

Em seguida, todos os membros da *comissione* fazem bilubilu no seu lábio inferior – alguns até duas vezes. O suplício seguinte é derramar aveia na cabeça do iniciante. Se ele protestar, será executado. Mas, se disser "Que bom! Adoro aveia!", será recebido como um irmão. Então todos o beijarão na face e apertarão sua mão. A partir daí, terá de obedecer às seguintes obrigações: não comer jiló, não cacarejar e não matar ninguém chamado Vito.

Conclusões

O crime organizado é uma desgraça em nosso país. Enquanto a maioria dos jovens se deixa iludir pela aparente vida fácil da carreira criminal, os verdadeiros criminosos são obrigados a trabalhar horas a fio, geralmente em edifícios sem ar-condicionado. Identificar os criminosos é nosso dever. Podem ser reconhecidos pelo fato de usarem abotoaduras espalhafatosas e pelo hábito de continuarem almoçando tranquilamente, mesmo depois que a pessoa ao seu lado é atingida por uma bigorna. As melhores maneiras de combater o crime organizado são:
   1. Dizer aos criminosos que você não está em casa;
   2. Chamar a polícia sempre que um membro suspeito da lavanderia italiana do seu bairro começar a cantar perto da sua porta;
   3. Gravação telefônica.

A gravação telefônica não pode ser legalmente aplicada de forma indiscriminada, mas sua eficiência é ilustrada aqui por esta transcrição de uma conversa entre dois chefes de quadrilha na área de Nova York, cujos telefones foram gravados pelo FBI.

   ANTHONY: Alô? Rico?
   RICO: Alô?
   ANTHONY: Rico?
   RICO: Não estou ouvindo!
   ANTHONY: É você, Rico? Não estou ouvindo!
   RICO: O quê?

Insanidade mental

ANTHONY: Você está me ouvindo?
RICO: Alô?
ANTHONY: Rico?
RICO: A ligação está péssima!
ANTHONY: Está me ouvindo?
RICO: Alô?
ANTHONY: Rico?
RICO: Alô?
ANTHONY: Telefonista, a ligação está péssima!
TELEFONISTA: Desligue e disque outra vez, por favor.
RICO: Alô.

Com todas essas provas contra eles, Anthony Rotunno, o Robalo, e Rico Panzini foram condenados e estão atualmente cumprindo quinze anos em Sing Sing por posse ilegal de salame.

As memórias de Schmeed

O aparentemente inesgotável material literário sobre o Terceiro Reich será enriquecido agora com a publicação das Memórias de Friedrich Schmeed, já no prelo. Schmeed, o mais famoso barbeiro da Alemanha durante a guerra, fazia a barba, o bigode e o cabelo de Hitler e de outras importantes autoridades civis e militares do nazismo. Como se observou durante os julgamentos de Nuremberg, Schmeed parecia estar não apenas no lugar certo na hora certa, como também se lembrava de tudo. Assim, quem melhor que ele para escrever sobre os mais recônditos segredos da Alemanha Nazista? A seguir, reproduzimos alguns excertos:

Na primavera de 1940, uma enorme Mercedes parou na porta de minha barbearia, na Koenigstrasse 127, e Hitler saiu dela. "Dê uma ligeira aparada e não tire muito em cima", ele disse. Expliquei-lhe que teria de esperar um pouco, porque Ribbentrop estava na sua frente. Hitler disse que estava com pressa e perguntou a Ribbentrop se podia passar à frente, mas Ribbentrop argumentou que não ficaria bem para o Serviço Diplomático se fosse passado para trás. Hitler então passou a mão num telefone e, num segundo, Ribbetrop tinha sido mandado servir na África e, assim, Hitler pôde cortar o cabelo. Essa espécie de rivalidade sempre existiu. Certa vez, Göring fez com que Heydrich fosse detido sob uma acusação qualquer, apenas para ficar com a cadeira perto da janela. Göring era ligeiramente tarado e só gostava de cortar o cabelo montado num cavalinho de pau. O alto comando nazista ficava embaraçado com isso, mas nada podia fazer. Um dia, Hess o desafiou: "Hoje quem vai montar no cavalinho sou eu, marechal".

"Impossível", respondeu Göring. "Já o reservei para mim."

"Tenho ordens diretamente do Führer. Estou autorizado a cortar o cabelo montado no cavalinho de pau."

E, assim dizendo, Hess tirou do bolso a ordem de Hitler. Göring ficou lívido. Nunca perdoou Hess e disse que, a partir daí, faria com que sua própria mulher lhe cortasse o cabelo em casa. Hitler achou graça quando soube disso, mas Göring estava falando sério e sem dúvida teria consumado seu intento se o Ministério do Exército não lhe tivesse indeferido a requisição de uma tesoura.

No tribunal, perguntaram-me se eu conhecia as implicações morais do que estava fazendo. Repito agora o que respondi em Nuremberg: eu não sabia que Hitler era nazista. Durante anos, pensei que ele trabalhasse na companhia telefônica. Quando finalmente descobri o monstro que ele era, já era tarde, porque eu tinha dado a entrada numa mobília nova. Mas confesso que, quase no fim da guerra, cheguei a pensar em afrouxar um pouco o nó da toalha e deixar que alguns fios de cabelo caíssem sobre o seu uniforme. Mas sempre desistia no último minuto.

Em Berchtesgaden, certo dia, Hitler me perguntou: "Que tal eu ficaria de suíça?". Speer deu uma risada e Hitler sentiu-se ofendido. "Estou falando sério, Herr Speer. Acho que ficarei bem de suíças." Göring, com seu tradicional puxa-saquismo, logo concordou: "O Führer de suíças – que ideia esplêndida!". Speer continuou discordando. Na verdade, ele era o único com idade suficiente para dizer ao Führer quando este precisava cortar o cabelo. "Muito extravagante", continuou Speer. "Suíças são o tipo da coisa que eu associaria a Churchill." Hitler ficou furioso. Churchill também estava pensando em suíças? – ele quis saber. E, nesse caso, quantas e quando? Himmler, supostamente a cargo do serviço de inteligência, foi ordenado a investigar o assunto sem perda de tempo. Göring ficou irritado com a atitude de Speer e perguntou: "Por que está criando caso? Se ele quiser deixar crescer as suíças, o que você tem com isso?". Speer, geralmente tão educado, chamou Göring de hipócrita e disse que ele era um "inseto de uniforme". Göring jurou vingança, e comentou-se depois que teria mandado os guardas da SS quebrarem as pontas dos lápis de Speer.

Himmler chegou correndo. Estava no meio de uma aula de sapateado quando o telefone tocou, convocando-o imediatamente a Berchtesgaden. A princípio pensou que se tratasse do extravio de um vagão carregado com milhares de línguas de sogra que Rommel tinha encomendado para sua ofensiva de inverno. (Himmler não costumava ser convidado a jantar em Berchtesgaden, porque enxergava mal e Hitler não tolerava vê-lo trazer o garfo à altura do rosto e mesmo assim errar a boca.) Himmler sabia que alguma coisa estava errada, porque Hitler chamou-o de "Baixinho", o que só fazia quando estava ligeiramente puto. Sem maiores delongas, o Führer perguntou-lhe: "Churchill vai deixar crescer as suíças?".

Himmler ficou vermelho.

Hitler insistiu: "Vai ou não vai?".

Himmler admitiu que havia rumores nesse sentido, mas nada oficial, sabe como é. Quanto ao número de suíças e ao comprimento, arriscou que provavelmente seriam duas e de tamanho médio, mas que era arriscado fazer qualquer previsão. Hitler deu um berro e esmurrou a mesa. (O que Göring considerou uma vitória sua sobre Speer.) Hitler abriu um mapa e nos mostrou como iria cortar o suprimento inglês de toalhas quentes. Bloqueando o estreito das Dardanelas, Dönitz poderia impedir que as toalhas fossem desembarcadas. Mas o problema básico continuava: Hitler poderia ganhar de Churchill em matéria de costeletas? Himmler afirmou que, se Churchill já tivesse começado, seria impossível apanhá-lo. Göring, um otimista inconsequente, garantiu que as suíças do Führer talvez pudessem crescer mais depressa, se toda a Alemanha se concentrasse num esforço conjunto.

Insanidade mental

Von Rundstedt, numa reunião do Estado-Maior, foi de opinião que seria um erro tentar crescer as costeletas nos dois lados ao mesmo tempo, e que talvez fosse mais aconselhável concentrar todos os esforços numa única e vistosa costeleta. Hitler respondeu que seria capaz de cultivá-las nas duas faces simultaneamente. Rommel concordou com Von Rundstedt: "Elas nunca crescerão por igual, *mein Führer*, se o senhor apressá-las". Hitler ficou uma fera e disse que este era um assunto entre ele e seu barbeiro. Speer prometeu que poderia triplicar nossa produção de creme de barbear até o outono, e Hitler ficou eufórico. Então, no inverno de 1942, os russos lançaram uma contra-ofensiva e as costeletas tiveram de ser abandonadas. Hitler começou a temer que, em breve, Churchill ganhasse um *new look*, enquanto ele continuaria "o mesmo". Mas pouco depois recebemos a informação de que Churchill também abandonara a ideia por causa dos custos. Mais uma vez o Führer provara que tinha razão.

Depois da invasão aliada, o cabelo de Hitler tornou-se ressecado e rebelde. O que deveu-se em parte ao sucesso dos aliados e também a Goebbels, que o aconselhou a lavá-lo todos os dias. Quando o general Guderlan soube disto, retornou imediatamente da frente soviética e disse ao Führer que ele não deveria lavar o cabelo com xampu mais do que três vezes por semana, porque este fora o procedimento seguido com grande sucesso pelo Estado-Maior em duas guerras anteriores. Hitler, mais uma vez, ignorou o conselho de seus oficiais e continuou a lavá-lo diariamente. Bormann ajudava Hitler na hora de enxaguar e parecia estar sempre por perto com um pente. Em pouco tempo, Hitler tornou-se dependente de Bormann e, quando tinha de se olhar num espelho, mandava Bormann se olhar primeiro. À medida que os exércitos aliados marchavam para leste, o cabelo de Hitler piorava. Seco e despenteado, passava horas por dia ruminando que faria uma magnífica barba e cabelo quando a Alemanha ganhasse a guerra. Talvez até fizesse as unhas. Hoje sei que, no fundo, ele nunca teve intenção de fazer nada disso.

Um dia, Hess apossou-se da brilhantina de Hitler e zarpou para a Inglaterra. O alto-comando alemão ficou furioso, achando que Hess tencionava dá-la aos aliados em troca de anistia para si próprio. Hitler ficou particularmente irritado ao saber da notícia, porque tinha justamente acabado de sair do banho e se preparava para se pentear. (Mais tarde, Hess explicou em Nuremberg que seu plano consistia em tornar os cabelos de Churchill mais sedosos, numa tentativa de acabar com a guerra. Disse que chegou a atrair Churchill para a bacia, mas que naquele momento foi preso.)

Em 1944, Göring deixou crescer o bigode, o que provocou comentários de que ele seria o substituto de Hitler. Hitler não gostou nem um pouco e acusou Göring de deslealdade. "Só pode haver um bigode entre os líderes do Reich, e esse bigode é o meu!", gritou. Göring argumentou que dois bigodes tornariam o povo alemão mais confiante quanto à vitória na guerra, a qual parecia cada vez mais difícil. Mas Hitler não pensava assim. Então, em janeiro de 1945, o plano de vários generais, de raspar o bigode de Hitler enquanto ele dormisse e proclamar Doenitz o novo líder, fracassou, porque Von Stauffenberg, trabalhando à meia-luz, raspou por engano uma sobrancelha do Führer. Proclamou-se o estado de emergência e Goebbels apareceu correndo em minha barbearia: "Houve um atentado contra o bigode do Führer, mas fracassou!", disse tremendo. Então Goebbels pediu-me que me dirigisse pelo rádio ao povo alemão, o que fiz da maneira mais breve possível: "O Führer está bem. Ainda conserva seu bigode. Repito: o Führer ainda tem seu bigode. Uma tentativa de raspá-lo fracassou".

Já no fim da guerra, estive com Hitler no bunker. Os exércitos aliados aproximavam-se de Berlim, e Hitler achava que, se os russos chegassem primeiro, ele precisaria de um corte completo, mas que, se fossem os americanos, bastaria fazer um corte leve. Houve uma discussão. No meio disso, Bormann quis fazer a barba e tive de prometer-lhe que iria afiar a navalha. Hitler parecia distraído. Falou vagamente em repartir o cabelo no meio e comentou que a invenção do barbeador elétrico iria virar a guerra a favor da Alemanha. "Poderemos nos barbear em segundos, hem, Schmeed?" Falou ainda de outros planos mirabolantes e manifestou a intenção de, algum dia, não apenas cortar o cabelo, mas também mudar de penteado. Obcecado como sempre por questões de tamanho, disse que deixaria crescer um gigantesco topete – "um topete que faria o mundo tremer e que precisaria de um batalhão inteiro para pentear". Finalmente, apertamos as mãos e cortei-lhe pela última vez o cabelo. Ele me deu um *pfennig* de gorjeta e disse: "Daria mais se pudesse, mas, desde que os aliados tomaram a Europa, tenho andado sem troco".

Minha filosofia

Querem saber como comecei a desenvolver minha filosofia? Foi assim: minha mulher, ao convidar-me para provar o primeiro suflê de sua vida, deixou cair acidentalmente uma fatia dele no meu pé, fraturando com isso diversos artelhos. Médicos foram chamados, raios X tirados e, depois de examinado do tornozelo aos pés, mandaram-me ficar de cama durante um mês. Durante a convalescença, dediquei-me ao estudo dos maiores pensadores ocidentais – uma pilha de livros que eu havia reservado justamente para uma oportunidade dessas. Desprezando a ordem cronológica, comecei por Kierkegaard e Sartre e depois passei rapidamente para Spinoza, Hume, Kafka e Camus. Não me entediei nem um pouco, como supunha. Ao contrário, fiquei fascinado pela lepidez com que esses gênios demoliam a moral, a arte, a ética, a vida e a morte. Lembro-me de minha reação a uma observação (como sempre, luminosa) de Kierkegaard: "Toda relação que se relaciona consigo mesma (ou seja, consigo mesma) deve ter sido constituída por si mesma ou então por outra". O conceito trouxe lágrimas aos meus olhos. Puxa vida! – pensei – isso é que é ser profundo! (Eu, por exemplo, sempre tive dificuldades na escola com aquele clássico tema de composição "Meu Dia no Zoológico".) É verdade que a frase continuava completamente incompreensível para mim, mas que importava isto, desde que Kierkegaard estivesse se divertindo? De súbito, convencido de que a metafísica era a obra que eu estava destinado a escrever, tomei papel e lápis e comecei a rascunhar minhas primeiras reflexões.

O trabalho progrediu depressa, e em apenas duas tardes – com intervalo para uma soneca e para assistir a um desenho animado – consegui completar a obra filosófica que, segundo espero, não será divulgada antes de minha morte ou até o ano 3000 (o que vier primeiro), e a qual me garantirá um lugar de honra entre os maiores pensadores da História. Eis aqui uma pequena amostra do tesouro intelectual que deixarei para a humanidade – ou pelo menos até a chegada da arrumadeira.

1. Crítica do horror puro

Ao formular qualquer filosofia, a primeira consideração sempre deve ser: o que nós podemos conhecer? Isto é, o que podemos ter certeza de conhecer ou de saber que conhecemos, desde que seja algo conhecível, é claro. Ou será que já esquecemos e estamos apenas com vergonha de admitir? Descartes roçou o problema quando escreveu: "Minha mente nunca poderá conhecer meu corpo, embora tenha ficado bastante íntima de minhas pernas". E, antes que me esqueça, por "conhecível" não me refiro ao que pode ser conhecido pela percepção dos sentidos ou ao que pode ser captado pela mente, mas ao que se pode garantir ser Conhecido por possuir características que chamamos de Conhecibilidade pelo Conhecimento – embora todos esses conhecimentos possam ser ditos na frente de uma senhora.

Será que podemos realmente "conhecer" o universo? Meu Deus, se às vezes já é difícil sairmos de um engarrafamento! O problema, no fundo, é: há alguma coisa lá? E por quê? E por que tem que fazer tanto barulho? Finalmente, não há dúvida de que uma característica da "realidade" é a de que lhe falta substância. Não quero dizer com isso que ela não tenha substância, mas apenas que lhe falta. (A realidade de que estou falando aqui é a mesma que Hobbes descreveu, só que um pouquinho menor.) Logo, o dito cartesiano "Penso, logo existo" seria melhor expresso na forma de "Olhe, lá vai Edna com o saxofone!". Do que se deduz que, para conhecer uma substância ou uma ideia, devemos duvidar dela e, ao duvidar, chegamos a perceber as características que ela possui em seu estado finito, as quais são "por si mesmas" ou "de si mesmas" ou de qualquer outra coisa que não tem nada a ver. Se isto ficou claro, podemos deixar a epistemologia de lado provisoriamente e mudar de assunto.

2. A dialética escatológica como um meio de combater o herpes

Podemos dizer que o universo consiste de uma substância, e a esta substância chamaremos de "átomos" ou, quem sabe, de "mônadas". Demócrito chamava-a de átomo. Leibniz preferia "mônadas". Felizmente, os dois nunca se encontraram, se não teríamos pancadaria da grossa. Essas "partículas" foram acionadas por alguma causa ou princípio subjacente, ou talvez tenham apenas resolvido dar uma voltinha. O fato é que já é tarde para fazer qualquer coisa a respeito, exceto provavelmente escovar os dentes quatro vezes ao dia. Isto, naturalmente, não explica a imortalidade da alma. Não implica sequer a existência da alma nem chega a me tranquilizar quanto à sensação de estar sendo seguido por um guatemalteco. A relação causal entre o princípio-motor (i.é., Deus, ou uma ventania) e qualquer conceito teológico do ser (em outras palavras, o Ser) é, segundo Pascal, "tão lúdrica que nem chega a ser engraçada" (ou seja, Engraçada). Schopenhauer chamou a isto "o vir a ser", mas seu médico diagnosticou-o simplesmente como alergia a penas de ganso. No fim da vida, Schopenhauer tornou-se amargurado por este conceito, ou talvez tenha sido pela sua crescente suspeita de que não era Mozart.

3. O cosmos a cinco dólares por dia

O que é, então, o "belo"? A fusão da harmonia com a virtude? Ou da harmonia com qualquer outra coisa que apenas rima com virtude? Se tivesse fundido com um alaúde, o mundo seria muito mais tranquilo. A verdade, como se sabe, é a beleza ou "o necessário". Isto é, o que é bom ou possui as características do "bom" resulta na "verdade". Se isto não acontecer, pode ter certeza de que a tal coisa não é bela, embora possa ser até à prova d'água. Começo a me convencer de que tinha razão, e que tudo devia rimar com alaúde. Ora bolas.

Duas parábolas

Um homem aproxima-se de um castelo. Sua única entrada está guardada por hunos ferocíssimos que só o deixarão entrar se ele se chamar Julius. O homem tenta subornar os guardas, oferecendo-lhes o seu estoque de fígados e moelas de galinhas. Não recusam nem aceitam a oferta – apenas torcem o seu nariz como se ele fosse um saca-rolhas. O homem argumenta que precisa entrar no castelo, porque está levando uma ceroula limpa para o imperador. Os guardas dizem não outra vez, e o homem começa a dançar charleston. Eles parecem apreciar sua agilidade, mas logo se irritam porque se lembram da maneira com a qual o governo está tratando os índios. Já sem fôlego, o homem desmaia e morre, sem nunca ter visto o imperador e devendo a uma loja de eletrodomésticos um piano que havia comprado a prazo.

• • •

Recebo uma mensagem para entregar a um general. Galopo, galopo e galopo, mas o quartel do general parece cada vez mais distante. De repente, uma pantera negra gigante salta sobre mim e devora meu coração e cérebro. É claro que isso estraga definitivamente a minha noite. Por mais que eu corra, já não consigo chegar ao general, o qual vejo a distância, de cuecas, murmurando a palavra "noz-moscada" contra seus inimigos.

Aforismos

É impossível encarar a própria morte objetivamente e assoviar ao mesmo tempo.

• • •

O Universo não passa de uma ideia passageira na mente de Deus – o que é um pensamento duplamente desagradável se você tiver acabado de pagar a entrada da sua casa própria.

• • •

Não há nada de mal com a vida eterna, desde que você esteja convenientemente vestido para ela.

• • •

Imaginem se Dionísio ainda estivesse vivo! Onde iria comer?

• • •

Não apenas não existe Deus, como tente encontrar um encanador num fim de semana.

A história de
uma grande invenção

Eu estava folheando uma revista enquanto esperava que Joseph K., meu mastim, voltasse de sua tradicional sessão das terças-feiras com um terapeuta que cobra cinquenta dólares por uma hora de cinquenta minutos – um veterinário junguiano que vem tentando convencê-lo de que suas bochechas não são, necessariamente, um inconveniente social – quando, de repente, perpasso os olhos por uma frase ao pé da página e que me chamou a atenção como um anúncio de sutiã. Era uma simples notinha, com um daqueles títulos como "Acredite se quiser" ou "Você sabia que", mas sua magnitude me arrebatou com a grandeza dos primeiros acordes da *Nona* de Beethoven. Dizia: "O sanduíche foi inventado pelo conde de Sanduíche". Abismado por esta revelação, li e reli o tópico e fui até acometido de involuntário tremor. Minha mente rodopiava, tentando imaginar os sonhos, esperanças e obstáculos que devem ter enriquecido a invenção do primeiro sanduíche. Olhei pela janela e, ao contemplar as torres dos arranha-céus, senti meus olhos umedecidos ao experimentar uma sensação de eternidade, definitivamente convencido do insubstituível lugar do homem no universo. O homem – que inventor! Os rascunhos de Da Vinci avultaram à minha frente, esboços das mais altas aspirações da raça humana. Pensei em Aristóteles, Dante, Shakespeare. *The First Folio*. Newton. *O Messias* de Handel. Monet. Impressionismo. Edison. Cubismo. Stravinsky. $E=mc^2$...

Tentando gravar uma imagem mental do primeiro sanduíche avaramente conservado numa geladeira no British Museum, passei os três meses seguintes escrevendo uma breve biografia do seu grande inventor. Embora meus conhecimentos de história sejam um pouco precários e minha capacidade descritiva ainda mais mambembe, espero ter capturado ao menos a essência desse gênio tão esquecido, e que essas notas esparsas inspirem um verdadeiro historiador a retomar o meu trabalho.

1718: Nasce o conde de Sanduíche, de uma família riquíssima. Seu pai está eufórico por ter sido nomeado ferreiro de Sua Majestade – posição de que desfrutará durante anos até descobrir que sua função consiste apenas em ferrar cavalos, quando então demite-se amargurado. Sua mãe é uma simples *Hausfrau* de origem alemã, cujos monótonos menus consistem basicamente de toucinho e mingau de aveia, embora às vezes demonstre uma ligeira imaginação culinária ao preparar um passável chá de canela.

1725-35: Frequenta a escola, onde aprende latim e a montar. Na hora do recreio, demonstra pela primeira vez um notável interesse por frios, principalmente por fatias fininhas de rosbife e presunto. No fim do curso, isso tornou-se uma obsessão e, embora sua tese de graduação "Análise e fenômenos anexos dos acepipes" provoque algum interesse entre os professores, ele continua a ser visto pelos colegas como um sujeito estranho.

1736: Entra para a Universidade de Cambridge, a pedido dos pais, a fim de estudar retórica e metafísica, mas demonstra pouco interesse por ambas. Constantemente revoltado com as convenções do mundo acadêmico, é acusado do furto de algumas fatias de pão e de realizar experiências imorais com elas. Finalmente taxado como herege, é expulso da universidade.

1738: Renegado por todos, parte para os países escandinavos, onde por três anos dedica-se intensamente a uma pesquisa sobre queijos. Impressiona-se com a enorme variedade de sardinhas que passa a conhecer e anota em seu bloco: "Estou convencido de que há uma perene realidade, além de tudo que o homem já realizou, na simples justaposição de alimentos. Simplificar". De volta à Inglaterra, conhece e casa-se com Nell Smallbore, filha de um verdureiro. Ela lhe ensinará tudo sobre alfaces.

1741: Vai viver no campo, às custas de uma pequena herança, deixando frequentemente de almoçar ou jantar a fim de economizar dinheiro para comprar comida. Sua primeira obra terminada – uma fatia de pão, outra fatia de pão em cima desta e uma fatia de peru em cima de ambas – fracassa miseravelmente. Desapontado, retorna ao laboratório e começa tudo de novo.

1745: Após quatro anos de trabalho insano, convence-se finalmente de que está às vésperas do sucesso. Numa cerimônia de grande solenidade, exibe para seus pares uma nova tentativa: duas fatias de peru com uma fatia de pão no meio. A obra é rejeitada por todos, exceto por David Hume, que pressente naquilo a iminência de algo importante e o encoraja. Estimulado pela amizade do filósofo, retorna ao trabalho com vigor renovado.

1747: Já sem dinheiro, não pode mais se dar ao luxo de pesquisar com peru ou rosbife, e passa a trabalhar com presunto, que é mais barato.

1750: Na primavera, faz a demonstração de três fatias de presunto empilhadas consecutivamente, o que atrai ligeira atenção, principalmente nos meios intelectuais. Mas o grande público continua indiferente. Três fatias de pão, uma em cima da outra, provocam algum comentário e, embora um estilo maduro ainda não esteja à vista, é procurado por Voltaire, que o convida a visitá-lo.

1751: Viaja à França, onde Voltaire lhe informa que também chegou a alguns interessantes resultados usando pão e maionese. Os dois tornam-se amigos e iniciam uma correspondência que terminará abruptamente porque Voltaire ficará sem selos.

1758: A crescente aceitação de suas experiências junto à opinião pública resulta num convite da rainha para preparar "algo especial" que ela possa beliscar com o embaixador espanhol. Passa a trabalhar dia e noite, rasgando centenas de rascunhos, mas finalmente – às 4:17 da madrugada de 27 de abril de 1758 – cria uma obra que consiste de várias fatias de presunto guarnecidas por duas fatias de pão, uma em cima e outra embaixo. Num átomo de inspiração, asperje mostarda sobre a obra. O achado faz sensação – e, a partir de então, a rainha o encarrega dos menus de sábado.

1760: Com um sucesso depois do outro, cria os "sanduíches" assim chamados em sua homenagem, realizando imaginosas combinações de rosbife, galinha, língua e praticamente todos os frios conhecidos. Não contente em repetir fórmulas já tentadas, busca novas ideias e cria o sanduíche-viagem, pelo qual recebe a Ordem da Inglaterra.

1769: Vivendo agora numa mansão, é visitado pelos maiores homens de seu tempo: Haydn, Kant, Rousseau e Benjamin Franklin param em sua casa, alguns deliciando-se com suas notáveis criações, outros recusando-se a uma simples dentada.

1778: Embora fisicamente decrépito, continua a buscar novas formas e escreve em seu diário: "Tenho trabalhado durante a madrugada e resolvi torrar os sanduíches a fim de mantê-los quentes". No fim do ano, seu sanduíche aberto causa autêntico escândalo por sua franqueza.

1783: Para celebrar seu 65º aniversário, inventa o hambúrguer e visita as grandes capitais preparando pessoalmente os sanduíches em teatros, diante de enormes plateias entusiasmadas. Na Alemanha, Goethe sugere que ele sirva os hambúrgueres dentro de pães redondos – ideia que o conde aproveita. Sobre o autor de *Fausto*, ele escreve em seu diário: "Grande cara, esse Goethe". A frase deixa Goethe encantado, embora os dois, mais tarde, venham a romper intelectualmente devido a uma discordância sobre os conceitos de bem-passado, malpassado e ao ponto.

1790: Numa retrospectiva de sua obra em Londres, sente-se mal com dores no peito e é quase dado como morto, mas recupera-se o suficiente para supervisionar a criação de um sanduíche de salsicha por um grupo de talentosos discípulos. O lançamento do sanduíche na Itália provoca distúrbios, e durante séculos o futuro cachorro-quente continuará incompreendido, exceto por alguns críticos.

1792: Contrai um bacilo raro ao apertar a mão de Koch, o qual deixa de tratar a tempo e morre. Seu velório é realizado na Catedral de Westminster, e milhares de pessoas vão levar-lhe suas últimas despedidas. Durante o enterro, o grande poeta alemão Hölderlin resume a sua obra com estas palavras imortais: "Nossa dívida para com ele é eterna. Ele livrou a humanidade da refeição quente".

Como realfabetizar um adulto

A quantidade de folhetos sobre cursos de educação de adultos que insiste em entulhar minha correspondência já me convenceu de que devo estar em alguma lista especial de analfabetos. Não que eu esteja me queixando. Há coisas nesses folhetos que me deixam tão fascinado quanto um catálogo de acessórios para a lua de mel em Hong Kong, enviado a mim certa vez por engano. Sempre que leio um deles, tenho vontade de largar tudo e voltar correndo para a escola. (Fui expulso da faculdade há muitos anos, vítima de certas acusações infundadas, não muito diferentes das que mandaram um conhecido personagem para a cadeira elétrica.) Até agora, no entanto, continuo uma pessoa precariamente educada, mas ligeiramente chegada a ficar imaginando folhetos típicos desses tais cursos. Como este:

TEORIA ECONÔMICA: Aplicação sistemática e avaliação crítica dos conceitos analíticos básicos da teoria econômica, com ênfase na aplicação do dinheiro e por que ter dinheiro é uma boa. Coeficiente fixo das funções de produção, curvas de custo e rendimento e não convexidade dos lucros, tudo isto no primeiro semestre. No segundo semestre, concentrar-nos-emos no controle dos gastos, na arte de fazer trocos e em como manter a carteira recheada. O serviço de Receita Federal será estudado, e os alunos mais avançados serão instruídos quanto à maneira correta de preencher um formulário de depósito bancário. Os outros tópicos incluem: inflação e depressão – que tipo de roupa usar em cada uma – empréstimos, lucros e como fugir sem pagar a aposta.

HISTÓRIA DA CIVILIZAÇÃO EUROPEIA: Desde a descoberta de um eoípo fossilizado no banheiro masculino de um restaurante à beira da estrada em Nova Jersey, passou-se a suspeitar que, em certa época, Europa e América do Norte foram ligadas por uma faixa de terra que mais tarde afundou ou tornou-se Nova Jersey, ou ambas as coisas. Isto abre novas perspectivas sobre a formação da sociedade europeia e permite aos historiadores conjeturar por que ela se desenvolveu numa região que teria ficado muito melhor no lugar da Ásia. No mesmo curso é também estudada a razão pela qual se decidiu promover a Renascença na Itália.

INTRODUÇÃO À PSICOLOGIA: Também conhecida como a teoria do comportamento humano. Por que algumas pessoas são classificadas de "pessoas maravilhosas", enquanto outras você tem simplesmente vontade de esganar? Haverá uma separação entre a mente e o corpo e, nesse caso, qual será preferível ter? Temas como agressão e rebelião serão discutidos. (Os alunos particularmente interessados nesses ramos da psicologia poderão especializar-se posteriormente num dos seguintes tópicos: Introdução à hostilidade; Hostilidade intermediária; Ira avançada; Fundamentos teóricos do ódio.) Será dada especial consideração ao estudo do consciente como opção ao inconsciente, com várias sugestões úteis a respeito de como ficar consciente.

PSICOPATOLOGIA: Dirigido à compreensão de obsessões e fobias, inclusive o medo de ser subitamente capturado e recheado com patê de caranguejo; relutância em rebater saques de vôlei; incapacidade de dizer a palavra "jaquetão" na presença de senhoras. A compulsão por buscar a companhia de castores é analisada.

FILOSOFIA I: De Platão a Camus, todo mundo será estudado, com ênfase nos seguintes tópicos:

Ética: O imperativo categórico, e como fazer com que ele funcione a seu favor.

Estética: Será a arte o espelho da vida? Se não, que diabo é?

Metafísica: O que acontece à alma depois da morte? Como é que ela se arranja?

Epistemologia: Será o conhecimento conhecível? Se não for, como poderíamos conhecê-lo?

Absurdo: Por que a existência é frequentemente considerada tão tola, particularmente para homens que usam sapatos de duas cores e bico fino? Multiplicidade e unicidade serão estudadas em suas relações com a outricidade. (Os alunos que se graduarem em unicidade serão promovidos à duplicidade.)

Filosofia **XXIX-B:** Introdução a Deus. Confronto com o Criador do universo através de pesquisas de campo e conversas com o próprio.

Nova matemática: A matemática tradicional foi recentemente tornada obsoleta pela sensacional descoberta de que há séculos estamos escrevendo o número cinco ao contrário. Isto conduziu a uma reavaliação da contagem como um meio de chegar de um até dez. Estudo dos conceitos avançados da álgebra booleana e fácil resolução de equações anteriormente insolúveis, sob a ameaça de tapas e pescoções.

Astronomia fundamental: Estudo detalhado do universo e dos cuidados na sua limpeza. O Sol, que é feito de gases, pode explodir a qualquer momento, destruindo todo o nosso sistema planetário; o que fazer neste caso. Mais ainda: como identificar as diversas constelações, tais como a Ursa Maior, o Cisne, Sagitário, identificar as doze estrelas que formam Lúmides, o vendedor de ceroulas.

Biologia moderna: Quais são as funções do corpo, e onde elas podem ser geralmente encontradas. Análise do sangue e explicação completa dos motivos pelos quais a melhor coisa a fazer é deixá-lo correr pelas veias. Dissecação de uma rã pelos estudantes e comparação entre o seu aparelho digestivo e o do homem, com a rã saindo-se por sinal muito bem, exceto quando temperada com curry.

LEITURA DINÂMICA: Este curso aumentará a velocidade de sua leitura paulatinamente até o fim do período, quando então o aluno será obrigado a ler *Os irmãos Karamázov* em quinze minutos. O método consiste em correr os olhos pela página diagonalmente e ignorar tudo, exceto os pronomes. Em pouco tempo também os pronomes são eliminados. Gradualmente o aluno é encorajado a cochilar. Disseca-se uma rã, chega a primavera, as pessoas morrem e casam, e Pinkerton não volta para casa.

MUSICOLOGIA III: O aluno é ensinado a tocar "Atirei o pau no gato" numa flautinha de criança, progride rapidamente até o "Concerto de Brandenburgo" e depois retorna lentamente a "Atirei o pau no gato".

APRECIAÇÃO MUSICAL: A fim de "ouvir" corretamente uma grande peça musical, deve-se: 1) conhecer a cidade natal do compositor; 2) distinguir um rondó de um *scherzo* e saber encenar ambos. A postura também é importante. Não vale rir durante a execução, a menos que o compositor tenha tentado ser engraçado, como em *Till Eulenspiegel*, que chega às raias da piada musical (embora ao trombone sejam reservadas as melhores passagens). O ouvido também deve ser educado, pelo fato de ser um dos órgãos mais facilmente enganáveis, podendo até ser confundido com o nariz, dependendo da posição dos alto-falantes numa sala. Outros tópicos: a pausa de quatro compassos e seu potencial como arma política; o canto gregoriano e as espécies de macacos que conseguiam seguir o ritmo.

COMO ESCREVER UMA PEÇA: Todo drama é conflito. O desenvolvimento do personagem também é muito importante, bem como o que ele diz. Os alunos aprendem que falas longas e chatas não funcionam muito bem, ao passo que falas curtas e "engraçadas" servem melhor ao propósito do autor. Explora-se também a psicologia simplificada da plateia: por que uma peça sobre um velho e delicioso personagem chamado Vozinho nem sempre resulta tão interessante em teatro quanto se concentrar na nuca de alguém e tentar fazê-lo se virar apenas pela força do pensamento? Outros interessantes aspectos da história do teatro são examinados. Por exemplo, antes da invenção do grifo, as marcações do diretor costumavam ser confundidas com diálogos, sendo comum ouvir grandes atores dizendo em pleno palco: "John se levanta e atravessa a cena". Isto, naturalmente, criava certos embaraços e, no mínimo, péssimas críticas nos jornais. O fenômeno é analisado em detalhes e os alunos aprendem como evitar esse erro. Leitura exigida: *Shakespeare: Seria ele quatro mulheres?*, de A. F. Shulte.

INTRODUÇÃO À ASSISTÊNCIA SOCIAL: Um curso projetado para instruir o assistente social interessado em trabalhar nos subúrbios e favelas. Alguns tópicos sugeridos: como transformar quadrilhas de pivetes em times de basquetebol, e vice-versa; playgrounds como meio de prevenção do crime e como fazer de um delinquente em potencial um aqualouco; discriminação racial; lares destruídos; o que fazer em caso de ser atingido por uma corrente de bicicleta.

YEATS & HIGIENE − ESTUDO COMPARATIVO: A poesia de William Butler Yeats analisada em função dos cuidados com os dentes. (Curso aberto a um número limitado de alunos.)

Contos hassídicos

Um homem viajou até Selma a fim de buscar o conselho do rabino Ben Kaddish, o mais santo dos rabinos e talvez o maior sábio da era medieval. "Rabino", perguntou o homem, "onde posso encontrar a paz?"

O Hassid olhou-o de alto a baixo e disse: "Depressa, atrás de você!".

O homem virou-se para olhar, e o rabino Ben Kaddish acertou-o bem no cocoruto com um castiçal. "Esta paz chega para você?", perguntou com uma risadinha, ajustando seu barrete.

Neste conto, fez-se uma pergunta sem sentido. Não apenas a pergunta não tem sentido, como também não tem o homem que viajou até Selma para fazê-la. Não que ele estivesse tão longe de lá, mas por que não ficou quieto no seu canto? Por que ficar importunando o rabino Ben Kaddish, como se este já não tivesse bastantes amolações? A verdade é que o rabino já estava por aqui com esse tipo de gente e, como se não bastasse, andava também envolvido num caso de paternidade ilícita. Portanto, a moral desta história é que o tal homem não tinha mais o que fazer senão vagabundear pelo deserto e dar no saco dos outros. Assim, o rabino simplesmente lhe deu um cacete, o que, segundo o Pentateuco, é uma das maneiras mais sutis de demonstrar preocupação.

Numa versão ligeiramente similar deste mesmo conto, o rabino sobe freneticamente sobre o homem e esculpe a história de Ruth em seu nariz.

• • •

O rabino Raditz, da Polônia, era um homem baixinho e com uma barba imensa, de quem se diz que seu senso de humor inspirou vários pogroms. Um de seus discípulos perguntou: "De quem Deus gostava mais – Moisés ou Abraão?".

"Abraão", ele respondeu.

"Mas foi Moisés quem conduziu os israelitas à Terra Prometida", retrucou o discípulo.

"Está bem, então Moisés", concordou o rabino.

"Agora compreendi, rabino. Foi uma pergunta idiota", disse o discípulo.

"Não apenas isto, mas você é um idiota, sua mulher é uma *meeskite*, se não parar de me torrar a paciência, está excomungado!"

Aqui o rabino é solicitado a fazer um julgamento de valor entre Moisés e Abraão. O que não é nada fácil, principalmente para um homem que nunca leu a Bíblia e que está apenas enganando. E o que significa a palavra "mal"? O que é mais para o rabino podia ser menos para o homem, e vice-versa. Por exemplo, o rabino gosta de dormir com a barriga para cima. O homem gostaria de dormir em cima da barriga do rabino. O problema aqui é óbvio. Deve-se também observar que, segundo o Pentateuco, torrar a paciência de um rabino é um pecado tão grave quanto ficar afagando pães com outra intenção senão a de comê-los.

• • •

Um homem que não conseguia arranjar casamento para sua feíssima filha procurou o rabino Shimmel, da Cracóvia. "Meu coração pesa de dor", disse ele ao reverendo, "porque Deus me deu uma filha feia."

"Muito feia"?, perguntou o rabino. "Se ela se deitasse numa bandeja ao lado de um bacalhau, ninguém saberia a diferença." O sábio meditou por longo tempo e finalmente perguntou: "Que espécie de bacalhau?". O homem, surpreso com a pergunta, pensou rápido e respondeu: "Dinamarquês". "Uma pena", disse o rabino. "Se fosse um bacalhau português, ela talvez tivesse alguma chance."

Eis aí uma fábula que ilustra bem a tragédia das qualidades transitórias, tais como a beleza. A garota se parecia com um bacalhau? Por que não? Já viram algumas mulheres andando impunemente na praia? Parecem-se ou não com bacalhaus? E, mesmo que seja assim, não serão todas belas aos olhos de Deus? Talvez. Mas é verdade que, se uma garota parece mais atraente numa travessa de bacalhoada do que num vestido de noiva, ela nunca será muito feliz. Curiosamente, a própria esposa do rabino Shimmell foi acusada de se parecer com uma lula, mas apenas de rosto – e mesmo assim por causa de uma tosse incessante, embora a relação entre uma coisa e outra me escape.

• • •

O rabino Zevi Chaim Israel, um estudioso ortodoxo do Pentateuco e homem que desenvolveu a arte da lamúria a um nível sem precedentes no Ocidente, foi unanimemente considerado o homem mais sábio da Renascença pelos seus discípulos hebreus, os quais totalizavam 1/16 de 1% da população. Certa vez, quando se dirigia à sinagoga para celebrar o sagrado feriado judeu em comemoração à renegação de Deus a qualquer tentação, uma mulher parou-o no caminho e fez-lhe a seguinte pergunta: "Rabino, por que somos proibidos de comer carne de porco?".

"Ué! *Somos?*", retrucou o rabino, incrédulo. "Argh!"

Esta é uma das várias histórias hassídicas que tratam das leis hebraicas. O rabino sabe que não se deve comer porco, mas está pouco ligando porque, no fundo, ele adora carne de porco. E não apenas isto, como também se diverte preparando ovos de Páscoa. Em suma, não dá muita bola para a ortodoxia tradicional e encara o pacto de Deus com Abraão como uma mera formalidade. De fato, nunca ficou muito claro por que a carne de porco foi proscrita pela lei hebraica, e alguns estudiosos acreditam que o Pentateuco apenas sugeriu que não se comesse porco em certos restaurantes.

• • •

O rabino Baumel, um scholar de Vitebsk, decidiu jejuar em protesto a uma lei que proibia os judeus russos de usarem sandálias fora dos guetos. Durante quatro meses, o santo homem permaneceu deitado num catre, olhando para o teto e recusando alimentação de qualquer espécie. Seus pupilos temeram por sua vida e, então, certo dia, uma mulher aproximou-se de seu leito e, inclinando-se até seu ouvido, perguntou: "Rabino, qual era a cor do cabelo de Ester?". O reverendo virou-se lentamente e a encarou: "Vejam só o que ela me perguntou! Mal consegue imaginar a dor de cabeça provocada por quatro meses sem comer!". Com isso os pupilos do rabino escoltaram-na pessoalmente até a *sukkah*, onde ela comeu da cornucópia da fartura até se fartar.

Este é um sutil tratamento do problema do orgulho e da vaidade, parecendo implicar que jejuar é um engano dos grossos. Principalmente jejuar com o estômago vazio. O homem não provoca sua própria infelicidade, e parece fato que sofrer só depende da vontade de Deus, embora nem eu entenda por que Ele se diverte tanto com isto. Certas tribos ortodoxas acreditam que o sofrimento é a única forma de redenção, ao passo que os estudiosos mencionam um culto dos essênios, o qual consiste em estar por aí dando cabeçadas nas paredes. Deus, segundo os últimos livros de Moisés, é benevolente, embora haja alguns assuntos em que ele prefere não interferir.

• • •

O rabino Yekel, de Zans – o melhor orador do mundo até que um gentio roubou-lhe as ceroulas –, sonhou durante três noites consecutivas que, se viajasse até Vorki, lá encontraria um grande tesouro. Assim, depois de beijar mulher e filhos, botou o pé na estrada, garantindo que estaria de volta em dez dias. Dois anos depois, foi encontrado perambulando pelos Urais e efetivamente ligado a um panda. Meio morto de fome e de frio, o rabino foi levado de volta para casa, onde conseguiram ressuscitá-lo com uma sopa quente e um cachecol. Em seguida, deram-lhe algo para comer. Depois do jantar, ele contou sua história: a três dias de Zans, foi capturado por nômades selvagens. Quando descobriram que era judeu, forçaram-no a remendar seus fezes e a lavar seus albornozes. Como se isto já não fosse humilhante, despejaram molho azedo em seus ouvidos e vedaram-nos com cera. Finalmente, o rabino escapou e dirigiu-se à cidade mais próxima, indo acabar nos Urais porque tinha vergonha de perguntar o caminho.

Depois de contar sua história, o rabino levantou-se e foi para a cama, encontrando debaixo do travesseiro o tesouro que tinha ido procurar. Estático, ajoelhou-se e agradeceu a Deus. Três dias depois, voltava aos Urais, só que desta vez fantasiado de coelho.

A pequena obra-prima acima ilustra amplamente os absurdos do misticismo. O rabino sonhou três noites seguidas. Os cinco livros de Moisés subtraídos dos dez mandamentos deixam cinco. Cinco menos os irmãos Jacó e Esaú, igual a três. Foi um raciocínio parecido com este que levou o rabino Yitzhok Ben Levi, o grande místico judeu, a passar 52 dias seguidos mergulhado em Aqueduto e ainda vir à tona dizendo que estava com sede.

Correspondência entre Gossage e Vardebedian

Meu prezado Vardebedian:

Fiquei sumamente aborrecido hoje ao examinar a correspondência e encontrar minha carta de 16 de setembro, contendo meu 22º movimento (cavalo à quarta casa do rei), fechada e devolvida ao remetente devido a um pequeno equívoco no endereço – mais precisamente a omissão do seu nome e residência, além da completa falta de selo. Embora não seja segredo que eu tenha cometido alguns enganos no mercado de capitais, culminando no já mencionado 16 de setembro, quando a queda a zero nas ações de determinada firma reduziu meu corretor também a zero, não estou oferecendo esta explicação como desculpa à minha sesquipedal negligência e inépcia. Perdoe-me. O fato de você ter deixado de notar a ausência da carta revela uma pequena distração também de sua parte, o que prefiro creditar ao seu excesso de zelo. Todos nós erramos. A vida é assim – e o xadrez também.

Portanto, apontado o erro, passemos à retificação. Se fizer a gentileza de depositar meu cavalo na quarta casa do rei, acho que poderemos continuar nosso jogo com mais precisão. O anúncio de xeque-mate feito por você em sua carta desta manhã passa a ser, por conseguinte, um alarme falso, e, se reexaminar as posições à luz da descoberta de hoje, notará que é o *seu* rei que está às vésperas do mate, exposto e indefeso, na alça de mira dos meus bispos. Como são irônicas as vicissitudes desta pequena guerra! O destino prega-nos peças surpreendentes, não? Mais uma vez, rogo-lhe aceitar minhas sinceras desculpas por gesto tão descuidado e aguardo ansiosamente o seu próximo movimento.

Anexo segue meu 45º movimento: meu cavalo toma sua rainha.

Sinceramente,
GOSSAGE

Gossage:

Recebi sua carta contendo o 45º movimento (seu cavalo toma a minha rainha?), juntamente com sua longa explicação a respeito de uma elipse em nossa correspondência. Deixe-me ver se entendi perfeitamente. Seu cavalo, que removi do tabuleiro há várias semanas, estaria agora – segundo você – na quarta casa do rei, devido a uma carta perdida no correio há nada menos que 23 movimentos. Não notei qualquer irregularidade na altura, e lembro-me perfeitamente do seu 22º movimento, o qual foi torre à sexta casa da rainha, logo depois estraçalhada por um infeliz gambito de sua parte.

Neste momento, a quarta casa do rei está ocupada pela *minha* torre e, como você perdeu os cavalos – não obstante a sua carta –, não posso compreender com qual deles você pretende me tomar a rainha. Como a maioria das suas peças está bloqueada, acredito que, no fundo, você queria dizer que o seu rei deveria ser movido à quarta casa do meu bispo (sua única possibilidade) – o que já tomei a liberdade de fazer, acrescentando antecipadamente meu 46º movimento, no qual *eu* capturo sua rainha e ponho seu rei em xeque. Agora sua carta tornou-se mais clara e nosso jogo pode prosseguir.

Atenciosamente,

VARDEBEDIAN

Vardebedian:

    Acabo de analisar sua carta, contendo um estranho 46º movimento, no qual sou convidado a remover minha rainha de uma casa que ela não ocupava há onze dias. Através de paciente exame, creio ter localizado a causa da sua confusão. A presença de sua torre na quarta casa do rei é tão impossível quanto a existência de dois flocos de neve perfeitamente iguais. Remeta-se ao seu nono movimento no jogo e verá claramente que a sua torre já foi há muito capturada. Na realidade, foi aquela ousada combinação de sacrifício que destroçou o seu centro e custou-lhe *ambas* as torres. Logo, o que elas continuam fazendo no tabuleiro?

    Para sua consideração, ofereço-lhe minha versão dos fatos: aquele turbilhão de troca de peças por volta do 22º movimento deixou-o ligeiramente confuso e, na sua luta desesperada para conservar as posições, deixou de notar a ausência de minha carta habitual e moveu suas peças duas vezes consecutivas, o que lhe deu uma vantagem, digamos, injusta, não acha? Mas o que passou, passou, e repassar todos os nossos movimentos seria tedioso e difícil, para não dizer impossível. Daí acredito que a melhor maneira de retificar a partida seria conceder-me a oportunidade de dois lances consecutivos desta vez. O que seria mais do que justo.

    Em primeiro lugar, portanto, tomo o seu bispo com o meu peão. Então, como isso desprotege a sua rainha, capturo-a também. Acho que agora podemos prosseguir.

    Sinceramente,

GOSSAGE

P.S.: Anexo segue um diagrama mostrando exatamente a atual posição das peças no tabuleiro, para seu governo. Como pode ver, o seu rei está acuado, desprotegido e sozinho no centro. Boa sorte.

G.

Gossage:

Tendo recebido sua última carta, a qual não prima exatamente pela coerência, posso ver agora o motivo de toda a confusão. Pelo diagrama anexo, concluí que há seis semanas estivemos jogando duas partidas de xadrez completamente diferentes – eu, de acordo com nossa correspondência; e você, de acordo com os seus próprios conceitos, os quais infringem todos os sistemas conhecidos. O movimento do cavalo, supostamente perdido no correio, teria sido impossível no 22º movimento, já que a peça estava então colocada num canto da última fila, sendo que o movimento descrito por você o teria atirado exatamente sobre a bandeja de café ao lado do tabuleiro.

Quanto a permitir-lhe dois lances consecutivos a fim de compensar por um teoricamente extraviado – você deve estar brincando, bicho. Posso conceder-lhe o primeiro movimento (a tomada do bispo), mas não o segundo e, já que agora é minha vez, revido tomando sua dama com minha torre. Sua observação de que já não tenho as torres pouco significa, pois basta correr os olhos pelo tabuleiro para vê-las firmes em suas casas, esperando para atacar com habilidade e vigor.

Finalmente, o diagrama com o qual você fantasia a sua versão do jogo lembra mais uma concepção enxadrística digna dos Irmãos Marx, e não daquela preciosa obra que me pertencia, *O xadrez segundo Nimzowitsch*, que você afanou de minha estante no último inverno, escondendo-o sob o suéter de alpaca, como pude observar com o rabo do olho. Sugiro que estude o diagrama que estou enviando anexo e rearrume o seu tabuleiro de acordo, para que possamos chegar ao final da partida com algum grau de precisão.

Esperançosamente,

VARDEBEDIAN

Vardebedian:

Sem querer complicar uma operação já de si complexa (tomei conhecimento de que uma recente doença deixou a sua férrea constituição física e mental provisoriamente abalada, provocando um pequeno descompasso com o mundo real como o conhecemos), devo aproveitar esta oportunidade para desemaranhar nossa trama antes que ela chegue a uma conclusão irremediavelmente kafkiana.

Tivesse eu imaginado que você não seria cavalheiro o suficiente para me permitir dois lances consecutivos, não teria, no 46º movimento, tomado seu bispo com meu peão. Segundo o seu próprio diagrama, aliás, essas duas peças estão colocadas de forma a tornar impossível tal movimento, limitados como estamos às normas estabelecidas pela Federação Internacional de Xadrez, e não pela Federação Estadual de Boxe. Sem duvidar de que sua intenção foi construtiva ao tomar minha rainha, devo argumentar firmemente que só o desastre pode suceder quando você se arroga um arbitrário poder de decisão e começa a bancar o ditador, mascarando como manobras táticas o que não passa de descarada agressão – comportamento que você próprio deplorou em nossos líderes políticos há poucos meses, no seu ensaio *O Marquês de Sade e a não violência*.

Infelizmente, com a progressão tomada pelo jogo, já não posso calcular exatamente em qual casa deve ser colocado o cavalo que você surrupiou, e sugiro que deixemos aos deuses a decisão, permitindo-me fechar os olhos e jogá-lo de novo no tabuleiro, concordando em aceitar qualquer lugar em que ele venha a cair. Talvez acrescente um pouco mais de calor ao nosso pequeno embate. Meu 47º movimento: minha torre captura o seu cavalo.

Sinceramente,

GOSSAGE

Gossage:

Muito curiosa a sua última carta! Bem-intencionada, concisa, contendo todos os elementos que, em certos grupos, poderiam passar por um efeito altamente comunicativo, mas que, em outros grupos, seriam classificados imediatamente por aquilo que Jean-Paul Sartre gosta de se referir como o "nada". O que mais aflora à página é um vívido sentimento de desespero, lembrando-nos os diários deixados pelos exploradores perdidos no polo ou as cartas dos soldados alemães em Stalingrado. Chega a ser fascinante a maneira pela qual os sentidos se desintegram quando confrontados com a dura realidade, e como atacam às cegas, devastando miragens e servindo-se de precários escudos contra o arrasador assalto da existência bruta!

Seja como for, meu amigo, dediquei a melhor parte da semana passada a desvendar o miasma de álibis lunáticos que você chama de "sua correspondência", tentando ajustar as coisas para que nossa partida termine bem e de vez. Sua rainha já era. Dê-lhe adeuzinho. Da mesma forma, suas duas torres. Esqueça um dos bispos, porque já o tomei. O outro está tão impotentemente preso a um dos cantos do tabuleiro, longe do terreno de ação do jogo, que seria melhor não contar com ele, para não se decepcionar.

No que se refere ao cavalo que você indiscutivelmente perdeu, mas que se recusa a admitir, já o coloquei na única posição concebível, assim concedendo-lhe o maior número de oportunidades desde que os persas inventaram o jogo. O cavalo jaz agora na sétima casa do meu bispo e, se as suas faculdades de observação não estão totalmente obliteradas, uma simples contemplação do tabuleiro demonstrará que esta cobiçada casa bloqueia agora a única forma que o seu rei teria de escapar das minhas garras. Interessante como a sua desmedida ambição acabou resultando em meu exclusivo proveito! O cavalo, ao forçar sua reentrada no tabuleiro, fecha a sua única saída!

Meu movimento é: rainha à quinta do cavalo. Prepare-se para o mate no próximo lance.

Cordialmente,

VARDEBEDIAN

Vardebedian:

É evidente que a tensão exigida na defesa de uma série de absurdas posições enxadrísticas abalou profundamente o delicado equilíbrio do seu aparato psíquico, tornando débil a sua compreensão de certos fenômenos. Não tenho alternativa exceto encerrar a nossa partida rápida e impiedosamente, aliviando a tensão antes que você fique definitivamente imbecilizado.

Cavalo – sim, o cavalo! – à sexta da rainha. Xeque!

GOSSAGE

Gossage:

Bispo à quinta da rainha. Mate!

Lamento que a partida tenha sido demais para você, mas, se isto lhe serve de consolo, vários outros campeões também se renderam ao observar minha técnica. Se quiser revanche, sugiro que tentemos jogar logomania, uma ciência relativamente nova para mim e que ainda não domino com tanta facilidade.

VARDEBEDIAN

Vardebedian:

Torre à oitava do cavalo. Mate!

Longe de atormentá-lo com ulteriores detalhes sobre meu mate, por acreditar na sua honestidade básica (um dia, alguma forma de terapia comprovará o que digo), aceito de bom grado o seu desafio em logomania. Vamos ao jogo. Como você jogou com as brancas no xadrez e portanto desfrutou da vantagem do primeiro movimento (tivesse eu adivinhado as suas limitações e lhe teria concedido os dois primeiros movimentos), agora é a minha vez de começar. As sete letras que acabo de virar são O, A, E, J, N, R e Z – uma combinação tão infeliz que, só por si, é um aval de minha integridade. Felizmente, no entanto, um extensivo vocabulário, acoplado ao meu interesse por esoterismo, permitiu-me dar uma ordem etimológica àquilo que, aos menos letrados, pareceria apenas uma garatuja. Minha primeira palavra é ZANJERO. Confira. O escore, neste momento, é de 116 a 0, a meu favor.

    Agora é sua vez.

    Cordialmente,

GOSSAGE

Reflexões de um bem-alimentado

(Depois de ler Dostoiévski e um desses livros de dieta durante uma viagem de avião.)

Sou gordo. Terrivelmente gordo. Sou o sujeito mais gordo que eu conheço. Tenho quilos sobrando em cada centímetro do meu corpo. Meus dedos são gordos. Meus pulsos são gordos. Meus olhos são gordos. (Já imaginaram olhos gordos?) Devo estar com umas centenas de quilos de excesso. A carne transborda em mim como *marshmallow* de um *sundae*. Minha cintura provoca ohs de incredulidade em todo mundo que me vê. Não há a menor dúvida, sou bem gordinho. Agora – perguntará o leitor –, há vantagens ou desvantagens em se ter a compleição física de um mapa-múndi? Não pensem que estou brincando ou falando por parábolas, mas a gordura, por si própria, está acima da moral burguesa. Gordura é simplesmente gordura. Que a gordura tenha qualquer valor em si ou que seja um mal ou digna de pena é, naturalmente, uma piada. Absurdo! O que é a gordura, afinal, senão uma mera acumulação de quilos? E o que são quilos? Apenas uma agregação de células. Pode uma célula ser *moral?* Ou ela está acima do bem e do mal? Quem sabe? – são tão pequeninhas! Não, amigo, nunca devemos distinguir entre o bem e o mal na gordura. Devemos nos educar para encarar a obesidade sem emitir julgamentos de valor, nem classificar este gordo de "um belíssimo gordo" ou aquele de "um pobre gordo".

Insanidade mental

Vejam o caso de K. Era de tal forma porcino que não passava por uma porta sem a ajuda de um pé de cabra. Na realidade, K. nunca cogitaria ir de uma sala a outra sem se despir por completo e passar manteiga no corpo. Imagino perfeitamente os insultos que deve ter suportado ao passar entre bandos de moleques. Aposto que foi agrilhoado por gritos de "Casas da Banha!". E então, um belo dia, quando K. já não podia suportar mais, resolveu fazer dieta. Dieta, por que não? Primeiro cortou os doces. Depois, pão, álcool, amidos, massas, molhos. Em suma, K. abandonou tudo aquilo que torna um homem incapaz de dar o laço no sapato sem a ajuda de um contorcionista de circo. Aos poucos, começou a emagrecer. Rolos de banha despencaram de seus braços e pernas. Tempos depois, quando se julgou no ponto, fez a sua primeira aparição pública com seu novo corpo. E, eu diria até, um corpo fisicamente atraente! Parecia o mais feliz dos homens. Eu disse "parecia". Dezoito anos depois, na cama para morrer, com a febre assolando todo o seu frágil corpinho, ele foi ouvido gritando: "Minha gordura! Quero minha gordura! Por favor, encham os meus bolsos de pedras! Que idiota eu fui. Emagrecer! Devo ter sido tentado pelo demônio!". Bem, creio que a moral da história está mais do que evidente.

Imagino que agora o leitor esteja se perguntando. Está bem, se você é gordo como um capado, por que não entra para um circo? Porque – e admito que confesso isto ligeiramente envergonhado – não posso sair de casa. Não posso sair de casa. Não posso sair de casa porque não consigo vestir as calças. Minhas pernas são grossas demais. Contêm mais carne moída do que todas as lanchonetes da cidade. Devo ter uns 12 mil hambúrgueres em cada perna. Uma coisa é certa: se minha gordura pudesse falar, certamente falaria da enorme solidão de um homem – com, talvez, algumas breves indicações sobre como fazer barquinhos de papel. Cada quilo do meu corpo gostaria de ser ouvido, inclusive meus catorze queixos e papadas. Minha gordura é milenar. Só a barriga de minha perna já vive isso. Minha gordura não é mais feliz, mas é autêntica. A pior coisa que pode haver é gordura calcificada, mas não sei se os açougues ainda costumam vendê-la. Mas deixem-me contar-lhes como engordei. Porque é claro que não nasci gordo. Foi a religião que me tornou assim. Houve uma época em que fui magro – bem magro. Tão magro, na realidade, que, se alguém me chamasse de gordo, seria imediatamente chamado de cego. E magro continuei até um dia – creio que no dia do meu aniversário de vinte anos – em que eu estava tomando chá com torradas com meu tio num restaurante. Meu tio me perguntou: "Você acredita em Deus?". Não entendi. "E, se acredita, quanto acha que ele pesa?" – insistiu. E, assim dizendo, tirou uma longa e luxuriante baforada de seu charuto, com aquele jeito cultivado e sofisticado que só ele sabia ter, explodindo em seguida num acesso de tosse tão violento que achei que fosse ter hemorragia.

"Não, não acredito em Deus", respondi. "Por que, se existe Deus, diga-me, titio, por que existe a miséria e a calvície? Por que alguns homens passam pela vida imunes a milhares de inimigos mortais de sua raça, enquanto outros são acometidos de uma enxaqueca capaz de durar semanas? Por que nossos dias são contados e não, digamos, dispostos em ordem alfabética? Responda-me, titio. Ou será que o choquei?"

Eu sabia que não corria perigo, porque nada seria capaz de chocar aquele homem. Certa vez ele vira, com seus próprios olhos, a mãe do seu professor de xadrez ser currada pelos turcos e só não achou o incidente divertido porque levou muito tempo.

"Meu querido sobrinho", respondeu, "Deus existe, apesar do que você pensa. E digo-lhe mais: está em toda a parte. Ouviu? Em toda a parte!"

"Em toda a parte, titio? Como pode ter tanta certeza disto, se não sabe ao certo nem se nós existimos? É verdade que, neste exato momento, estou tocando a sua verruga com meu dedo, mas não seria isto uma ilusão? E se a vida inteira não passasse de uma ilusão? Por exemplo, há certas seitas de santos no Oriente convencidas de que *nada* existe fora de suas mentes, exceto, é claro, um avião para os Estados Unidos. Suponhamos que todos nós estejamos sozinhos e condenados a vagar ao léu num universo indiferente, sem esperança de salvação, nem qualquer perspectiva além da miséria, da morte e da vazia realidade do nada eterno. E aí, como ficamos?"

Vi logo que tinha provocado uma profunda impressão em meu tio, porque ele disse: "E você ainda se pergunta por que não é convidado para as festas! Mórbido desse jeito!". Como se não bastasse, acusou-me de niilismo e, com aquele seu jeito crítico, típico dos senis, acrescentou: "Deus nem sempre está onde O procuramos, mas eu lhe afirmo, querido sobrinho, que Ele está em toda a parte. Nessas torradas, por exemplo!". E, com isso, levantou-se e saiu, não sem antes me deixar sua bênção e uma conta mais cara que uma passagem de avião.

Voltei para casa imaginando o que ele estaria dizendo ao afirmar que "Ele está em toda a parte. Nessas torradas, por exemplo". Meio com sono a esta altura, fui tirar uma soneca. E foi então que tive um sonho que mudaria minha vida para sempre. No sonho, estou caminhando pelo campo quando noto que estou com fome. Está bem, morto de fome. Vejo um restaurante e entro. Peço bife com fritas. A garçonete, que me lembra minha senhoria (uma mulher totalmente insípida, parecia com um líquen, desses bem peludos), tenta me convencer a pedir a salada de frango, que não está cheirando bem. Enquanto converso com a mulher, ela se transforma num faqueiro de 24 talheres. Quase morro de tanto rir, o que, de repente, me faz chorar e finalmente me causa uma séria infecção no ouvido. O salão parece brilhar intensamente e uma figura se aproxima num cavalo branco. É meu calista. Caio no chão cheio de culpa e remorso.

Foi assim o meu sonho. Acordei com uma tremenda sensação de bem-estar. Estava até otimista. Tudo se tornara claro. A frase de meu tio reverbera incessantemente no íntimo da minha existência. Fui à cozinha e comecei a comer. Comi tudo que estava à vista. Bolos, pães, carnes, frutas, legumes. Chocolates, verduras, vinhos, peixe, massas, sorvetes e salsichas. Se Deus está em toda a parte, concluí, está também na comida. Logo, quanto mais comer, mais deísta me tornarei. Impelido por este súbito e incontrolável fervor religioso, empanturrei-me como um fanático. Em seis meses, tinha me tornado o mais santo dos santos, com um coração totalmente devotado às preces e um estômago que parecia estar sempre alguns quilômetros à minha frente. A última vez em que vi meu pé foi numa manhã de quinta-feira em Vitebsk, embora, pelo que me consta, continue no mesmo lugar. Quanto mais comi, mais engordei. Emagrecer teria sido a suprema heresia. Até mesmo um pecado! Porque, quando você perde dez quilos, prezado leitor (estou presumindo que você não seja tão gordo quanto eu), pode estar perdendo os melhores dez quilos da sua vida. Pode estar perdendo os dez quilos que contêm o seu gênio, a sua humanidade, o seu amor e honestidade ou, quem sabe, apenas um irrelevante pneumático na cintura.

    Sei o que você deve estar dizendo agora. Está dizendo que tudo isto contradiz tudo o que eu havia dito antes. É como se eu estivesse, de repente, atribuindo valores a uma montanha de carne neutra. É isso mesmo, e daí? Não será a vida uma contradição em si? A opinião de uma pessoa sobre a própria gordura pode mudar como as estações do ano, como a cor do cabelo e como a própria vida. Porque a vida é transformação e a gordura é vida, assim como é também a morte. Estão vendo? A gordura é tudo. A menos, é claro, que você esteja com excesso de peso.

Os anos 20 eram uma festa

Vim a Chicago pela primeira vez nos anos 20, para assistir a uma luta. Ernest Hemingway veio comigo e ficamos hospedados na academia de Jack Dempsey. Hemingway tinha acabado de escrever dois contos sobre boxe, e, embora eu e Gertrude Stein tivéssemos achado que estavam bonzinhos, ainda precisavam de algumas mexidas. Dei uma gozada em Hemingway sobre o romance que ele estava escrevendo e rimos a valer e nos divertimos um bocado e então calçamos as luvas de boxe e ele me acertou o nariz.

Naquele inverno, Alice B. Toklas, Picasso e eu alugamos uma *villa* no sul da França. Eu estava revisando as provas do meu romance, que já era considerado o *grande* romance americano, mas as letras eram tão miudinhas que não consegui chegar ao fim dele.

Todas as tardes, Gertrude Stein e eu costumávamos procurar objetos raros nos antiquários, e lembro-me de lhe ter perguntado se ela achava que eu devia continuar escrevendo. Com aquele seu jeito tipicamente oblíquo que nos encantava a todos, ela disse "Não", o que naturalmente queria dizer sim. Portanto, embarquei para a Itália no dia seguinte. A Itália me lembrava Chicago, principalmente Veneza, porque ambas as cidades têm canais e suas ruas são cheias de estátuas e catedrais construídas pelos maiores artistas do Renascimento.

Naquele mês, fomos ao estúdio de Picasso em Arles, que então ainda era chamada Rouen ou Zurique, até que os franceses a rebatizaram em 1589 sob Luís, o Vago (Luís foi um rei bastardo do século XVI que não dava colher de chá a ninguém). Picasso estava justamente começando o que depois seria conhecido como sua "fase azul", mas, como parou para tomar café comigo e com Gertrude, sua "fase azul" só começou, na realidade, uns dez minutos depois. Durou quatro anos. Portanto, não creio que aqueles dez minutos tivessem feito muita diferença.

Picasso era um sujeito baixinho que andava de maneira engraçada, pondo um pé na frente do outro até completar o que costumava chamar de "passos". Ríamos muito, mas, por volta de 1930, o fascismo começou a crescer e já quase não havia do que rir. Gertrude Stein e eu examinávamos os quadros de Picasso com muito rigor, e Gertrude era da opinião de que "a arte, qualquer arte, não passa de uma expressão de alguma coisa". Picasso não concordava e respondia: "Não me encha o saco. Deixe-me almoçar". Acho que ele tinha razão. Pelo menos almoçava regularmente.

O estúdio de Picasso era totalmente diferente do de Matisse. Enquanto o de Picasso era uma bagunça, Matisse mantinha o seu em perfeita ordem. Vice-versa também. Em setembro daquele ano, Matisse aceitou uma proposta para pintar um afresco, mas, com a doença de sua mulher, não pôde terminar o trabalho e, por isso, eles tiveram de se contentar com papel de parede. Lembro-me de tudo isso perfeitamente porque foi logo antes daquele inverno que passamos num pequeno apartamento no norte da Suíça, onde a chuva tem o estranho hábito de começar e, de repente, parar. Juan Gris, o cubista espanhol, convenceu Alice Toklas a posar para uma natureza-morta e, com a sua característica concepção abstrata dos objetos, começou a quebrar-lhe a cara e o resto do corpo para reduzi-lo às formas geométricas básicas, mas nunca chegou a concluir a obra porque a polícia interveio. Gris era um espanhol provinciano, e Gertrude Stein dizia sempre que só um verdadeiro espanhol podia ter feito o que ele fez; tentar criar obras-primas a partir do nada e ainda falar espanhol ao mesmo tempo. Era realmente um deslumbre.

Recordo-me que, certa tarde, estávamos sentados num bar de lésbicas no sul da França, com nossos pés confortavelmente instalados no parapeito da varanda, a qual ficava no norte da França, quando Gertrude Stein disse: "Estou enojada". Picasso achou muito engraçado e Matisse e eu tomamos isso como uma espécie de senha para irmos à África. Sete semanas depois, no Quênia, encontramos Hemingway, já bronzeado e de barba e dominando totalmente o estilo seco e descritivo que o caracterizaria. Ali, no chamado continente negro, jactou-se umas mil vezes de ter quebrado caras de uns e outros.

"Que que há, Ernest?", perguntei. Hemingway falou longamente sobre a morte e a aventura, daquele jeito que só ele sabia, e, quando acordei, ele já havia armado a barraca e estava fazendo uma enorme fogueira para cozinhar alguns tira-gostos de dois ou três elefantes que acabara de abater. Brinquei com ele sobre sua barba e rimos à beça e tomamos conhaque e então calçamos as luvas de boxe e ele acertou meu nariz.

Naquele ano voltei a Paris para falar com um compositor europeu, magrinho e nervoso, de nariz aquilino e olhos incrivelmente rápidos, e que um dia se tornaria Igor Stravinsky e, mais tarde, seu próprio melhor amigo. Hospedei-me na casa de Man e Sting Ray, e Salvador Dalí apareceu várias vezes para jantar, sendo que certo dia Dalí resolveu dançar a dança do ventre, o que foi um enorme sucesso, principalmente porque ele estava com dores de prisão de ventre.

Lembro-me de que, uma noite, Scott Fitzgerald e sua mulher Zelda resolveram voltar para casa depois de uma agitada festa de réveillon. Estávamos em abril. Havia três meses que não ingeriam nada senão champanhe e, na semana anterior, tinham despencado com sua limusine de um rochedo de trinta metros, caindo no oceano, apenas para pagar uma aposta. Os Fitzgerald eram autênticos, isto ninguém pode negar. Eram pessoas muito simples e, quando Grant Wood convidou-os a posar para o seu

"Gótico Americano", ficaram simplesmente encantados. Mas, pelo que Zelda me contou, Scott vivia deixando cair o forcado.

Nos anos seguintes, Scott e eu ficamos cada vez mais amigos e muitos acreditam que ele tenha baseado o protagonista de seu último romance em mim e que eu teria baseado minha vida no protagonista de seu romance anterior, e o resultado é que eu acabei sendo processado por um personagem de ficção.

Scott tinha sérios problemas para disciplinar seu trabalho e, embora ambos adorássemos Zelda, chegamos à conclusão de que ela produzia um efeito negativo em seu trabalho, reduzindo a sua produção de um romance por ano a uma esporádica receita anual de peixe e a uma série de vírgulas.

Finalmente, em 1929, fomos todos juntos à Espanha, onde Hemingway apresentou-me a Manolete, o qual era tão sensível que chegava a parecer efeminado. Usava constantemente calças justas de toureiro e, ocasionalmente, salto alto. Manolete era um grande artista, dos maiores. Se não tivesse se tornado um excepcional toureiro, possuía tanta graça que teria ficado famoso no mundo inteiro como guarda-livros.

Divertímo-nos a valer na Espanha e viajamos e escrevemos e Hemingway levou-me para pescar atum e pesquei quatro latas e rimos muito e Alice Toklas perguntou-me se eu estava apaixonado por Gertrude Stein porque havia-lhe dedicado um livro de poemas, embora os poemas fossem de T.S. Eliot e eu disse que sim, que a amava, mas que a coisa nunca daria certo porque ela era muito inteligente para mim, e Alice Toklas concordou, e então calçamos as luvas de boxe e Gertrude Stein acertou meu nariz.

Conde Drácula

Em algum ponto da Transilvânia, Drácula, o Monstro, dorme em seu caixão forrado de cetim, esperando pela noite. Como a exposição aos raios solares faz-lhe mal à pele, podendo até destruí-lo, ele se mantém protegido na sua tumba, a qual ostenta, gravado em prata, o nome de sua família. Chega então a hora das trevas e, guiado por seu miraculoso instinto, o demônio emerge da segurança de seu esconderijo e, assumindo as pavorosas formas do morcego ou do lobo, erra pelas redondezas, bebendo o sangue de suas vítimas. Finalmente, antes que despontem no céu os primeiros raios de seu arqui-inimigo, o sol, ele volta ao jazigo e dorme, à espera de que o ciclo recomece.

Neste momento ele começa a se mexer. O bater de suas pálpebras é a reação a um instinto secular e inexplicável de que o sol está se pondo e que chega a sua hora. Está particularmente sedento esta noite e, enquanto permanece deitado, já totalmente desperto, vestido com sua capa negra por fora e vermelha por dentro, aguarda que a noite a tudo envolva para que abra a pesada tampa do caixão. Entrementes, decide quais serão as suas vítimas àquela noite. Por que não o padeiro e sua mulher? São suculentos, disponíveis e ingênuos. A lembrança do desavisado casal, cuja confiança ele cultivou cuidadosamente, excita de maneira quase febril a sua sede de sangue, e ele mal pode esperar mais alguns segundos para sair em busca de sua presa.

E, de repente, ele sabe que o sol se pôs. Como um anjo do inferno, levanta-se rapidamente e, transformando-se num morcego, adeja diabolicamente até a cabana de suas vítimas.

"Conde Drácula! Mas que surpresa agradável!", diz a mulher do padeiro, abrindo a porta e convidando-o a entrar. (Claro que ele já reassumiu a forma humana, usando de todo o seu charme para disfarçar intenções tão malévolas.)

"O que o traz aqui tão cedo?", pergunta o padeiro.

"O seu convite para jantar, naturalmente", ele responde. "Espero não ter cometido um engano. Tínhamos marcado para esta noite, não?"

"Sim, para esta noite, mas ainda é meio-dia!"

"Como disse?", perguntou o conde, confuso.

"Ou veio para assistir conosco ao eclipse?"

"Eclipse?"

"Sim. Estamos tendo eclipse total."

"O QUÊ?"

"O eclipse foi previsto para dois minutos depois do meio-dia. Deve estar terminando. Olhe pela janela."

"Oh! Acho que estou frito!"

"Como?"

"Com licença, tenho que me retirar..."

"Como disse, conde Drácula?"

"Preciso ir – ahhh – oh, meu Deus...", e freneticamente agarra a maçaneta da porta.

"Já está indo, conde? Mas o senhor acabou de chegar!"

"Eu sei – mas – acho que me enganei..."

"Conde Drácula, o senhor está tão pálido!"

"Estou? Devo estar precisando de ar fresco. Olhem, foi um prazer revê-los e..."

"Ora, não faça cerimônia. Sente-se. Vamos tomar um drinque."

"Drinque? Não, preciso sair correndo. Aliás, voando! Tire o pé de minha capa."

"Ah, desculpe. Vamos, relaxe. Quer um vinho?"

"Vinho? Não, pode deixar. Sofro do fígado, você sabe. E agora, tchau, tchau, preciso sair daqui a jato. Acabo de me lembrar

que deixei acesas ao luzes do meu castelo. E com as contas ao preço em que estão..."
"Por favor", insiste o padeiro, abraçando firmemente o conde. "O senhor não está incomodando. Não seja tão cerimonioso. Apenas chegou mais cedo."
"Olhem, eu gostaria, mas há uma reunião de condes romenos no castelo e ainda tenho que preparar os frios."
"Mas que pressa. Não sei como não tem um ataque do coração!"
"Para dizer a verdade, acho que vou ter um agora!"
"Eu estava preparando justamente um empadão de galinha para esta noite", diz a mulher do padeiro. "Espero que goste."
"Adoro, adoro" – diz o conde com um sorriso, empurrando a mulher sobre uma pilha de roupa suja. Abre por engano a porta de um armário, entra e diz: "Meu Deus, onde fica a merda da porta da frente?".
"Ha, ha!", ri a mulher do padeiro. "Como o conde é engraçado!"
"Engraçadíssimo", responde o Conde, forçando uma risadinha.
"Agora saia da frente, sua broa velha!" Finalmente abre a porta da frente, mas já não há tempo.
"Olhe, mamãe!", grita o padeiro. "O eclipse deve ter terminado! O sol está saindo de novo!"
"É isso mesmo", diz o conde, voltando para dentro e trancando a porta. "Resolvi ficar. Fechem todas as cortinas depressa! *Depressa!*"
"Que cortinas, conde?"
"Ah, vocês não têm cortinas. Devia ter adivinhado. O porão, onde fica o porão?"
"Não temos porão", responde a mulher com ar compreensivo. "Estou sempre dizendo a Jarslov, temos que construir um porão, Jarslov. Mas Jarslov é assim, nunca segue meus conselhos, não é, Jarslov?"
"Estou sufocando. Onde é o armário?"

"Essa brincadeira nós já conhecemos, conde. Mamãe e eu rimos muito."
"Ah, como o conde é engraçado!"
"Olhem, vou me trancar no armário. Acordem-me às sete e meia da noite!" E assim dizendo, o conde se trancou no armário.
"Ah, ah, ah! Ele não é uma graça, Jarslov?"
"Oh, conde, saia do armário! Não seja bobinho!"
De dentro do armário sai a voz abafada do conde.
"Não – posso. Por favor. Deixem-me – ficar aqui. Está escurinho, gostoso..."
"Conde Drácula, pare com isso. Já não aguentamos de tanto rir!"
"Eu – adoro – esse armário –"
"Sim, mas..."
"Eu sei, eu sei. Parece estranho, mas eu gosto de ficar aqui dentro. Outro dia mesmo eu estava dizendo à sra. Hess, sou louco por armários. Sou capaz de ficar horas dentro deles. Boa mulher, a sra. Hess. Gorda, mas uma doce criatura. Agora, por que vocês não vão dar uma volta e me chamam à noite, hem? Ramona, la- -ra-ri-la-ri-ri-ri-ri, Ramona..."
Chegam o prefeito e sua mulher. Estavam passando e resolveram entrar para visitar seus bons amigos, o padeiro e a mulher.
"Olá, Jarslov. Espero que Katia e eu não estejamos incomodando."
"Ora, sr. prefeito, é uma honra. Saia daí, conde Drácula! Temos visitas!"
"O conde está aqui?", pergunta surpreso o prefeito.
"Está, e o senhor nunca adivinharia onde", diz a mulher do padeiro.
"É tão difícil vê-lo a esta hora. Acho até que nunca o vi durante o dia."
"Pois o fato é que ele está aqui. Saia daí, conde Drácula!"
"Onde está ele?", pergunta Katia, sem saber se deve rir ou não.

Insanidade mental

"Pare com essa brincadeira! Saia daí já, já!", ordena a mulher do padeiro, já impaciente.

"Está trancado no armário", diz o padeiro, meio sem jeito.

"É mesmo?", pergunta o prefeito.

"Vamos logo", berra a mulher, esmurrando a porta. "Já perdeu a graça. O prefeito está aqui."

"Ora, Drácula, que piada é esta?", grita o prefeito. "Vamos tomar um drinque."

"Vão embora, todos vocês. Estou ocupado", responde o conde.

"No armário?"

"Pois é. Não se preocupem. Daqui posso ouvir o que vocês dizem. Se tiver alguma coisa a acrescentar, prometo entrar na conversa."

Os dois casais se entreolham, desistem, servem as bebidas e começam o papo.

"Que eclipse hoje, hem?", comenta o prefeito, bebericando.

"É. Incrível."

"Incrível mesmo!", comenta Drácula, lá do armário.

"O que foi, conde?"

"Nada, nada. Esqueçam."

E assim passa o tempo, até que o prefeito já não aguenta mais e abre à força a porta do armário, gritando: "Chega, Drácula. Saia daí. Você é um homem crescido. Pare com esta loucura".

A luz do sol penetra no ambiente, fazendo com que o monstro comece a encolher, lentamente dissolver-se em um esqueleto e finalmente ser reduzido a pó, diante dos atônitos presentes. Abaixando-se para contemplar o montinho de cinzas brancas no chão do armário, a mulher do padeiro grita: "Quer dizer que vamos ter de jantar fora esta noite?".

Um pouco mais alto, por favor

Compreendam que estão lidando com um homem que devorou o *Finnegans Wake* enquanto brincava numa montanha-russa em Coney Island, desvendando com facilidade os abstrusos mistérios joyceanos, apesar de todas aquelas guinadas e descaídas capazes de afrouxar até as mais sólidas obturações a ouro. Compreendam também que eu fui um dos poucos que conseguiram perceber no Buick prensado, exibido no Museu de Arte Moderna, aquela sutil interligação de nuances e sombras que Odilon Redon poderia ter atingido, caso tivesse desprezado a delicada ambiguidade dos pastéis e trabalhado com uma trituradora de ferro-velho. E, portanto, como um daqueles cuja múltipla perspicácia foi das primeiras a interpretar corretamente *Esperando Godot*, para gáudio de seus perplexos espectadores, desnorteados durante o intervalo e sem saber se arrancavam o dinheiro da entrada da pele do bilheteiro ou se se conformavam com a sua perda, posso dizer com certeza que meu relacionamento com as sete artes é dos mais sólidos. Acrescentem a isto o fato de que os oito rádios regidos simultaneamente naquele famoso concerto no Town Hall deixaram-me emocionado, e que até hoje costumo sentar-me ao pé do meu Philco, num porão do Harlem, onde sintonizo alguns noticiários e boletins meteorológicos, enquanto um lacônico amigo meu, chamado Jess, narra partidas inteiras de futebol, naturalmente fictícias, mas nas quais seu time nunca vence.

Finalmente, para completar o meu caso, notem que sou uma figurinha das mais fáceis em *happenings* e estreias de filmes udigrúdi e que colaboro frequentemente em *Câmara na mão*, uma revista mensal que circula uma vez por ano, dedicada às últimas pesquisas sobre cinema e pesca em águas turvas. Se tudo isso não for suficiente para que eu possa ser considerado um intelectual, então, bicho, desisto. E, no entanto, apesar desse veio inestancável de percepção, que brota de mim como xarope pela goela de uma criança, fui lembrado recentemente de que possuo um calcanhar cultural de Aquiles que começa pela planta do pé, sobe perna acima e vai até a nuca. Deu pra entender?

Não. Tudo começou em janeiro último quando eu estava num bar da Broadway, devorando uma divina queijada e sofrendo uma alucinação tão violenta do colesterol que quase podia sentir minha aorta solidificando-se como um taco de golfe. Ao meu lado havia uma loura, dessas de fechar o comércio, que arfava e contorcia-se dentro de uma camiseta preta justa, de maneira tão provocante que seria capaz de transformar um escoteiro num lobisomem. O principal tema de nosso relacionamento, durante os primeiros quinze minutos de bola em jogo, limitara-se à minha observação "Passe o sal, por favor", apesar de várias tentativas de minha parte de começar alguma coisa. E, de fato, aconteceu: ela me passou o sal e fui obrigado a despejar algumas pitadas sobre a queijada, para demonstrar-lhe a integridade de minha solicitação.

"Parece que os ovos vão subir", arrisquei finalmente, fingindo aquela superioridade típica de um homem que aluga porta-aviões para passear na baía. Sem saber que seu namoradinho estivador acabara de entrar no bar, com um *timing* digno do Gordo e o Magro, e que estava agora parado bem atrás de mim, dei-lhe um olhar bem lânguido e guloso, e só me lembro de ter feito alguma piada de mau gosto sobre arquitetura moderna antes de perder os sentidos. A próxima coisa de que me lembro foi a de estar correndo pela rua, a fim de escapar da ira do que parecia ser um bando de sicilianos tentando vingar a honra da garota. Escondi-me na sala escura de um cinema de sessões passatempo, onde uma pirueta de Pernalonga e três tranquilizantes restauraram meu sistema nervoso ao seu compasso normal. O filme principal surgiu na tela e, para minha surpresa, tratava dos habitantes das florestas da Nova Guiné – que achei melhor ainda do que "Formações de musgo" ou "A vida dos pinguins". Dizia o narrador: "Atrasados, vivendo hoje exatamente como seus antepassados de milhões de anos, eles se alimentam de javalis selvagens cujo padrão de vida também não parece estar melhorando muito, e à noite reúnem-se em volta da fogueira para falar de suas façanhas do dia através de mímica". Mímica. A palavra me atingiu com a clareza de um inalador nasal. Era uma rachadura na minha armadura cultural – a única, é verdade, mas que me perturbou quase tanto quanto uma versão muda de *O capote*, de Gogol, que me parece ser apenas uma trupe de catorze russos fazendo ginástica. O fato é que a mímica sempre fora um mistério para mim – um mistério que eu sempre preferira ignorar, devido ao embaraço que me causava. Mas a sensação de fracasso voltava a me atingir, e, desta vez, com força redobrada. Confesso que não compreendia as frenéticas gesticulações dos aborígenes da Nova Guiné, assim como também não entendia por que as multidões viviam adulando Marcel Marceau. Contorcia-me na minha poltrona à medida que aquele Téspis da selva estimulava os seus pares sem dizer palavra, finalmente passando uma cesta na qual recolhia dos mais velhos o que devia significar dinheiro. E, então, totalmente arrasado, saí do cinema.

 Em casa, àquela noite, minha limitação deixou-me angustiado. Infelizmente, era verdade: apesar de minha celeridade canina em outras áreas da criação artística, bastava uma pitada de mímica para me deixar tão em branco quanto uma vaca. Comecei a rugir de impotência, mas senti uma distensão na panturrilha e tive de me sentar. Tentei raciocinar. Afinal de contas, haverá meio mais elementar de comunicação? Por que seria esta forma universal de arte tão óbvia para todos, menos para mim? Tentei novamente rugir de impotência e desta vez consegui, mas moro numa rua tão sossegada que, em poucos minutos, dois amáveis brutamontes da 19ª vieram me informar que rugir de impotência poderia me acarretar uma multa de quinhentos dólares, seis meses de prisão ou ambas. Agradeci-lhes e fui direto para a cama, onde a luta para dormir e esquecer minha monstruosa limitação resultou em oito horas de ansiedade noturna que eu não desejaria a Macbeth.

Outra manifestação dramática de minha ignorância sobre mímica ocorreu apenas algumas semanas mais tarde, quando dois ingressos grátis para o teatro foram colocados debaixo de minha porta – o prêmio por eu ter identificado corretamente a voz de Mama Yancey num programa de rádio, uns quinze dias antes. O primeiro prêmio era um Bentley do ano e, em minha excitação para ligar antes dos outros para o *disc Jockey*, saí correndo nu do banheiro. Pegando o telefone com uma mão molhada e sintonizando o rádio com a outra, levei um choque que me fez subir pelas paredes e provocou um curto que apagou as luzes da rua inteira. Minha segunda órbita em volta do lustre foi interrompida por uma gaveta aberta em minha escrivaninha Louis XV, contra a qual eu tinha ido de cabeça, acabando por engolir um bibelô. Uma insígnia florida em meu rosto, o qual agora parecia ter sido ferreteado por uma forminha de biscoito rococó, além de um galo na cabeça do tamanho de um ovo de albatroz, fizeram-me tirar o segundo lugar, atrás da sra. Sleet Mazursky. Assim, dando adeusinho ao Bentley, candidatei-me às duas entradas grátis para uma peça num teatrinho off-Broadway. Ao descobrir que havia no elenco um mímico de fama internacional, meu entusiasmo desceu a uma temperatura de calota polar. Mas, decidindo acabar com aquela cisma, resolvi ir. Como parecia impossível arranjar alguém para ir comigo em apenas seis semanas, usei o ingresso que estava sobrando para dar de gorjeta a meu lavador de janelas, Lars, um lacaio tão sensível quanto o Muro de Berlim. A princípio, o pobre idiota achou que o cartãozinho laranja era para comer, mas quando lhe expliquei que aquilo servia para assistir a uma divertida noite de mímica – o único espetáculo, além de um incêndio, que ele seria capaz de apreciar –, agradeceu-me profusamente.

Na noite do espetáculo, nós dois – eu com minha capa de ópera, e Lars com seu balde – saímos com *aplomb* de um táxi e, adentrando o teatro, dirigimo-nos portentosamente a nossas poltronas, onde estudei o programa e descobri, com certo nervosismo, que o primeiro número seria uma pequena pantomima intitulada *Indo a um piquenique*. Começou com um homenzinho entrando no palco, todo maquilado de branco e vestido com uma pele de leopardo preto. Enfim, uma roupa típica de piquenique – eu mesmo usei uma dessas num piquenique no Central Park ano passado e, exceto por alguns adolescentes irritados que viram naquilo um convite a alterar os ângulos do meu rosto, ninguém mais notou. O mímico, em seguida, estendeu no chão a toalha de piquenique e foi aí que minha confusão começou. Eu não sabia direito se ele estava estendendo a toalha ou ordenhando uma pequena cabra. Depois, com um gesto estudado, tirou os sapatos, embora eu não possa jurar que fossem sapatos, porque ele parecia ter bebido um deles e despachado o outro para Pittsburgh. Digo "Pittsburgh", mas realmente é difícil descrever o conceito mímico de Pittsburgh, e, quanto mais penso no assunto, mais me convenço de que, em vez disso, ele estava representando um palmípede tentando sair de uma porta giratória – ou talvez dois anões desmontando uma rotativa. O que isso tem a ver com um piquenique, confesso que me escapa. O mímico então começou a empilhar uma coleção invisível de objetos retangulares, aparentemente pesados, como uma coleção completa da *Encyclopaedia Britannica*, que, segundo suspeito, ele estava tirando da cesta de piquenique, embora pudesse ser também o Quarteto de cordas de Budapeste, todos de fraque e amordaçados.

A essa altura, para surpresa dos presentes ao meu lado, comecei como sempre a tentar ajudar o mímico a esclarecer os detalhes da cena, adivinhando em voz alta o que ele estava fazendo. "Travesseiro... um travesseiro grande? Almofada? Está parecendo almofada..." Esta participação, mesmo bem-intencionada, costuma aborrecer os verdadeiros amantes do teatro mudo, e já notei em mais de uma ocasião uma tendência daqueles sentados perto de mim de manifestarem de diversas formas o seu desagrado. Geralmente as pessoas apenas pigarreiam para me mandar calar a boca, mas certa vez recebi um tapa no pé da orelha desferido por uma senhora. Nessa mesma ocasião, uma espectadora bateu com sua *lorgnette* nos meus dedos, aproveitando para me admoestar com uma expressão como "Sem essa, cara!". Em seguida, com a paciência de um sargento falando com um soldado recém--atingido por um obus, explicou-me que o mímico estava naquele momento tratando humoristicamente os vários elementos que compõem um piquenique – formigas, chuva e o nunca por demais lembrado abridor de garrafas. Temporariamente esclarecido, rolei de rir da piada do homem que vai a um piquenique e esquece em casa o abridor de garrafas. O que faltam inventar, não é?

Finalmente, o mímico começou a encher balões invisíveis. Ou então a tatuar o corpo docente de uma universidade – mas poderia também estar tatuando qualquer quadrúpede enorme, extinto, frequentemente anfíbio e geralmente herbívoro, desde que fossilizado e encontrado no Ártico, bem conservado em temperatura ambiente. A esta altura a plateia já não aguentava de dar risada. Mesmo o obtuso Lars tinha sido obrigado a usar seu rodo para enxugar as lágrimas que corriam pelo seu rosto, de tanto rir. Mas, para mim, não havia jeito: quanto mais me esforçava, menos compreendia. Absolutamente derrotado, achei que já chegava e me mandei. Na saída, ouvi um interessante diálogo entre duas faxineiras do teatro sobre os prós e os contras da bursite. Recuperando moderadamente a consciência sob as luzes da marquise na calçada, ajeitei o nó da gravata e dei um pulinho no Riker's, onde um hambúrguer e uma laranjada me foram servidos sem que eu tivesse o menor trabalho em decifrar-lhes o significado. Pela primeira vez naquela noite, pude me desfazer de meu pesado fardo de culpas. E até hoje devo admitir que a lacuna permanece em minha cultura. Mas continuo insistindo. Nunca mais perdi um espetáculo de mímica. Além disso, como eles não falam, limitando-se a revirar os olhos, contorcer-se e plantar bananeira, não me incomodam enquanto durmo.

Conversações com Helmholtz

O que se segue são alguns trechos extraídos das *Conversações com Helmholtz*, brevemente nas livrarias. O dr. Helmholtz, hoje com cerca de noventa anos, foi contemporâneo de Freud, pioneiro da psicanálise e fundador de uma escola de psicologia que hoje leva o seu nome. Mas talvez seja mais conhecido por suas experiências sobre o comportamento, nas quais provou que a morte é um traço adquirido.

Helmholtz reside em Lausanne, Suíça, com seu criado Hrolf e seu cão dinamarquês Hrolf. Dedica grande parte do tempo a escrever e está, neste momento, revisando sua autobiografia, a fim de incluir-se nela. As "conversações" foram mantidas durante um período de vários meses entre Helmholtz e seu discípulo Temor Hoffnung, a quem Helmholtz odeia intensamente, mas a quem tolera porque ele lhe traz bombons recheados.

Seus diálogos cobrem inúmeros assuntos, da psicanálise e religião até aos verdadeiros motivos pelos quais Helmholtz nunca conseguiu adquirir um cartão de crédito. "O Mestre", como Hoffnung o chama, revela-se neste livro um homem afetuoso e perceptivo, capaz de afirmar que trocaria todas as realizações de sua vida por uma pomada que o livrasse das hemorroidas.

1º DE ABRIL: Cheguei à casa de Helmholtz precisamente às dez horas da manhã e fui informado pelo criado de que o médico estava no gabinete livrando-se de suas capas. Em minha pressa, julguei ter ouvido que o médico estava no gabinete livrando-se de sua caspa.

Como logo descobri, eu tinha ouvido corretamente e Helmholtz estava realmente livrando-se de sua caspa, com o auxílio de uma escovinha. Não apenas isto, como juntava os montinhos de caspa sobre a escrivaninha e estudava-os cuidadosamente. Quando lhe perguntei para que aquilo, ele respondeu: "Calcule quantas neuroses subjacentes nessas pequeninas glândulas sebáceas!". Sua resposta me intrigou, mas preferi não insistir no assunto. Quando ele se reclinou no divã, perguntei-lhe sobre Freud e os primeiros anos da psicanálise.

"Quando conheci Freud, já estava construindo minhas teorias. Encontramo-nos numa padaria. Freud estava tentando comprar bolachas, mas não tolerava a ideia de pedi-las pelo nome. Como você sabe, ele tinha vergonha de pronunciar a palavra bolachas. Apontou para as bolachas e disse ao padeiro: 'Quero meio quilo daquelas coisinhas ali'. O padeiro perguntou: 'O senhor se refere às bolachas, Herr professor?'. Freud ficou rubro e disse: 'Não. Pode deixar', e saiu. Naturalmente, comprei as bolachas, o que não me provocou qualquer embaraço, e presenteei-o com elas. Desde então nos tornamos amigos, mas o assunto sempre me intrigou. Por que algumas pessoas têm vergonha de dizer certas palavras? Há alguma que você não diga, por exemplo?"

Expliquei ao dr. Helmholtz que, de fato, sempre me sentia mal ao dizer "oblívio". Helmholtz respondeu que esta era uma palavra absolutamente cretina e que gostaria de quebrar a cara da pessoa que a tinha inventado.

A conversa voltou a tratar de Freud, que parece dominar todos os pensamentos de Helmholtz, embora os dois tivessem passado a se detestar depois de uma violenta discussão a respeito de salsa.

"Lembro-me de um caso de Freud: a paralisia nasal de Edna S. Histérica, que a impedia de imitar um coelho quando tinha vontade. Isso causava à moça uma grande ansiedade entre seus amigos, os quais, com enorme dose de crueldade, pediam-lhe que imitasse um coelho e, como ela não conseguisse, contorciam livremente suas narinas, apenas para provocá-la. Freud analisou-a em inúmeras sessões, mas, em vez de se tornar dependente de Freud, tornou-se dependente de um cabide no consultório. Freud ficou receoso porque, naqueles tempos, a psicanálise ainda era vista com muitas reservas. Assim, no dia em que ela fugiu com o cabide, Freud jurou que abandonaria a profissão. De fato, durante algum tempo chegou a pensar seriamente em tornar-se um acrobata, só desistindo depois que Ferenczi o convenceu de que ele nunca aprenderia a dar cambalhotas muito bem."

Pude então notar que Helmholtz estava meio sonolento, porque havia escorregado do divã e estava agora ressonando debaixo da mesa. Assim, decidido a não perturbá-lo, saí na ponta dos pés.

5 DE ABRIL: Quando cheguei, Helmholtz estava tocando violino. (É um maravilhoso violinista, embora não saiba ler música e só consiga tocar uma nota.) Mais uma vez, discutimos os problemas iniciais da psicanálise.

"Todos brigavam por causa de Freud. Rank tinha ciúmes de Jones. Jones tinha ciúmes de Brill. Brill tinha tantos ciúmes de Adler que chegou a esconder-lhe suas galochas. Certa vez Freud descobriu um puxa-puxa em seu bolso e deu um pedaço a Jung. Rank ficou furioso. Queixou-se a mim de que Freud estava protegendo Jung, principalmente na hora de distribuir os doces. Não lhe dei confiança porque, certa vez, ele se referiu ao meu trabalho *A euforia das lesmas* como 'o zênite do raciocínio mongoloide'. Muitos anos depois, Rank recordou-me o episódio enquanto pescávamos baleias nos Alpes. Repeti-lhe minha opinião de que ele havia agido como um idiota e ele admitiu que, naquela época, estava sob particular tensão porque acabara de descobrir que seu primeiro nome, Otto, podia ser escrito de trás para frente sem que fizesse diferença, e isto o deprimia."

Helmholtz convidou-me para jantar. Sentamo-nos a uma grande mesa de carvalho, que ele afirma ter sido presente de Greta

Garbo, embora ela desminta qualquer conhecimento disso ou de Helmholtz. Um jantar tipicamente helmholtziano consistia de uma passa, generosas porções de banha e uma lata de salmão para cada um. Quando terminamos, foram servidas pastilhas de hortelã e Helmholtz mostrou-me sua coleção de borboletas, o que deixou-o agastado quando ele se deu conta de que elas não podiam voar.

Em seguida, dirigimo-nos à sala para os charutos de praxe. Helmholtz esqueceu-se de acender o seu, mas aspirava com tanta força que o charuto realmente estava diminuindo. Enquanto isso, discutimos alguns dos mais célebres casos do Mestre.

"Houve, por exemplo, Joachim B. Era um homem de meia-idade que não conseguia entrar numa sala onde houvesse um violoncelo. Mais grave ainda, se descobrisse que estava numa sala onde houvesse um violoncelo, não conseguia sair, a não ser convidado por um Rothschild. Além disso, Joachim B. gaguejava. Mas não quando falava. Apenas quando escrevia. Se tinha de escrever a palavra mas, provavelmente a escreveria M--MM-M-M-MAS. Isto o incomodava tanto que, um dia, tentou o suicídio por asfixia, enfiando a cabeça dentro de um queijo. Mas, como se tratava de um queijo suíço, não morreu. Curei-o através da hipnose e, a partir daí, levou uma vida relativamente normal, embora ocasionalmente se referisse a um cavalo que o aconselhara a tentar arquitetura."

Helmholtz falou depois do tristemente célebre V., o tarado que aterrorizou Londres.

"Um dos casos mais estranhos de perversão. Possuía uma fantasia sexual recorrente na qual era humilhado por um grupo de antropólogos e obrigado a andar com as pernas arqueadas, o que lhe dava grande prazer sexual. Lembrava-se também de que, em criança, surpreendera a governanta de seus pais (uma mulher de moral ambígua) no ato de beijar compulsivamente um repolho, o que achou erótico. Na adolescência, foi punido pelo pai severamente por ter envernizado a cabeça de seu irmão, embora seu pai, pintor de profissão, só se tivesse irritado pelo fato de ele ter dado uma só mão de verniz. V. atacou a primeira mulher aos dezoito anos e, dali em diante, violou cerca de meia-dúzia por semana durante anos. O melhor que pude fazer por ele foi descobrir um hábito mais aceitável socialmente para substituir suas tendências agressivas. Assim, quando se via a sós com uma mulher, tirava do bolso um enorme talo de aspargo e o mostrava a ela, em vez de atacá-la. Embora a visão daquilo pudesse provocar certa consternação em algumas, eram pelo menos poupadas de qualquer violência e algumas até confessaram que suas vidas foram enriquecidas pela experiência."

12 DE ABRIL: Desta vez Helmholtz não estava se sentindo muito bem. Tinha se perdido no quintal, na véspera, e tropeçara em algumas peras. Encontrei-o deitado, mas sentou-se na cama assim que cheguei e até deu boas risadas quando lhe contei que tinha um abscesso.

Discutimos sua teoria da psicologia reversa, a qual lhe ocorreu logo depois que Freud morreu. (A morte de Freud, segundo Ernest Jones, foi o fato que provocou a separação definitiva entre Helmholtz e Freud. Os dois raramente se falaram depois disso.)

Naquela época, Helmholtz havia desenvolvido um processo pelo qual tocava uma campainha e uma parelha de ratos brancos acompanhava sua mulher até a porta e a deixava na estrada. Helmholtz realizou muitas outras experiências behavioristas e só as abandonou quando um cachorro que ele treinara para salivar à sua chegada recusou-se a deixá-lo entrar em casa num feriado. Além disso, Helmholtz escreveu também o hoje clássico *Risotas espontâneas dos caribus*.

"É verdade, eu fundei a escola da psicologia reversa, mas por acidente. Minha mulher e eu estávamos confortavelmente deitados para dormir quando me deu uma irresistível vontade de beber água. Com preguiça de ir apanhá-la eu mesmo, pedi à sra. Helmholtz que fosse à cozinha buscá-la. Ela se recusou, argumentando cansaço por ter passado o dia ordenhando galinhas. Finalmente, eu disse: 'Está bem, não estou com sede e, se você quiser saber, água seria a última coisa que eu tomaria agora'. Com isso, a mulher deu um salto da cama e disse: 'Ah, não quer beber água, hem?' e foi lá dentro buscá-la. Tentei discutir o incidente com Freud durante uma gincana de analistas em Berlim, mas ele e Jung estavam empenhados numa corrida de sacos e não tiveram tempo de me ouvir. Só anos depois pude utilizar esse princípio no tratamento de depressão, conseguindo curar o grande cantor de ópera, J. de sua apreensão mórbida de que, algum dia, morreria engasgado com uma semifusa."

18 de abril: Quando cheguei, encontrei Helmholtz podando roseiras. Falou com eloquência da beleza das flores, as quais admirava porque "nunca lhe pediam dinheiro emprestado".

Falamos também da psicanálise contemporânea, que Helmholtz considera um mito mantido vivo apenas pela indústria de divãs.

"Esses analistas modernos! Cobram muito caro. No meu tempo, por cinco marcos o próprio Freud o analisaria. Por dez marcos, não apenas o analisaria, como lhe passaria as calças a ferro. Por quinze marcos, Freud deixaria que *você* o analisasse. Mas, hoje? Trinta dólares a hora! Cinquenta dólares a hora! O Kaiser não ganhava mais do que doze para ser o Kaiser! E ele tinha de andar para chegar ao trabalho. E a extensão dos tratamentos? Dois anos! Cinco anos! Se um analista não consegue curar um paciente em seis meses, devia devolver-lhe o dinheiro, levá-lo a um teatro rebolado e dar-lhe uma fruteira de mogno ou um faqueiro de aço. Lembro-me de como era fácil identificar os clientes com quem Jung fracassara, porque ele sempre lhes dava pandas embalsamados."

Passeamos pelo jardim e Helmholtz falou de outros assuntos. Sua cabeça era uma coleção de conceitos originais, alguns dos quais consegui preservar, anotando-os num papel.

Sobre a condição humana: "Se o homem fosse imortal, já imaginaram como não seriam suas contas de açougue?"

Sobre a religião: "Não acredito na vida depois da morte, embora sempre traga comigo uma muda de cueca."

Sobre literatura: "A literatura inteira é uma nota de rodapé de *Fausto*, mas não sei o que quero dizer com isso."

Cada vez me convenço mais de que Helmholtz é um grande homem. Mas também não sei o que quero dizer com isso.

Viva Vargas!
Excertos do Diário
de uma Revolução

3 DE JUNHO: Viva Vargas! Hoje nos mandamos para as colinas. Revoltados com a exploração de nosso país pelo corrupto regime de Arroyo, mandamos Julio ao palácio com uma lista de exigências e reivindicações, nenhuma delas afoita nem – em minha opinião – excessiva. Infelizmente, a agenda de Arroyo não lhe permitiu dispensar um pouco do tempo em que estava sendo abanado para receber nosso querido emissário e, por isso, transferiu o assunto a seu ministro, o qual prometeu dispensar toda a sua consideração às nossas petições, embora antes fizesse questão de ver quanto tempo Julio conseguia sorrir com a cabeça mergulhada em lava incandescente.

Devido a inúmeros descaramentos como este, resolvemos finalmente, sob a inspirada liderança de Emílio Molina Vargas, tomar o assunto em nossas próprias mãos. Se isto for traição – gritamos nas ruas –, vamos pelo menos botar pra quebrar.

Eu me encontrava confortavelmente refestelado numa banheira quente quando um de nossos informantes veio me avisar que a polícia estava a caminho para me prender. Ao sair do banho com compreensível pressa, pisei num sabonete molhado e escorreguei até o pátio, caindo justamente em cima de meus dentes, os quais saltitaram pelo cimento como chicletes. Embora nu e meio esfolado, o instinto de sobrevivência ordenou-me a dar o pira dali, o que fiz montando El Diablo, meu fiel garanhão, emitindo o grito de guerra dos rebeldes. Mas parece que até El Diablo se assustou com o grito porque, depois de relinchar, empinou demasiadamente e me jogou ao chão, no que fraturei uma ou outra costela.

 Como se tudo isso não bastasse, eu tinha caminhado menos de cinco metros quando me lembrei de minha prensa clandestina e, sem querer deixar para o inimigo uma arma política de tanta força ou uma prova que me condenaria pelo resto da vida, dei meia-volta e fui buscá-la. Mas, como vocês já adivinharam, o raio da prensa pesava mais do que eu imaginava e levantá-la do chão era um trabalho mais apropriado para um guindaste do que para um tíbio e subdesenvolvido revolucionário. Quando a polícia chegou, minha mão estava presa na roda dentada, enquanto os rolos imprimiam continuamente passagens de Marx sobre minhas costas. Não me perguntem como consegui me safar e escapar pela janela dos fundos. Tive sorte em driblar a polícia e me esconder nas colinas entre os homens de Vargas.

 4 DE JUNHO: Vocês não imaginam a paz nestas colinas. Dormir à luz das estrelas! Um grupo de homens dedicados em busca de um objetivo comum. Embora eu esperasse ter uma ou duas palavras a dizer sobre o planejamento da guerrilha, Vargas achou melhor me aproveitar como assistente do cozinheiro. O que não é um trabalho tão fácil quanto vocês devem estar pensando – com essa escassez de comida! –, mas alguém tem de desempenhá-lo e, com os devidos descontos, minha primeira refeição foi um sucesso. É verdade que nem todos os homens eram particularmente apreciadores de iguanas, mas não podemos ser muito exigentes e, fora um ou outro guerrilheiro com aversão gratuita a répteis, o jantar não teve maiores incidentes.

 Entreouvi uma conversa de Vargas e ele está entusiasmado com nossas possibilidades. Acha que até dezembro controlaremos a capital. Seu irmão Luís, por outro lado – um homem introspectivo por natureza –, acha que é apenas uma questão de tempo até que morramos de fome. Os irmãos Vargas estão sempre discutindo questões de estratégia militar e ciência política, e é difícil imaginar que esses dois grandes chefes rebeldes eram, até a semana passada, faxineiros de um lavatório do Ritz. Enquanto isso, esperamos.

10 DE JUNHO: Passamos o dia fazendo ginástica. É espantoso como um bando de guerrilheiros está sendo transformado num verdadeiro exército. Na parte da manhã, Hernandez e eu nos adestramos no uso de nossos facões de mato e, graças a um excesso de zelo de meu companheiro, descobri que tinha sangue do tipo universal. O pior é a espera. Arturo tem um violão, mas só sabe tocar "Cielito lindo" e, embora os companheiros tenham até gostado no começo, poucos ainda lhe pedem para tocar. Tentei preparar os iguanas de modo diferente e acho que todos gostaram, exceto alguns que tiveram de mastigar com mais força e se esforçar para engolir.

Entreouvi Vargas outra vez. Ele e seu irmão estavam falando sobre o que fazer depois que tomarmos a capital. Imagino o cargo que ele irá me reservar quando a revolução terminar. Mas acho que minha fidelidade verdadeiramente canina acabará compensando.

1º DE JULHO: Um grupo de nossos melhores homens assaltou hoje uma cidade em busca de comida e teve oportunidade de empregar algumas das táticas que temos ensaiado. O grupo foi chacinado, mas Vargas considerou o ataque uma vitória moral de nossa parte. Os que não participaram do assalto sentaram-se ao redor da fogueira enquanto Arturo nos brindava com suas interpretações de "Cielito lindo". O moral continua alto, apesar da quase ausência de comida e armamentos, e do tempo custar a passar. Felizmente conseguimos nos distrair com o calor de quarenta graus, o que me parece ser responsável pela maioria dos ruídos estranhos produzidos pelos homens. Mas nosso dia chegará.

10 DE JULHO: Tivemos um dia razoavelmente bom hoje, apesar de estarmos cercados pelos homens de Arroyo e reduzidos a poucos. Isto foi, em parte, minha culpa, porque revelei nossa posição ao gritar inadvertidamente socorro quando uma tarântula subiu pela minha perna. Durante alguns momentos, não consegui desagarrar a aranha que penetrava pelas minhas peças íntimas, fazendo-me girar em torno de mim mesmo e sair correndo para o riacho, onde fiquei cerca de 45 minutos. Quase em seguida, os homens de Arroyo abriram fogo. Lutamos bravamente, embora o ataque de surpresa tenha criado entre nós uma ligeira desorganização, a ponto de alguns companheiros atirarem uns contra os outros. Vargas, por exemplo, escapou por um fio quando uma granada de mão caiu aos seus pés. Consciente de que só ele era indispensável, mandou-me cair sobre ela, o que fiz prontamente. Por sorte, a granada não explodiu e escapei ileso, exceto por uma leve comichão e pela incapacidade de dormir a não ser que alguém segure a minha mão.

15 DE JULHO: O moral dos companheiros parece estar subindo de novo, apesar de alguns revezes de pouca monta. Miguel, por exemplo, roubou alguns mísseis terrestres, mas confundiu-os com mísseis aéreos e, ao tentar explodir os aviões de Arroyo, acabou explodindo todos os nossos caminhões. Quando Miguel começou a levar a coisa na brincadeira, José ficou furioso e os dois brigaram. Em seguida, fizeram as pazes e desertaram juntos. Por falar nisso, a deserção seria um enorme problema, se, até agora, o nosso otimismo e espírito de união não a estivesse limitando a três entre quatro homens. É claro que continuo leal e cozinhando, mas os companheiros parecem continuar não avaliando a dificuldade de minha tarefa. (Falando espanhol claro, minha vida estará em perigo se eu não encontrar uma alternativa aos iguanas.) Não sei por que, às vezes, os soldados são tão intolerantes. Qualquer dia desses, vou surpreendê-los com uma novidade. Enquanto isto, continuamos esperando. Vargas anda em sua tenda e Arturo nos delicia com "Cielito lindo".

1º DE AGOSTO: Apesar de tudo com que temos sido agraciados, não há dúvida de que transparece uma certa tensão em nosso quartel revolucionário. Pequenas coisinhas, que só os mais observadores notariam, indicam um certo desconforto subjacente. Por exemplo, houve algumas punhaladas entre os companheiros à medida que as brigas se tornaram mais frequentes. Da mesma forma, uma tentativa de assaltar um depósito de munições frustrou-se quando o foguete de sinalização que Jorge ia disparar explodiu acidentalmente em seu bolso. Todos os homens foram capturados exceto Jorge, que só foi apanhado depois de esmurrar umas dez portas pedindo para entrar. De volta ao campo, quando servi o suflê de iguana, os companheiros se insubordinaram. Vários me agarraram para que Ramon me espancasse com minha própria concha. Salvei-me miraculosamente por causa de uma tempestade cujos raios atingiram três homens. Finalmente, com as frustrações no auge, Arturo arranhou os primeiros acordes de "Cielito lindo" e alguns dos companheiros menos chegados à música levaram-no para trás da rocha e o fizeram comer a guitarra.

 Analisando agora o lado positivo, o enviado diplomático de Vargas, após inúmeras tentativas baldadas, concluiu finalmente um interessante acordo com a CIA, pelo qual, em troca de nossa inabalável fidelidade à política americana para sempre, eles se obrigavam a nos fornecer nada menos que cinquenta frangos defumados.

 Vargas admite que talvez tenha sido um pouco apressado ao predizer para dezembro a nossa vitória e calcula que talvez leve mais algum tempo. O curioso é que deixou de consultar seus mapas da região e agora folheia com sofreguidão as vísceras de passarinhos e os horóscopos dos jornais.

12 DE AGOSTO: A situação piorou um pouco. Os cogumelos que colhi cuidadosamente, a fim de variar o menu, eram venenosos e, embora o único efeito desagradável tenha sido as convulsões que provocaram em todos os companheiros, alguns deles não se conformaram. Para completar, a CIA reconsiderou nossas

chances de ganhar a guerra e, como resultado, ofereceu um almoço de reconciliação a Arroyo e a seu ministério no Wolfie's, em Miami. Isto, e mais os 24 bombardeiros que a CIA ofereceu de graça ao governo, Vargas interpretou como uma súbita mudança em suas preferências.

O moral continua razoavelmente alto e, embora a taxa de deserção tenha crescido, continua limitada àqueles que ainda conseguem andar. O próprio Vargas me parece um pouco mudado e deu para economizar barbante. Começa a desconfiar de que a vida sob o regime de Arroyo talvez não fosse tão péssima quanto ele imaginava. Tem até pensado em reorientar os companheiros que restaram, abandonar os ideais revolucionários e formar uma orquestra de rumba. Entrementes, as chuvas constantes provocaram uma avalancha nas montanhas, soterrando os irmãos Juarez em pleno sono. Mandamos um emissário a Arroyo com uma nova lista de nossas exigências, substituindo o parágrafo que tratava de sua rendição incondicional por uma receita de iguana. Vamos ver no que vai dar.

15 DE AGOSTO: Tomamos a capital! Os inacreditáveis detalhes são os seguintes:

Após longas deliberações, os companheiros votaram a favor de uma missão suicida, calculando que só o elemento surpresa poderia sobrepujar as forças indiscutivelmente superiores de Arroyo. À medida que marchávamos pela selva em direção ao palácio, a fome e a fadiga minaram lentamente uma parte da nossa obstinação, até que, perto de nosso destino, decidimos mudar de tática e começamos a rastejar para ver se dava melhor resultado. Pois bem. Rastejamos até a porta do palácio, cujos guardas nos prenderam e nos conduziram a Arroyo. O ditador levou em consideração o fato de nos termos rendido e, embora não abrisse mão de simplesmente estripar Vargas, permitiu que fôssemos apenas esfolados vivos. Reavaliando nossa situação à luz deste novo conceito, sucumbimos ao pânico e começamos a correr em todas as direções, enquanto os guardas abriam fogo. Vargas e eu corremos para cima e, procurando um lugar para nos escondermos, entramos no boudoir da primeira-dama, onde a flagramos em contato ilícito com o irmão do ditador. Ambos ficaram meio atarantados. O irmão de Arroyo sacou a arma e disparou um tiro. Sem que ele o soubesse, isso serviu de sinal a um grupo de mercenários contratados pela CIA para nos expulsar das colinas em troca da permissão de Arroyo a que os Estados Unidos instalassem aqui uma indústria de mariola. Os mercenários, algo confusos a respeito das últimas decisões da política externa norte-americana, atacaram o palácio por engano. Arroyo e seus asseclas julgaram ser aquilo uma traição e responderam ao fogo dos invasores. Ao mesmo tempo, uma antiga trama arquitetada por alguns maoístas para assassinar Arroyo desencadeou-se quando uma bomba colocada num tamale explodiu prematuramente, pulverizando a extrema esquerda do palácio e projetando a mulher e o irmão de Arroyo a um distante canavial.

Agarrando uma valise contendo o seu saldo bancário na Suíça, Arroyo tentou escapar pela porta dos fundos para alcançar um jatinho que mantinha sempre pronto pra tais emergências. O piloto conseguiu decolar entre as rajadas de balas, mas, no meio da confusão, apertou o botão errado, fazendo-o entrar em parafuso. Momentos depois, o jatinho explodiu justamente no esconderijo dos mercenários, causando-lhes tantas baixas que eles tiveram de se render.

Durante tudo isto, Vargas, nosso idolatrado líder, adotou a brilhante tática de esperar para ver no que dava, escondendo-se na lareira, disfarçado de núbio decorativo. Quando a barra ficou mais limpa, foi na ponta dos pés até a sala de Arroyo e assumiu o poder, tomando antes o cuidado de inspecionar a geladeira e capturar um sanduíche de pernil.

Celebramos durante a noite inteira e todo mundo se embriagou. Falei com Vargas em seguida a respeito das dificuldades de se governar um país. Embora acredite que eleições livres sejam essenciais a qualquer democracia, ele parece acreditar que ainda será preciso esperar um pouco até que o povo esteja preparado para votar. Enquanto isto, porá em funcionamento um sistema de governo que foi obrigado a improvisar, baseado na monarquia por direito divino.

Ah, sim. Minha lealdade foi recompensada, como eu esperava. Vargas permitiu que eu me sentasse à sua mão direita durante as refeições. E, além disso, agora sou responsável pela imaculada brancura das latrinas.

Descoberta e uso do respingo imaginário

Não há provas de que um respingo de tinta falsa (desses que podem ser preparados por qualquer criança munida de um laboratório químico infantil) tenha aparecido no Ocidente antes de 1921. No entanto, sabia-se que Napoleão se divertia muito com o anel elétrico, o velho brinquedinho que provoca choques quando em contato com a mão de algum otário. Napoleão costumava oferecer sua real mão em amizade a qualquer governante estrangeiro, aplicar-lhe um choque daqueles e rolar de rir, enquanto o envergonhado dignitário dançava um fandango para a corte.

O anel elétrico sofreu muitas modificações, das quais a mais famosa ocorreu depois da introdução da goma de mascar por Santa Anna (estou convencido de que a goma de mascar foi originalmente um prato preparado por sua mulher e que se recusava a ser engolido), quando tomou a forma de um pacotinho de chiclete de hortelã, equipado com um mecanismo de ratoeira. O otário, ao ser oferecido um chiclete, experimentava uma terrível ferroada quando a mola disparava, esmagava as falanges, falanginhas ou falangetas. A primeira reação da vítima era a de dor; a segunda, de riso incontrolável; e a terceira, de total sabedoria. Não é segredo para ninguém que esta inocente brincadeira aliviou um pouco a tensão durante o terrível episódio do Álamo e, embora não tenha havido sobrevivente, os estudiosos acreditam que as coisas teriam sido ainda piores sem a falsa goma de mascar.

Com o advento da Guerra Civil, os norte-americanos tentaram cada vez mais escapar aos horrores de uma nação que se desintegrava e, enquanto os generais nortistas distraíram-se com ioiôs e bilboquês, Robert E. Lee suportou inúmeros momentos cruciais com seu brilhante uso da flor que esguicha. Nos primeiros tempos da guerra, ninguém se aproximou de Lee para sentir o delicioso aroma de seu "belíssimo cravo" sem levar um jato d'água pela cara. Quando as coisas pioraram para o Sul, no entanto, Lee limitou-se a colocar tachinhas nas cadeiras reservadas às pessoas de quem não gostava.

Depois da Guerra Civil e até o começo do século XX, o pó de mico e a lata de almôndegas, que disparava serpentes de celofane na cara da vítima, pareceram ter sido as únicas inovações nesta importante área do conhecimento humano. Comenta-se que J. P. Morgan era fã do pó de mico, enquanto o velho Rockefeller preferia a lata de almôndegas.

Então, em 1921, uma equipe de biologistas, reunidos em Hong Kong para comprar ternos, descobriu o que chamaremos de "respingo imaginário". Consiste num preparado que, "acidentalmente" respingado sobre um paletó ou camisa branca, deixa uma mancha horrível que, em poucos minutos, desaparece com água. Já era conhecida longamente no Oriente, e diz-se que várias dinastias mantiveram-se no poder pelo seu uso brilhante contra os irrepreensíveis quimonos dos inimigos.

Os primeiros respingos imaginários, pelo que se sabe, tinham mais de três metros de diâmetro e não enganavam ninguém. No entanto, com a descoberta dos conceitos de menor escala por um físico suíço – o qual descobriu que um objeto de determinado tamanho podia parecer menor se fosse "feito menor" –, os respingos imaginários conheceram o seu apogeu.

E isto aconteceu em 1934, quando Franklin Delano Roosevelt utilizou-os de forma surpreendente para acabar com uma greve na Pensilvânia. A causa da greve fora uma mancha de tinta que arruinara um inestimável sofá de alguém cujo nome se perdeu na história. Patrões e metalúrgicos acusaram-se mutuamente, até que estes últimos declararam a greve. Pois Roosevelt convenceu ambas as partes de que se tratava apenas de um respingo imaginário. Três dias depois, os operários voltaram ao trabalho.

O Cara

Eu estava tranquilamente em meu escritório, limpando os restos de pólvora do meu 38 e imaginando qual seria o meu próximo caso. Gosto muito dessa profissão de detetive particular e, embora ela me obrigue de vez em quando a ter as gengivas massageadas com um macaco de automóvel, o aroma das abobrinhas até que faz a coisa valer a pena. Sem falar nas mulheres, nas quais não costumo pensar muito, exceto quando estou respirando. Assim, quando a porta do meu escritório se abriu e uma loura de cabelos compridos chamada Heather Butkiss entrou rebolando e dizendo que posava para determinadas revistas e que precisava de minha ajuda, minhas glândulas salivares passaram uma terceira e aceleraram. Estava de minissaia e usava uma camiseta justa, tinha mais curva do que uma tabela estatística e seria capaz de provocar uma parada cardíaca até num caribu.

"O que quer que eu faça, meu bem?", perguntei logo, para não criar maiores intimidades.

"Quero que encontre uma pessoa."

"Uma pessoa desaparecida? Já tentou a polícia?"

"Não exatamente, sr. Lupowitz."

"Pode me chamar de Kaiser, meu bem. OK, quem é o cara?"

"Deus."

"Deus?"

"Isso mesmo. Deus. O Criador, o Princípio de Todas as Coisas, o Onisciente, Onipresente e Onipotente. Quero que O encontre para mim."

Olhem, já tive alguns malucos no escritório antes, mas, com uma forma física daquelas, você é obrigado a ouvir.

"Por que quer que eu te encontre Deus?"

"Isso é da minha conta, Kaiser. Só quero que O encontre."

"Olhe, meu bem, acho que você procurou o detetive errado."

"Por quê?"

"A menos que você me dê os dados."

"Está bem, eu dou", ela respondeu, mordiscando ligeiramente o lábio inferior e levantando a saia para ajustar as meias lá no alto das coxas, só porque viu que eu estava olhando. Naturalmente, fiz de conta que não vi.

"Vamos jogar limpo, meu bem", eu disse, implacável.

"Bem, a verdade é – eu não poso para revista nenhuma."

"Não?"

"Não. Nem meu nome é Heather Butkiss. Chamo-me Claire Rosensweig e sou estudante de filosofia. História do Pensamento Ocidental, você sabe. Tenho que entregar minha tese até janeiro. Sobre a religião ocidental. Todos os meus colegas estão preparando teses especulativas. Mas, na minha, quero ter *certeza*. O professor Grebanier disse que se alguém *provar* alguma coisa, ganhará nota máxima. E papai disse que me daria um Mercedes se eu conseguisse."

Abri um maço de Lucky Strike e um pacotinho de chicletes e enfiei um de cada na boca. A história dela estava começando a me interessar. Intelectualoide mimada. Corpo nota 10: e um QI que eu gostaria de conhecer melhor.

"Pode me dar uma descrição de Deus?"

"Nunca O vi."

"Então como sabe que Ele existe?"

"Isso compete a você descobrir."

"Oh, que ótimo! Quer dizer que você não sabe como é a cara Dele e nem por onde devo começar?"

"Para dizer a verdade, não. Embora eu suspeite que Ele esteja em toda parte. No ar, nas flores, em você, em mim – talvez até nesta cadeira."

"Estou entendendo." Ela era panteísta. Tomei nota mentalmente daquilo e prometi que iria dar uma espiada por aí – por cem dólares ao dia, mais as despesas e um convite para jantar. Ela sorriu e disse tudo bem. Descemos juntos pelo elevador. Estava ficando escuro lá fora. Podia ser que Deus existisse, mas o certo é que havia naquela cidade um bando de caras que iriam tentar me impedir de encontrá-lo.

Minha primeira pista era o rabino Itzhak Wiseman, que havia tempos me devia um favor por eu ter descoberto quem estava esfregando carne de porco em seu chapéu. Desconfiei de que havia algum perigo iminente, porque ele estava apavorado quando o procurei.

"É claro que Este de quem você está falando existe, mas não posso nem dizer Seu nome, senão Ele me fulmina com um raio. Não consigo entender por que alguns são tão sensíveis quanto a um simples nome."

"Já O viu alguma vez?"

"Se eu O vi? Você deve estar maluco. Posso me dar por feliz quando consigo ver meus netos."

"Então como sabe que Ele existe?"

"Que pergunta mais cretina! Como eu poderia usar um terno caro como esse se Ele não existisse? Olhe aqui, sinta o tecido. Caríssimo! Como posso duvidar de sua existência?"

"Mas só isso?"

"E você acha pouco? E o Velho Testamento, o que acha que é? Um suplemento esportivo? E como acha que Moisés conduziu os hebreus para fora do Egito? Sapateando e gritando oba? E pode me acreditar: é preciso mais do que um alisador de cabelo para domar as ondas encapeladas do Mar Vermelho e reparti-las ao meio. É preciso poder!"

"Quer dizer que o Homem é durão, hem?"

"Duríssimo. Mais do que você pensa."

"E como sabe disso tudo?"

"Porque nós somos os eleitos. Cuida de nós como de Seus filhos e, aliás, este é um assunto que algum dia ainda vou discutir com Ele."

"O que você paga a Ele para ser um dos eleitos?"

"Não posso responder."

E foi isso aí. Os judeus estavam todos no esquema. Sabem, aquela velha jogada de pagar proteção. Toma lá, dá cá. E, pelo que o rabino falava, Ele tomava mais do que dava. Peguei um táxi e fui ao Danny, um salão de bilhares na 10ª Avenida. O gerente era um sujeitinho raquítico e ligeiramente morrinha.

"Chicago Phil está por aqui?", perguntei.

"Quem está querendo saber?"

Agarrei-o pelas lapelas, no que devo ter também agarrado alguma pele.

"O que você perguntou, seu merda?"

"Está lá nos fundos", ele respondeu, mudando subitamente de atitude.

Chicago Phil. Falsificador, assaltante de bancos, meliante tristemente célebre e ateu confesso.

"O Cara não existe, Kaiser. O resto é conversa fiada. Cascata pura. Essa história de Chefão é farol. Na realidade, é uma quadrilha inteira que age em Seu nome. A maior parte sicilianos. Internacional, sacou? Mas sem essa de dizer que um deles é O Cara. Só se for o Papa."

"Gostaria de falar com o Papa", arrisquei.

"Posso ver isso pra você", respondeu, me dando uma piscadela.

"O nome Claire Rosensweig significa alguma coisa pra você?"

"Não."

"E Heather Butkiss?"

"Butkiss? Hei, claro! É aquela oxigenada que estuda metafísica."

"Metafísica? Ela disse filosofia!"

"Estava mentindo. É professora de metafísica. Andou transando por uns tempos com um professor de filosofia."

"Panteísta?"

"Não. Empiricista, se bem me lembro. Um reacionário. Rejeitou completamente Hegel ou qualquer outra metodologia dialética."

"Um daqueles, não é?"

"Isso mesmo. Antigamente, tocava bateria num trio de jazz. Depois se viciou em Positivismo Lógico. Quando isso também mixou, tentou Pragmatismo. A última notícia que ouvi dele foi a de que tinha roubado uma fortuna para fazer um curso de Schopenhauer na Universidade de Colúmbia. A quadrilha anda atrás dele – para pegar suas apostilas e vendê-las por bom preço."

"Obrigado, Phil."

"Vá por mim, Kaiser. O Cara não existe. Branco total. Eu não passaria metade dos cheques sem fundo ou engrupiria os outros, como faço, se tivesse a menor sensação da autenticidade do Ser. O universo é estritamente fenomenológico. Nada é eterno. Tudo é sem sentido.

"Quem ganhou o quinto páreo?"

"Santa Baby."

Tomei uma cerveja numa birosca chamada O'Rourke's e tentei juntar as pontas, mas nada ligava com nada. Sócrates tinha se suicidado – pelo menos, era o que corria pelas bocas. Cristo fora assassinado. Nietzsche pirara de vez. Se o Cara realmente existisse, não queria que ninguém tivesse certeza. E por que Claire Rosensweig teria mentido? Será que Descartes estava certo? O universo era mesmo dualístico? Ou a razão estaria com Kant, que condicionou a existência de Deus a certos padrões morais?

Àquela noite fui jantar com Claire. Dez minutos depois de pagar a conta, já estávamos na horizontal e vocês podem pensar o que quiserem, desde que se trate de Pensamento Ocidental. Ela teria ganho medalhas de ouro em várias provas olímpicas, inclusive salto com vara e 100 metros de peito. Em seguida, deitou-se no travesseiro ao meu lado, ocupando também o meu travesseiro com sua cabeleira. Acendi um cigarro e, enquanto olhava para o teto, perguntei:

"Claire, e se Kierkegaard estivesse certo?"

"Sobre o quê?"

"Sobre o conhecimento, o verdadeiro conhecimento. E se dependesse da nossa fé?"

"Isso é absurdo."

"Não seja tão racional."

"Não estou sendo racional, Kaiser." Ela também acendeu um cigarro. "Não me venha com esse papo ontológico. Pelo menos agora. Não estou com saco."

Ela estava perturbada. Quando me inclinei para beijá-la, o telefone tocou. Ela atendeu.

"É pra você."

A voz do outro lado era a do sargento Reed, da Homicídios.

"Continua procurando Deus?"

"Continuo."

"O tal Onipresente, Onisciente e Onipotente? Criador de Todas as Coisas e tal e coisa?"

"Ele mesmo."

"Alguém com essa descrição pintou no necrotério. Venha dar uma olhada."

Fui correndo. Quando cheguei lá, não tive dúvidas: era Ele. E, pelo Seu aspecto, tinha sido um trabalho profissional. Bati um rápido papo com o tira de plantão.

"Já estava morto quando O trouxeram", ele disse.

"Onde O encontraram?"

"Num armazém do subúrbio."

"Alguma pista?"

"Trabalho de um existencialista. Isso é óbvio."

"Como sabem?"

"Sem método, aleatório, como se não seguisse nenhum sistema. Puro impulso.

"Um impulso irresistível?"

"É isso aí. Logo, você é um dos suspeitos, Kaiser."

"Eu??? Por quê?"

"Todo mundo sabe como você se sentia sobre Ele."

"Está certo, mas isso não quer dizer que eu O tenha matado."

"Por enquanto não, mas é um dos suspeitos."

Lá fora, na rua, respirei fundo e tentei clarear a cabeça. Tomei um táxi para Newark e, lá chegando, caminhei mais um quarteirão e entrei num restaurante italiano chamado Giordino's. Claro, numa mesa dos fundos, lá estava Sua Santidade. Era o Papa, sem dúvida. Sentado entre dois caras que eu já tinha visto numa lista de Mais Procurados.

Ele mal levantou os olhos de seu *fettucine*. Apenas disse:

"Sente-se." Estendeu-me o anel. Abri meu melhor sorriso, mas não o beijei. Ele ficou desapontado e eu achei ótimo. Um a zero para mim.

"Está servido de *fettucine*?"

"Obrigado, Santidade. Mande brasa."

"Não quer nada? Nem salada?"

"Acabei de comer."

"Como quiser, mas depois não se queixe. O tempero aqui é ótimo. Ao contrário do Vaticano, onde não conseguem fazer nada comível."

"Pretendo ir direto ao assunto, Pontífice. Estou à procura de Deus."

"Pois veio à pessoa certa."

"Quer dizer que Ele existe?"

Os três riram muito. O cara ao meu lado disse: "Que gracinha! O rapaz quer saber se Ele existe!".

Procurei uma posição mais confortável na cadeira e depositei todo o peso do meu pé sobre seu dedo mindinho. "Desculpe." Mas notei que ele tinha ficado uma onça. O Papa continuou:

"Claro que existe, Lupowitz. Mas eu sou o único que se comunica com Ele. Sou o Seu porta-voz."

"Por que você, meu chapa?"

"Porque só eu uso esta túnica vermelha."

"Esse roupão aí?"

"Não zombe. Toda a manhã, quando me levanto, visto esta túnica e penso comigo: Estão falando com Ele! O hábito faz o monge. Pense bem: se eu andasse por aí de jeans e rabo de cavalo, acabaria sendo preso por vadiagem."

"Quer dizer que é tudo cascata. Não existe Deus."

"Não sei. Mas que diferença faz?"

"Você nunca pensou que a lavanderia podia atrasar a entrega da sua túnica, tornando-o igualzinho a nós?"

"Uso sempre o serviço urgente. Vale a pena, só pra garantir."

"Claire Rosenweig quer dizer alguma coisa?"

"Claro. Trabalha no Departamento de Ciências de uma faculdade dessas por aí."

"Ciências, você disse? Obrigado!"

"Obrigado por quê?"

"Pela resposta, Pontífice."

Peguei o primeiro táxi (o qual foi o quarto ou o quinto) e me mandei. No caminho parei em meu escritório e chequei algumas coisas. Enquanto dirigia para o apartamento de Claire, juntei as peças do quebra-cabeça e, pela primeira vez, elas se ajustaram. Quando Claire abriu a porta, usava um peignoir diáfano e parecia grilada.

"Deus morreu! A polícia esteve aqui. Estão te procurando. Acham que o criminoso foi um existencialista."

"Nada disso, meu bem. Foi você."

"Corta essa, rapaz."

"Foi você quem o matou."

"Que história é essa?"

"Você mesma. Nem Heather Butkiss nem Claire Rosensweig, mas simplesmente dra. Ellen Shepherd."

"Como descobriu meu nome?"

"Professora de física na Universidade de Bryn Mawr. A mais jovem catedrática de todos os tempos por lá. Nas férias deste ano ligou-se a um baterista de jazz, viciado em filosofia. Ele era casado, mas isso não a impediu. Passou com ele uma ou duas noites e achou que estava apaixonada. Mas não deu certo porque Alguém se interpôs entre vocês: Deus. Sacou, meu bem? Ele acreditava no Cara, mas você, com a sua mente estritamente científica, precisava ter certeza."

"Não é nada disso, Kaiser. Eu juro!"

"Assim, você fingiu estudar filosofia porque isto lhe daria uma chance para eliminar certos obstáculos. Livrou-se de Sócrates com certa facilidade, mas aí Descartes entrou em cena e você serviu-se de Spinoza para ver-se livre de Descartes. Mas quando Kant apareceu, você descobriu que tinha de livrar-se dele também."

"Você não sabe o que está dizendo."

"Entregou Leibniz às baratas, mas isso não bastava porque você sabia que se alguém acreditasse em Pascal você estaria perdida, e assim tinha de se livrar dele também. Mas foi aí que você cometeu um erro, porque confiou em Martin Buber. E o erro foi que ele acreditava em Deus. Portanto, você mesma teve de matar Deus."

"Kaiser, você está louco!"

"Não, meu bem. Você se fingiu de panteísta e isto lhe deu acesso a Ele – se Ele existisse, como existe. Foi com você à festa de Shelby e, quando Jason estava distraído, você O matou."

"Quem são Shelby e Jason?"

"E que diferença faz? A vida é absurda assim mesmo."

Ela começou a tremer.

"Kaiser, você não vai me entregar, vai?"

"Claro que vou, meu bem. Quando Deus é mandado para o pijama de madeira, alguém tem de pagar a conta."

"Oh, Kaiser, vamos fugir juntos. Só nós dois! Vamos esquecer essa história de filosofia e nos dedicar, quem sabe, à semântica!"

"Nada feito, meu bem. Já está decidido."

Ela debulhou-se em lágrimas enquanto descia as alças de seu peignoir e, num instante, eu estava diante de uma Vênus nua cujo corpo parecia dizer: pegue-me – sou toda sua. Uma Vênus cuja mão direita me fazia cafuné nos cabelos, enquanto sua mão esquerda me apontava uma 45 na nuca. Desviei-me com um sopetão e esvaziei o meu 38 em seu lindo corpo antes que ela puxasse o gatilho. Deixou cair a arma e fez uma cara de quem não estava acreditando no que acabara de acontecer.

"Como foi capaz de fazer isso, Kaiser?"

Ela estava morrendo depressa, mas ainda tive tempo de dar-lhe o golpe de misericórdia.

"A manifestação do universo como uma ideia complexa em si mesma, em oposição a estar no interior ou no exterior do próprio e verdadeiro Ser, é, inerentemente, um nada conceitual ou um Nada em relação a qualquer forma abstrata de existência, de existir ou de ter existido perpetuamente, sem estar sujeita às leis de fisicalidade, de movimento ou de ideias relativas à antimatéria ou à falta de um Ser objetivo ou a um Nada subjetivo."

Foi uma definição sutil, mas acho que ela entendeu muito bem antes de morrer.

Excertos de um diário...

A seguir, apresentamos trechos do diário secreto de Woody Allen, a ser publicado postumamente ou depois de sua morte – o que vier primeiro.

Passar a noite está ficando cada vez mais difícil. Hoje de madrugada, tive a estranha sensação de que alguns homens estavam entrando em meu quarto para me ensaboar com xampu. Por quê? Fiquei imaginando que via formas nas sombras e, às três da manhã, a camiseta que eu havia jogado sobre a cadeira parecia o Kaiser de patins. Quando finalmente consegui dormir, tive de novo aquele horrível pesadelo no qual uma marmota tenta roubar o meu prêmio na rifa. Que desespero!

• • •

Acho que minha tísica piorou. Minha asma também. O chiado no peito vai e volta, e fico zonzo com frequência cada vez maior. Dei para sufocar e desmaiar violentamente. Meu quarto é úmido e me faz sentir palpitações e calafrios. Notei também que estou sem lenços. Será que isto nunca vai terminar?

• • •

Uma ideia para um conto: um homem acorda e descobre que seu papagaio foi nomeado ministro da Agricultura. Morre de inveja e tenta suicidar-se, mas seu revólver é daqueles que disparam uma bandeirinha com a palavra "bum!". A bandeirinha acerta seu olho e ele sobrevive, passando a levar uma vida monástica, na qual se dedica aos pequenos prazeres da vida, tais como plantar cenouras ou sentar-se sobre bueiros.

• • •

Pensamento: por que o homem mata? Para comer, é claro! E não apenas para comer: podem ficar certos de que há sempre uma Brahma na jogada.

• • •

Devo me casar com W.? Só se ela me disser as outras letras do seu nome. E sua carreira? Como posso obrigar uma mulher tão linda a abandonar o pugilismo?

• • •

Tentei de novo o suicídio – desta vez molhando o nariz e enfiando-o na tomada. Infelizmente houve um curto-circuito e limitei-me a carambolar na geladeira. Ainda obcecado pela ideia da morte, não consigo sair da fossa. Fico me perguntando se haverá vida depois da morte e, se houver, se eles me permitirão chegar ao fim dos meus dias.

• • •

Encontrei meu irmão num enterro. Não nos víamos há quinze anos, mas, como sempre, ele tirou do bolso um saquinho de bolas de gude e me bateu na cabeça com ele. O tempo ajudou-me a compreendê-lo melhor. Hoje sei que sua observação de que eu era "apenas um verme nojento condenado ao extermínio" foi dita mais de pena do que de raiva. Sou obrigado a reconhecer: ele sempre foi muito mais brilhante do que eu – mais inteligente, mais culto, mais educado. É um mistério como trabalha até hoje na drogaria.

• • •

Uma ideia para um conto: um bando de castores toma de assalto o Carnegie Hall e encena *Wozzeck*. (O tema é forte. Como deve ser a estrutura?)

• • •

Meu Deus, por que me sinto tão culpado? Será pelo ódio a meu pai? Talvez tenha alguma coisa a ver com o incidente do bife à milanesa. Seja como for, o que o bife estava fazendo em sua carteira? Se eu tivesse ouvido seus conselhos, estaria fabricando chapéus até hoje. Lembro-me bem de suas palavras: "Fabricar chapéus – isto é que é profissão!". Quando lhe disse que meu sonho era ser escritor, ele respondeu: "A única coisa que você poderia escrever seria em colaboração com uma coruja!". Nunca descobri o que ele queria dizer com isso. Que homem triste! Quando minha primeira peça, *Um quisto para Gus*, foi montada no colégio, compareceu à estreia usando casaca e máscara contra gases.

• • •

Hoje vi um pôr de sol cheio de vermelhos e amarelos e pensei: "Puxa, como sou insignificante!". O interessante é que ontem pensei a mesma coisa, embora estivesse chovendo. Voltei a me odiar e a pensar em suicídio – desta vez respirando profundamente na presença de um corretor de seguros.

• • •

Um conto: um homem acorda pela manhã e descobre-se transformado nos seus próprios suspensórios. (Esta ideia pode funcionar em vários níveis. Psicologicamente, é a quintessência de Kruger, o discípulo de Freud que descobriu sexualidade no toucinho.)

• • •

Emily Dickinson enganou-se redondamente. A esperança não é "a coisa com plumas". A coisa com plumas é meu sobrinho. Preciso levá-lo a um especialista em Zurique.

• • •

Decidi romper meu noivado com W. Ela não entende o que escrevo e disse ontem à noite que a minha *Crítica da realidade metafísica* era um plágio de *Aeroporto*. Discutimos e ela voltou a falar em filhos, mas convencia-a de que seriam muito jovens quando nascessem.

• • •

Será que acredito em Deus? Acreditava, até o acidente de mamãe. Ela tropeçou num prato de almôndegas e nunca mais foi a mesma. Ficou em coma durante meses, incapaz de fazer qualquer coisa, exceto cantar "Granada" para um bacalhau imaginário. O que terá tornado tão aflita esta mulher no apogeu de sua vida – uma mulher que, na juventude, ousou desafiar convenções, casando-se com a cabeça coberta por uma sacola de supermercado? Além disso, como posso acreditar em Deus, quando, na semana passada, prendi a língua no rolo da máquina de escrever? Sou assolado por dúvidas. E se tudo for uma ilusão e nada existir? Nesse caso, não há a menor dúvida de que paguei demais pelo tapete novo. Se, pelo menos, Deus me desse algum sinal! Como, por exemplo, fazendo um grande depósito em meu nome num banco suíço.

• • •

Tomei café com Melnick hoje. Ele me falou de sua ideia a respeito de obrigar todos os funcionários públicos a se vestirem como galinhas.

• • •

Ideia para uma peça: um personagem baseado em meu pai, só que com o dedão do pé menos agressivo. Seria mandado para a Sorbonne a fim de estudar acordeão. No final, morreria sem realizar seu único sonho: ser enterrado sentado. (Já estou imaginando até um belo clímax para o segundo ato: dois anões descobrem uma cabeça cortada num saco de bolas de vôlei.)

• • •

Ao dar minha tradicional caminhada hoje à tarde, tive mais pensamentos mórbidos. O que há na morte para me deprimir tanto? Melnick diz que a alma é imortal e que continua a viver sem o corpo. Mas, se minha alma pode existir sem o corpo, todas as minhas roupas ficarão folgadas. Ora, bolas.

● ● ●

Não tive que romper o noivado com W., porque, por sorte, ela fugiu para a Finlândia com um engolidor de cobras. Talvez tenha sido melhor assim, embora eu tivesse sido acometido imediatamente daqueles ataques nos quais tusso pelas orelhas.

● ● ●

Ontem à noite, queimei todas as minhas peças e poemas. Ironicamente, no momento em que incendiava a minha obra-prima, O *pinguim negro,* o quarto pegou fogo, e agora estou sendo processado por dois homens chamados Pinchunk e Schlosser. Kierkegaard tinha razão.

Examinando fenômenos psíquicos

Não há dúvida de que o Além existe. O problema é saber a quantos quilômetros fica do centro da cidade e até que horas fica aberto. Fatos inexplicáveis ocorrem constantemente. Um homem vê espíritos. Outro ouve vozes. Um terceiro acorda sobressaltado e se descobre de olhos abertos. Quantos de nós já não sentimos uma mão gelada em nossa nuca quando estamos sozinhos em casa à noite? (Eu nunca, graças a Deus, mas muitos já.) O que há por trás dessas experiências? Ou na frente delas, se preferirem? Será verdade que algumas pessoas conseguem prever o futuro ou comunicar-se com os mortos? E depois da morte, ainda será necessário tomar banho?

Felizmente, todas estas perguntas sobre fenômenos psíquicos estarão sendo respondidas por um livro a sair brevemente, intitulado *Bu!*, de autoria do dr. Osgood Mulford Twelge, o conhecido parapsicólogo e professor de ectoplasma da Universidade de Colúmbia. O dr. Twelge compilou uma série notável de incidentes sobrenaturais, cobrindo todo o leque de fenômenos no gênero – da transmissão de pensamento à bizarra experiência de dois irmãos em diferentes partes do globo, um dos quais tomava banho e quem ficava limpo era o outro.

A seguir, apresento uma amostra de alguns dos casos mais célebres reunidos pelo dr. Twelge, juntamente com seus comentários.

Aparições

"No dia 16 de março de 1882, o sr. J. C. Dubbs acordou de madrugada e viu seu irmão Amos, que havia morrido há quinze anos, sentado ao pé da cama, depenando galinhas. Dubbs perguntou-lhe o que estava fazendo ali e este disse que ele não se preocupasse, porque continuava morto e tinha vindo apenas para o fim de semana. Dubbs perguntou a seu irmão como era o outro mundo e este respondeu: 'Não muito diferente de Cleveland'. Disse ainda que tinha voltado para transmitir-lhe um recado: que combinar terno azul com gravata verde é uma gafe horrível.

"Naquele momento, a criada de Dubbs entrou no quarto e viu Dubbs conversando com 'uma névoa leitosa e disforme' que a fez lembrar-se de Amos Dubbs, só que um pouco mais atraente. Finalmente, o fantasma pediu a Dubbs que os dois cantassem em dueto uma ária do *Fausto*, o que fizeram com grande fervor. Pela manhã, o fantasma saiu através da parede, e Dubbs, tentando imitá-lo, quebrou o nariz."

Este parece ser um clássico caso do fenômeno da aparição. Segundo o depoimento de Dubbs, o fantasma voltou mais uma vez e fez a sra. Dubbs levitar sobre a mesa de jantar durante vinte minutos, até deixá-la cair dentro do ensopado. É interessante notar que os espíritos têm uma tendência a certas brincadeiras de mau gosto, o que A. F. Childe, o místico britânico, atribui a um forte sentimento de inferioridade pelo fato de estarem mortos. As *aparições* são frequentemente associadas a pessoas que desencarnaram de maneira estranha. Amos Dubbs, por exemplo, morreu em circunstâncias misteriosas, quando um fazendeiro plantou-o por engano junto com os nabos.

Separação da alma

O sr. Albert Sykes narra a seguinte experiência:

"Eu estava comendo biscoitos com alguns amigos, quando percebi que minha alma saiu de meu corpo e foi dar um telefonema. Por alguma razão, a chamada era para uma companhia de fibras de vidro. Minha alma então retornou ao corpo e ficou quieta por uns vinte minutos, esperando que ninguém fizesse perguntas indiscretas. Quando a conversa começou a girar em torno de aposentadorias, ela saiu de novo e foi dar uma volta pela cidade. Estou convencido de que foi à Estátua da Liberdade e a um musical na Broadway. Em seguida, entrou num restaurante e fez uma despesa de 68 dólares. Então decidiu voltar para o meu corpo, mas não conseguiu táxi. Finalmente, veio a pé pela Quinta Avenida e ainda chegou a tempo de pegar o telejornal. Eu sabia que ela estava entrando no meu corpo, porque senti um súbito calafrio e ouvi uma voz dizendo: 'Voltei. Quer me passar aquelas uvas?'.

"Este fenômeno me aconteceu várias vezes desde então. Certa vez, minha alma foi a Miami passar um fim de semana. De outra feita, chegou a ser presa quando foi apanhada roubando uma gravata no Macy's. Na quarta vez, foi o meu corpo que abandonou minha alma, embora tenha se limitado a ir a um salão de massagem e voltar correndo."

A separação da alma era muito comum por volta de 1910, quando diversas "almas" foram vistas vagando pela Índia, à procura do consulado americano. O fenômeno é parecido com o da transubstanciação, um processo pelo qual uma pessoa subitamente se desmaterializa e se rematerializa em outra parte do mundo. Não é das piores maneiras de viajar, embora se tenha de esperar cerca de meia hora pela bagagem. O caso mais impressionante de transubstanciação foi o de Sir Arthur Nurney, que desapareceu enquanto tomava banho e apareceu repentinamente no naipe de cordas da Orquestra Sinfônica de Viena. Permaneceu durante 27 anos como primeiro-violino da orquestra, embora soubesse tocar apenas *Eu fui no Tororó*, e desapareceu certo dia durante uma tocata de Mozart, reaparecendo na cama ao lado de Winston Churchill.

Precognição

O sr. Fenton Allentuck descreve o seguinte sonho precognitivo: "Fui dormir à meia-noite e sonhei que estava jogando biriba com um aspargo. De repente, o sonho mudou e vi meu avô a ponto de ser atropelado por um caminhão ao dançar uma valsa com um manequim de vitrine no meio da rua. Tentei gritar, mas, quando abri a boca, produzi um som de sinos e o caminhão passou em cima dele.

"Acordei gelado e corri à casa de meu avô para perguntar--lhe se tinha planos de valsar no meio da rua com um manequim. Ele disse que evidentemente não, embora estivesse pensando em disfarçar-se de taxidermista, a fim de enganar seus inimigos. Aliviado, voltei para casa. Quando cheguei, fui informado de que meu avô havia escorregado num sanduíche de salada de galinha e despencado pela janela."

Sonhos precognitivos são muito frequentes para serem atribuídos à mera coincidência. No caso em pauta, um homem sonha com a morte de um parente e esta acontece. Nem todos têm tanta sorte. J. Martinez, de Kennebunkport, Maine, sonhou que havia ganho o Sweepstake. Quando acordou, sua cama estava flutuando no meio do oceano.

Transes

Sir Hugh Swiggles, o cético, relata uma interessante experiência numa sessão espírita:

"Estávamos na casa de madame Reynaud, a conhecida médium, que nos mandou sentar à mesa e juntar as mãos. O sr. Weeks não conseguia parar de rir, obrigando madame Reynaud a dar-lhe com a tábua de Ouija na cabeça. As luzes foram apagadas e madame Reynaud tentou comunicar-se com o marido da sra. Marple, que falecera durante uma ópera, quando sua barba incendiou-se. Segue-se uma transcrição exata do que foi dito naquela mesa.

Sra. Marple: O que está vendo?

Médium: Vejo um homem de olhos azuis e com uma língua de sogra na boca.

Sra. Marple: É meu marido!

Médium: Seu nome é... Robert. Não... Richard.

Srta Marple: Quincy!

Médium: Quincy! Isso mesmo!

Sra. Marple: O que mais está vendo?

Médium: Ele é careca, mas usa uma camuflagem de folhas na cabeça, para que ninguém note.

Sra. Marple: Sim! Exatamente!

Médium: Por alguma razão, está segurando um objeto... Parece um lombo de porco.

Sra. Marple: Foi meu presente de aniversário para ele! Pode fazê-lo falar?

Médium: Fale, espírito, fale.

Quincy: Claire, sou eu, Quincy.

Sra. Marple: Oh, Quincy! Quincy!

Quincy: Quanto tempo leva a galinha no forno para ficar bem assada?

Sra. Marple: Esta voz! É ele!

Médium: Concentrem-se todos.

Sra. Marple: Quincy, querido, estão te tratando bem?

Quincy: Tudo joia, exceto que a lavanderia leva quatro dias para devolver a roupa.

Sra. Marple: Quincy, tem saudades de mim?

Quincy: O quê? Ahn, quero dizer, é claro. Bom, tenho de me mandar...

Médium: Eu o estou perdendo. Está se desfazendo...

Considero esta sessão capaz de resistir aos mais rigorosos testes de credibilidade, a não ser pelo insignificante detalhe de que um toca-discos foi encontrado debaixo da saia de madame Reynaud.

Vidência

Um dos mais impressionantes casos de vidência é o do conhecido parapsicólogo grego Achille Londos. Londos percebeu que possuía "poderes excepcionais" aos dez anos, quando se deitou na cama e, concentrando-se, fez a dentadura postiça de seu pai saltar-lhe da boca. Depois, quando uma vizinha queixou-se de que seu marido estava desaparecido há três semanas, Londos disse-lhe que procurasse no forno – onde o homem foi, de fato, encontrado tricotando. Londos podia concentrar-se no rosto de uma pessoa e imprimir a imagem num rolo comum de filme Kodak, embora nunca tivesse conseguido que a pessoa saísse sorrindo no retrato.

Em 1964, foi chamado a ajudar a polícia na captura do Estrangulador de Düsseldorf, um tarado que sempre deixava uma rosca frita no peito de suas vítimas. Depois de cheirar um lenço, Londos conduziu a polícia a Siegfried Lenz, enfermeiro de um veterinário especializado em perus. Lenz confessou que era o estrangulador e delicadamente pediu seu lenço de volta.

Londos é apenas uma das muitas pessoas com poderes paranormais. C. N. Jerome, o parapsicólogo de Newport, Rhode Island, afirma conseguir adivinhar qualquer número que esteja sendo pensado por um caxinguelê.

Predição

Finalmente, chegamos a Aristonides, um conde do século XVI cujas profecias continuam a deixar perplexos até os mais céticos. Alguns exemplos típicos:

"Duas nações entrarão em guerra, mas só uma delas vencerá."

(Os especialistas acreditam que ele se referia à Guerra Russo-Japonesa de 1904-05 – uma espantosa profecia, principalmente considerando-se que foi feita em 1540.)

"Um homem em Istambul terá seu chapéu estragado."
(Em 1860, Abu Hamid, um soldado otomano, mandou seu quepe para a lavanderia e ele voltou manchado.)

"Vejo um grande homem que, um dia, inventará uma peça de roupa para ser usada sobre as calças, para quando se estiver cozinhando. Será chamada de *abental* ou *aventale*."
(Aristonides referia-se, naturalmente, ao avental.)

"Um líder surgirá na França. Será baixinho e muito abusado."
(Uma referência a Napoleão ou a Marcel Lumet, um anão do século XVIII que armou um plano para lambusar Voltaire com *sauce béarnaise.*)

"No Novo Mundo haverá um lugar chamado Califórnia, e um homem chamado Joseph Cotten será famoso."
(Dispensam-se maiores explicações.)

Alguns balés sem importância

Dmitri

O balé começa num parque de diversões. Todo o mundo está bebendo e se divertindo, e há pessoas fantasiadas que dançam e riem, ao som de flautas e oboés, enquanto os trombones tocam notas graves para sugerir que logo acabará a bebida e todos estarão mortos.

Uma bela jovem chamada Natasha vaga pela festa. Ela está triste porque seu pai foi mandado lutar em Cartum e, ao chegar lá, descobriu que não havia guerra. É seguida por Leonid, um estudante tímido que não consegue se declarar a ela, mas que deposita uma salada à sua porta todas as noites... Natasha comove-se com o presente e gostaria de conhecer o gentil cavalheiro, principalmente porque detesta a marca de azeite que ele usa.

Os dois encontram-se por acidente quando Leonid, tentando escrever um bilhete de amor para Natasha, cai da montanha-russa. Ela o socorre e os dois dançam um *pas de deux,* após o que Leonid tenta impressioná-la revirando os olhos, a ponto de ter de ser conduzido à enfermaria do parque. Leonid oferece profusas desculpas e sugere que se dirijam à tenda nº 5, a fim de apreciar um espetáculo de marionetes – um convite que confirma para Natasha a impressão de que Leonid é um completo idiota.

O show, no entanto, é encantador, e um grande e divertido marionete chamado Dmitri apaixona-se por Natasha. Ela sabe que, embora Dmitri seja apenas um boneco, provavelmente tem alma, e, quando ele sugere que os dois passem a noite num motel, ela fica excitadíssima. Para variar, os dois dançam um pas de deux, embora ela tivesse acabado de dançar e estivesse suando como um cavalo. Natasha confessa o seu amor por Dmitri e jura que eles nunca se separarão, nem que o homem que maneja os cordéis tenha de dormir no quarto da empregada.

Leonid, revoltado por ter sido passado para trás por um boneco, atira em Dmitri, o qual não morre e ainda por cima é visto almoçando com corretores da Bolsa, num restaurante chique. A ação torna-se confusa e todos se alegram muito quando Natasha fratura o crânio.

O sacrifício

Um prelúdio melódico narra a relação entre o homem e a terra, e explica por que o homem acaba sempre debaixo dela. A cortina sobe e revela um terreno árido e primitivo, tipo Sergipe. Homens e mulheres sentam-se em grupos separados e começam a dançar, mas, como não têm ideia de por que estão fazendo isto, voltam e sentam-se de novo. Nesse momento, um jovem no apogeu de sua masculinidade adentra o palco e dança um hino ao fogo. Subitamente descobre-se que *ele* é quem está pegando fogo e, após ser socorrido pelos bombeiros, é retirado discretamente de cena. Agora os refletores se apagam e o Homem desafia a Natureza – um emocionante duelo no qual a Natureza leva um chute no saco e, para vingar-se, mantém a temperatura abaixo de zero durante seis meses.

Começa o segundo ato e a primavera ainda não chegou, embora tivesse feito as reservas com antecedência. Os anciãos da tribo reúnem-se e decidem aplacar a Natureza com o sacrifício de uma jovem. Uma virgem é escolhida, embora ninguém saiba onde conseguiram encontrá-la. Dão-lhe três horas para comparecer aos arredores da cidade, onde está se realizando um churrasco-monstro. Quando a moça aparece, pergunta onde estão os cachorros-quentes. Seguindo o ritual, os anciãos ordenam-lhe que dance até morrer. Ela implora pateticamente, dizendo que não dança tão bem assim. Os aldeões insistem e, à medida que a música cresce, ela rodopia tão freneticamente que cria uma força centrífuga capaz de arrancar todas as obturações dos espectadores. Todos se rejubilam, mas sem motivo, porque a primavera acaba não vindo e dois anciãos são envolvidos na CPI da corrupção.

O feitiço

A *overture* começa com um uníssono de metais, embora os baixos pareçam estar nos avisando: "Ignorem esses metais. O que eles entendem da vida?". O pano sobe e mostra o palácio do príncipe Sigmund, com seu magnífico esplendor e ar refrigerado central. O príncipe está fazendo 21 anos, mas não parece muito feliz ao abrir os presentes, já que a maioria deles são pijamas. Um a um, seus velhos amigos prestam-lhe homenagens e ele agradece com apertos de mão ou tapinhas nas costas, dependendo para onde estivessem virados. Confraterniza-se com seu melhor amigo, Wolfschmidt, e os dois fazem um pacto de que, se um deles ficar careca, o outro usará peruca. Os demais dançam, preparando-se para a grande caçada, até que Sigmund pergunta: "Que caçada?". Ninguém sabe ao certo, mas a orgia já foi longe demais e, quando o garçom traz a conta, todos ficam putos da vida.

Entediado com a festa, Sigmund dança até a beira do lago, no qual contempla a si próprio durante quarenta minutos, aborrecido por não ter trazido seu aparelho de barbear. De repente, ouve um bater de asas e vê um bando de cisnes selvagens voando à luz do luar. Os cisnes dobram à direita e voam na direção do príncipe. Sigmund constata que o líder é parte cisne, parte mulher – infelizmente, divididos no sentido longitudinal.

Sigmund apaixona-se por ela e promete a si mesmo tomar cuidado para não fazer nenhuma referência a ovos. Como sempre, dançam um pas de deux, que termina quando Sigmund tem um ataque de lumbago. Yvette, a mulher-cisne, conta-lhe que foi enfeitiçada por um mago chamado Von Epps e que, por causa de sua aparência, é quase impossível conseguir um papagaio no banco. Num solo particularmente difícil, explica através da dança que a única maneira de quebrar o encanto é convencer seu amante a fazer um curso de taquigrafia por correspondência. Isto é odioso para Sigmund, mas mesmo assim ele jura que fará. Subitamente, Von Epps aparece, na forma de um saco de roupa suja, e leva Yvette com ele, finalizando o primeiro ato.

Começa o segundo ato, o qual se passa uma semana depois, e o príncipe vai se casar com Justine, uma mulher de quem ele tinha se esquecido completamente. Sigmund está dilacerado por sentimentos ambíguos, porque ainda ama a mulher-cisne, embora Justine também seja muito bonita e não tenha certas desvantagens, como penas ou um bico. Justine dança sedutoramente em torno de Sigmund, o qual continua indeciso entre casar-se ou procurar Yvette e ver se os médicos podem fazer alguma coisa. Soam os címbalos e entra Von Epps, o mago. É verdade que não tinha sido convidado para o casamento, mas promete não comer muito. Furioso, Sigmund desembainha a espada e atravessa com ela o coração de Von Epps. Isso transtorna um pouco a festa, e a mãe de Sigmund ordena ao cozinheiro que espere um pouco antes de servir o banquete.

Enquanto isto, Wolfschmidt, seguindo ordens de Sigmund, encontra Yvette – o que não foi difícil, porque, como ele explica, "Quantas mulheres cisnes existem em Hamburgo?". A despeito das lamúrias de Justine, Sigmund corre ao encontro de Yvette. Justine vai atrás dele e o beija, enquanto a orquestra ataca um furioso dobrado. Nesse momento, podemos perceber que Sigmund está usando sua malha de balé pelo avesso. Yvette chora, dizendo que agora só a morte quebrará o encanto. E assim, numa das passagens mais comoventes e belas da história do balé, atira-se de cabeça contra um muro. Sigmund observa quando o corpo do cisne morto transforma-se no corpo de uma mulher morta, e finalmente compreende quão cruel pode ser a vida, principalmente para os galináceos. Arrasado, decide juntar-se a ela e, depois de uma delicada dança de lamentação, engole um bagre vivo.

Os rapinantes

Este famoso balé eletrônico é talvez o mais dramático da dança moderna. Começa com uma *overture* de sons contemporâneos – ruídos de rua, relógios fazendo tique-taque e um anão tocando *Hora Staccato* num pente com papel de seda. Quando o pano sobe, o palco está vazio. Durante vários minutos, nada acontece. Pouco depois, o pano cai – e há um intervalo.

O segundo ato começa com alguns jovens que dançam representando insetos. O líder é uma mosca comum, enquanto os outros lembram diversas pragas de plantação. Movem-se sinuosamente ao som de música dissonante, na direção de um enorme bolo de chocolate que vai aparecendo aos poucos no fundo do palco. Quando vão começar a comê-lo, são interrompidos por uma procissão de mulheres que trazem uma grande lata de inseticida Flit. Apavorados, tentam fugir, mas são aprisionados dentro de gaiolas e sem nada para ler. As mulheres dançam orgiasticamente ao redor das gaiolas, preparando-se para devorar os machos assim que encontrarem o molho de soja. Quando já estão prontas para jantar, uma jovem descobre um macho solto, com as antenas caídas. Sente-se atraída por ele e os dois dançam lentamente ao som de cornos-franceses. Claro, um *pas de deux*. Ele sussurra: "Não me coma". Os dois se apaixonam e fazem planos para um voo nupcial, mas, de repente, a fêmea muda de ideia e o devora, preferindo dividir seu apartamento com uma colega.

Um dia na vida de uma corça

Quando o pano sobe, ouve-se uma música insuportavelmente linda e vê-se um bosque numa tarde de verão. Um fauno dança e mordisca delicadamente uma folha. De vez em quando, vaga preguiçosamente entre os arbustos. Quando ninguém espera, estrebucha e morre.

Os pergaminhos

Os estudiosos devem recordar-se de que, há alguns anos, um pastor que vagava pelo Golfo de Áqaba descobriu uma caverna contendo grandes vasos de argila, além de dois ingressos para o Carnaval no Gelo. Dentro dos vasos foram encontrados seis rolos de pergaminho com uma incompreensível escrita antiga – que o pastor, na sua ignorância, vendeu a um museu por 700 mil dólares cada. Dois anos depois, os vasos tinham ido parar numa loja de penhores na Filadélfia. E, pouco depois, o próprio pastor também foi parar na mesma loja de penhores. Nenhum deles nunca foi tirado do prego.

Os arqueólogos dataram os pergaminhos por volta de 4000 a.C., ou pouco antes do massacre dos israelitas por seus benfeitores. A escrita é uma mistura de sumério, aramaico e babilônico, e parece ter sido feita por um único homem durante grande período de tempo, ou por muitos homens durante alguns segundos. A autenticidade dos pergaminhos tem sido posta em dúvida ultimamente, talvez porque a palavra "oldsmobile" apareça diversas vezes no texto, e os poucos fragmentos que chegaram a ser traduzidos lidem com temas religiosos de maneira extremamente dúbia. Mesmo assim, o arqueólogo A. H. Bauer afirma que, embora os fragmentos sejam evidentemente fraudulentos, esta é talvez a maior descoberta do gênero na História, com exceção da descoberta de suas abotoaduras num túmulo de Jerusalém. O que se segue são transcrições dos fragmentos traduzidos.

Um... E o Senhor fez uma aposta com Satã para testar a lealdade de Job e, sem razão aparente, golpeou Job na cabeça, deu-lhe um tapa no ouvido e empurrou-o dentro de uma tina de maionese, para que Job ficasse bem pegajoso e repelente. Não contente, o Senhor ainda tirou uma fatia da panturrilha de Job e jogou-a para os cães, até que Job gritou: "Qual é, Senhor? Esse pedaço de minha panturrilha poderá me fazer falta algum dia!". E o Senhor tirou do bolso uma ratoeira, daquelas de mola, e fechou-a bem no nariz de Job. E, quando a mulher de Job viu isto, chorou e o Senhor ungiu sua cabeça com um taco de polo e, das dez pragas, mandou-lhe nada menos que seis, o que fez Job ficar triste e sua mulher, furiosa.

E logo as terras de Job secaram e sua língua prendeu-se no céu da boca, de modo que ele não conseguia pronunciar a palavra "olíbano" sem que todos caíssem na gargalhada.

Mas, certa vez, enquanto arruinava a vida de seu fiel servo, o Senhor chegou perto demais de Job e este agarrou-o pelo pescoço e disse: "Aha! Peguei-Vos! Por que fazes isto com Job? Hem? Fala!".

E o Senhor disse: "Hmmm, olhe, este pescoço que você está espremendo é meu... Largue-me... Cof! Cof!".

Mas Job não dava sinal de clemência: "Eu estava indo muito bem, até que chegastes. Tinha mirra e figueiras para dar e vender, além de um manto com duas calças. Agora, olha!".

E o Senhor falou e, desta vez, sua voz trovejou: "Devo eu, que criei o Céu e a Terra, explicar-me diante de ti? O que já criaste para ousar perguntar-me?".

"Isto não é resposta", rebateu Job. "Para quem se julga tão onipotente, fica sabendo de uma coisa: *salvação* escreve-se com ç e não com dois ss." Mas então Job caiu de joelhos e rezou: "Vosso é o reino, o poder e a glória. Fizestes um belo trabalho. Continua assim. Não deixai a peteca cair".

Dois... E Abraão acordou de madrugada e disse a seu filho único, Isaac: "Tive um sonho no qual a voz do Senhor me ordenava a sacrificar meu filho. Portanto, vista as calças e vamos". E Isaac perguntou tremendo: "E o que você disse quando Ele teve essa ideia?".

"E o que eu poderia dizer?", respondeu Abraão. "Imagine a minha situação: de cuecas, às duas da matina, falando com o Criador do Universo! Devia discutir?"

"Bem, pelo menos Ele explicou para que queria o meu sacrifício?"

"Os fiéis não fazem perguntas. E agora vamos, porque tenho um dia cheio amanhã."

E Sara, que ouvira o plano de Abraão, ficou nervosa e disse: "Como sabes que era o Senhor e não, digamos, teu amigo que adora brincadeiras de mau gosto? O Senhor detesta essas brincadeiras e acha que quem as pratica deve ser atirado às feras, mesmo que elas já tenham almoçado".

E Abraão respondeu: "Porque eu sabia que era o Senhor. Era uma voz profunda, ressonante, bem modulada, e ninguém no deserto consegue colocá-la tão bem quanto Ele".

E Sara perguntou: "Estás disposto a cumprir esta ordem absurda?". E Abraão respondeu: "Francamente, sim, porque questionar a vontade do Senhor é uma das piores coisas que uma pessoa pode fazer, principalmente na atual conjuntura".

E assim Abraão levou Isaac a um determinado lugar e preparou-se para sacrificá-lo. Mas, no último minuto, o Senhor paralisou a mão de Abraão e disse: "Ias mesmo fazer esta asneira?".

E Abraão gaguejou: "Mas o Senhor...".

"Não importa o que eu disse, pô", rugiu o Senhor. "Sais levando a sério todas as ideias de jerico que te dão?"

Claro que Abraão ficou envergonhado: "Bem, para dizer a verdade...".

"Sugeri de brincadeira que sacrificasses Isaac e, imediatamente, achaste que era boa ideia."

E Abraão caiu de joelhos: "Estais vendo? Nunca sei quando estais brincando!".

E o Senhor fulminou-o: "Que falta de senso de humor. És uma besta!".

"Mas isso não prova o meu amor por Vós?" insistiu Abraão.

"Não. Prova apenas que alguns idiotas seguirão qualquer ideia imbecil, desde que venha de uma voz ressonante e bem modulada."

E assim o Senhor disse a Abraão que ele estava dispensado e mandou-o passar no caixa no dia seguinte.

Três... E havia um homem que vendia camisas e não ia bem nos negócios. Quando o encalhe ficou insuportável, ele ajoelhou-se e rezou: "Senhor, por que me fazeis sofrer assim? Todos os meus inimigos vendem suas mercadorias, menos eu. E estamos no auge da estação. Minhas camisas são boas. Dar uma olhada neste ban-lon. Tenho de mangas curtas, compridas, três-quartos, todos os modelos, cores, o escambau. Mas nada vendo. E, no entanto, observei Vossos mandamentos. Por que não posso ganhar a vida, quando meu irmão caçula está ficando rico com seu *prêt-à-porter?*".

E o Senhor ouviu-o e respondeu: "A respeito de tuas camisas...".

"Estou ouvindo, Senhor", gemeu o homem, contrito.

"Costura um jacaré sobre o bolso de todas elas."

"Como, Senhor?"

"Faz como te ordeno. Não te arrependerás."

E o homem costurou em todas as suas camisas um pequeno jacaré e não ficou uma em estoque e houve júbilo em seu coração e choro e ranger de dentes entre seus inimigos, e um deles disse: "O Senhor é piedoso. Fez-me deitar sobre verdes pastagens. O problema é que, agora, não consigo me levantar".

Mandamentos e Provérbios

Todas as abominações são contra a lei, principalmente se quem as pratica estiver usando babadouro.

O leão e a ovelha poderão dormir juntos, mas a ovelha não conseguirá pegar no sono.

Quem não tombar pela espada ou pela fome, tombará pela peste. Logo, para que barbear-se?

Os iníquos de coração talvez tenham algum motivo.

Quem ama a sabedoria é reto e justo, mas quem usa galinhas para fins indevidos não o será tanto.

Senhor, Senhor, o que andastes fazendo ultimamente?

A puta com ph.D.

Uma coisa que todo detetive particular deve aprender é a acreditar nos próprios palpites. Assim, quando um sujeito ligeiramente banana chamado Word Babcock entrou no meu escritório e pôs as cartas na mesa, eu devia ter prestado atenção ao calafrio que me percorreu a espinha.

"Kaiser?", ele perguntou, "Kaiser Lupowitz?"

"É o que diz na minha licença", respondi.

"Você tem de me ajudar! Estou sendo chantageado. Por favor!"

Estava tremendo mais que as mangas bufantes de um crooner de uma orquestra de rumbas. Atirei-lhe um copo e passei-lhe uma garrafa, que mantenho sempre à mão para fins não medicinais. "Que tal se você relaxar e me dar o serviço? Conte-me tudo."

"Promete que... não contará à minha mulher?"

"Sou legal. Mas não posso fazer promessas, Word."

Tentou servir-se de uma dose, mas podia-se ouvir o barulho da garrafa contra o copo do outro lado da rua. Acabou derramando o uísque no sapato.

"Sou mecânico. Fabrico e conserto aqueles anéis que dão choque quando se aperta a mão de alguém. Você sabe."

"Sei. E daí?"

"São muito apreciados por executivos. Principalmente o pessoal da Bolsa."

"Não enrole, vá logo ao assunto."

"Bem, o fato é que vivo viajando. Sinto-me só. Oh, nada do que você está pensando. Sabe, Kaiser, no fundo, eu sou um intelectual. Claro, um sujeito pode ter todas as bundas que quiser. Mas uma mulher inteligente, ah, isso é difícil de encontrar!"

"Continue."

"Pois é. Aí ouvi falar de uma garota. Dezoito anos. Estudante em Vassar. Por um certo preço, ela sai com você e discute qualquer assunto – Proust, Yeats, antropologia. Troca de ideias entre dois adultos. Já viu aonde estou querendo chegar?"

"Ainda não."

"Quero dizer, minha mulher é joia, não me entenda mal. Mas jamais discutiria Pound comigo. Nem Eliot. Eu não sabia disto quando nos casamos. Sabe, preciso de uma mulher que me estimule intelectualmente, Kaiser. E não me importo de pagar por isto. Não quero me envolver – quero só uma rápida experiência intelectual e, depois, que a moça se mande. Porra, Kaiser, sou feliz no casamento!"

"Há quanto tempo isto vem acontecendo?"

"Seis meses. Quando estou muito a fim, telefono para Flossie. É uma cafetina com pós-graduação em literatura comparada. Aí ela me manda uma socióloga ou coisa assim. Entendeu?"

Ele era um daqueles caras com um fraco pelas intelectuais. Senti pena do otário. Imaginei que devia haver bandos de trouxas como ele, ansiando por um pequeno intercâmbio cultural com o sexo oposto e dispostos a gastar uma nota.

"E agora ela está ameaçando contar tudo à minha mulher", disse.

"Quem?"

"Flossie. Grampeou o telefone do motel e gravou minhas conversas com a moça. Em algumas fitas, discuto *Crime e castigo* ou *Ulysses* e, às vezes, cheguei a colocar alguns pontos fundamentais. Se eu não pagar dez mil dólares, ameaçam contar tudo a Carla. Kaiser, você tem de me ajudar! Carla morreria se soubesse que não sou ligado no cérebro dela!"

A velha jogada. Já tinha ouvido rumores de que o pessoal lá na delegacia estava atrás de uma quadrilha de parnasianas, mas pensei que fosse cascata.

"Ponha Flossie no telefone."

"O quê?"

"Aceito o caso, Word, mas são cinquenta dólares por dia, mais as despesas. Você vai ter de arranjar um bocado de fregueses para seus anéis."

"Não me importo", respondeu. Pegou o aparelho e discou um número. Passou-me o telefone. Pisquei-lhe um olho. Estava começando a gostar dele.

Daí a pouco, uma voz amanteigada atendeu e eu lhe disse o que queria: "Ouvi dizer que você pode me descolar uma gata com um bom papo".

"Claro, bem. Qual é a sua especialidade?"

"Gostaria de discutir Herman Melville."

"*Moby Dick* ou os romances mais curtos?"

Qual é a diferença?"

"O preço. Os apêndices sobre simbolismo são por fora, naturalmente."

"Em quanto vou ter de morrer?"

"Cinquenta, talvez cem dólares por *Moby Dick*. Quer uma discussão comparativa – digamos, entre Melville e Hawthorne? Posso arranjar isto por cem dólares."

"Falou", falei. Dei-lhe o número de um quarto no Plaza.

"Quer uma loura ou morena?"

"Surpreenda-me", respondi e desliguei.

Fiz a barba e tomei um pouco de café, enquanto ouvia pelo rádio a transmissão de uma partida de xadrez. Menos de uma hora depois, bateram à porta. Abri e vi uma ruiva espremida num suéter como duas grandes bolas de sorvete numa única casquinha.

"Oi! Meu nome é Sherry!"

Eles realmente sabiam como apelar para suas fantasias. Cabelos longos e lisos, bolsa de couro, brincos de prata, sem maquilagem.

"Não sei como não foi presa entrando neste hotel vestida desse jeito", eu disse. "O detetive daqui conhece uma intelectual pelo cheiro."

"Molhei a mão dele antes de subir."

"Vamos começar?", convidei-a para o sofá.

Acendeu um cigarro e foi direto ao assunto. "Acho que podíamos começar analisando *Billy Budd* como a maneira de Melville justificar Deus para o homem, *nest-ce pas?*"

"Interessante, mas não no sentido miltoniano." Eu estava chutando adoidado, mas queria ver se ela mordia a isca.

"Não. *Paraíso Perdido* não tem essa subestrutura de pessimismo."

Ela caíra no meu golpe.

"É isso aí, é isso aí! Pô, Sherry, você tem razão!", exclamei.

"Acho que Melville reafirmava as virtudes da inocência de uma maneira nova, mas, ao mesmo tempo, sofisticada – não acha?"

Fui dando-lhe corda. Mal tinha dezenove anos, mas já dominava todos os truques do pseudo-intelectual. Falava com extrema fluência, mas era tudo mecânico. Quando eu propunha um problema, forjava uma resposta: "Oh, sim, Kaiser! Claro, isso é muito profundo. A compreensão platônica do cristianismo – como não pensei nisto antes?".

Conversamos durante uma hora e então ela me disse que tinha de ir. Levantou-se e estendi-lhe uma nota de cem.

"Obrigada, bem."

"E há muito mais de onde saiu esta."

"O que quer dizer com isso?"

Eu tinha aguçado sua curiosidade. Sentou-se de novo.

"Digamos que eu quisesse – dar uma festinha...", arrisquei.

"Que espécie de festa?"

"Suponhamos que eu quisesse que duas garotas me explicassem Noam Chomsky?"

"Fiiiiuuu..."

"Não, acho bom você esquecer o que eu disse."

"Não, não, tudo bem, mas terá de falar com Flossie", respondeu. "E vai te custar uma nota!"

Tinha chegado a hora de apertar as arruelas. Mostrei-lhe minha insígnia de investigador particular e disse-lhe que tinha sido uma cilada.

"O quê?"

"Sou um tira, meu bem, e você não está numa boa. Discutir Melville por dinheiro está no Código Penal. Você pode pegar uns meses."

"Seu f. d. p.!"

"Acho melhor se explicar, querida. A menos que queira contar sua história para um crítico literário. E não creio que ele vá gostar."

Ela começou a chorar. "Não me entregue, Kaiser. Precisava da grana para completar meu mestrado. Recusaram-me a bolsa duas vezes. Oh, meu Deus!"

Vomitou tudo – a história inteira. Família grã-fina de Nova York. Passava as férias com o pessoal da esquerda festiva. Podia ser vista em todas as sessões dos cinemas de arte. Viciada em escrever "É isso aí!" nas margens dos livros de Kant. Mas agora tinha dado um passo em falso.

"Eu precisava do dinheiro. Uma amiga minha falou de um sujeito casado com uma mulher não muito profunda. Ele era vidrado em Blake, mas sua mulher não estava nem aí. Eu disse que topava, podia discutir Blake com ele, mas não de graça. A princípio, fiquei nervosa. Tive de chutar de montão. Ele não se importou. Minha amiga disse que havia outros. Oh, já fui apanhada antes. Me deram um flagra lendo um jornal da imprensa nanica num estacionamento. Se isto continuar, não sei como vai ser!"

"Leve-me a Flossie."

Ela mordeu o lábio e disse: "Flossie se faz passar por dona de livraria".

"É?"

"Como aqueles traficantes que vendem sorvete. Você vai ver."

Dei um rápido telefonema para a delegacia e então disse a Sherry: "Tudo bem, minha flor. Você está virgem de novo. Mas não saia da cidade".

Ela recostou a cabeça no meu ombro e disse languidamente: "Posso te conseguir fotos de Dwight MacDonald, se quiser...".

"Fica para outra vez, belezoca."

Fui à tal livraria. O balconista – um rapaz de olhos sensíveis – perguntou-me: "Deseja algum livro em particular?".

"Estou procurando uma primeira edição de *Os nus e os mortos*. Ouvi dizer que nem Norman Mailer tem mais um exemplar. Deu-o à sua quinta mulher, quando faltou-lhe dinheiro para pagar a pensão."

"Terei de checar. Temos o número secreto do telefone de Mailer."

Olhei bem nos seus olhos e disse: "Foi Sherry quem me mandou".

"Oh, nesse caso, não quer ir até os fundos?" Apertou um botão. Uma estante falsa abriu-se e entrei como um babaca naquele palácio do prazer, mais conhecido como Flossie's.

Paredes cobertas de papel pintalgado de vermelho, decoração quase vitoriana. Bandos de moças com óculos de aros de tartaruga, estendidas em sofás, folheavam furiosamente Penguin Books. Uma loura com um belo sorriso piscou para mim com ar provocante, apontou para um quarto no segundo andar e perguntou: "Vamos falar de Wallace Stevens?". Mas a coisa não se limitava a experiências intelectuais – as emocionais também estavam em estoque. Fiquei sabendo que, por cinquenta dólares, você poderia "estabelecer uma relação sem envolvimento". Por cem dólares, a garota lhe emprestaria a sua coleção de Bártok, sairia com você para jantar e depois o deixaria olhar enquanto ela tivesse um ataque de existencialismo. Por 150, você ouviria clássicos em FM ao lado de gêmeas com ph.D. em poesia provençal. O quente custava trezentos dólares: uma recém-formada em psicologia fingiria apanhá-lo no Museu de Arte Moderna, envolver-se-ia com você numa discussão sobre o conceito freudiano da mulher, deixá-lo-ia ler a sua tese de mestrado e até encenaria um suicídio – para alguns, a ideia de uma noite perfeita. Belo negócio, este. E que cidade, Nova York!

"Está gostando?", perguntou uma voz atrás de mim. Virei-me e vi-me de cara com o cano de um 38. Aliás, o pior lado de um 38. E, podem crer: sou duro na queda, mas desta vez confesso que quase tive um colapso. Claro que era Flossie. A voz era a mesma. Só que Flossie era um homem. Seu rosto estava escondido por uma máscara.

"Você não vai acreditar", ele disse, "mas não tenho nem o ginásio. Fui reprovado várias vezes e tive de sair".

"É esta a razão da máscara?"

"Bolei um plano complicado, com o qual eu me apossaria do *New York Review of Books*, mas teria de me passar por Lionel Trilling. Fui ao México fazer uma plástica. Há um médico em Juárez que transforma qualquer pessoa em Lionel Trilling – claro que custa caro. Mas algo saiu errado. Ele me fez parecido com Auden, só que com a voz de Mary McCarthy. Foi então que me passei para o outro lado da lei."

Ele ia puxar o gatilho. Mas fui mais rápido e entrei em ação. Curvei-me para a frente e acertei seu queixo com meu cotovelo, agarrando o revólver quando ele o soltou. Flossie foi ao chão como uma tonelada de tijolos. Ainda estava choramingando quando a polícia chegou.

"Bom trabalho, Kaiser", disse o sargento Holmes. "Quando terminarmos o nosso interrogatório, acho que o FBI vai ter uma conversinha com ele. Qualquer coisa a respeito de jogatina e uma edição anotada. *Inferno* de Dante. Podem levá-lo, rapazes."

    Naquela mesma noite, dei um telefonema para uma velha conta bancária chamada Glória. Era loura. Também tinha se formado *cum laude*. Só que em educação física. Tive de mostrar-lhe meu diploma.

Os primeiros ensaios

Estes são alguns dos primeiros ensaios de Woody Allen. Deixamos de transcrever os últimos, porque, vendo-se sem assunto, o Autor não chegou a escrevê-los. É possível que, à medida que envelhecer e compreender melhor a vida, Allen os escreva e depois retire-se para o seu quarto, lá permanecendo indefinidamente. Como os de Bacon, os ensaios de Allen são breves e cheios de sabedoria. Infelizmente, a falta de espaço não nos permite incluir a sua tese mais profunda: "O lado bom da vida".

Sobre uma árvore no verão

De todas as maravilhas da natureza, a mais fantástica é uma árvore no verão – com a possível exceção de um alce de polainas cantando *Embraceable You*. O verão é quando as folhas estão mais verdes e folhudas do que nunca (se não, alguma coisa deve estar errada). Os galhos estendem-se em direção ao céu, como que tentando dizer: "Embora eu seja apenas um galho, também tenho direito a aposentadoria bem remunerada". E as variedades? Tal árvore assim-assim será um abeto ou um choupo? Ou uma sequoia gigante? Não, desconfio que não passa de uma mísera bananeira, e mais uma vez você sifu. É claro que até você poderia aprender a distinguir qualquer árvore em questão de segundos, desde que fosse um pica-pau – mas, nesse caso, como mandar cartões-postais aos que resolveram passar o inverno no deserto?

Por que qualquer árvore será muito mais interessante do que uma fonte que faça chuá chuá? Ou do que qualquer coisa que faça chuá chuá? Porque sua simples e gloriosa existência é um testemunho silente de uma inteligência maior que qualquer outra na Terra, principalmente na atual gestão presidencial. Como disse o poeta: "Só Deus consegue fazer uma árvore". Talvez porque seja tão difícil fazer com que cada macaco fique quieto no seu galho.

    Certa vez, um lenhador preparava-se para atacar uma árvore com seu machado, quando notou gravado nela um coração flechado e dois nomes. Pondo de lado o machado, ele preferiu usar a serra, mais indolor. A moral da história me escapa neste momento, mas, seis meses depois, o lenhador foi processado por ensinar algarismos romanos a um anão.

Sobre juventude e velhice

O verdadeiro teste de maturidade não é saber a idade certa da pessoa, mas a sua reação ao acordar de repente, em pleno centro da cidade, usando apenas bermudas. E de que importam os anos, afinal, principalmente com os aluguéis congelados? O que devemos ter em mente é que qualquer época da vida tem suas vantagens, embora seja difícil encontrar o interruptor de luz quando se está morto. O principal problema da morte, aliás, é o medo de que não haja vida depois dela – o que pode ser um pensamento pavoroso, principalmente para quem se deu ao trabalho de se barbear. Além disso, há o medo de que, embora possa haver vida depois da morte, ninguém saiba onde ela está se realizando. Mas há também o lado positivo: morrer é uma das poucas coisas que se pode fazer deitado.

    Vamos pensar bem: será a velhice tão terrível? Não, se você tiver escovado os dentes quatro vezes por dia. E por que não há para-choques que nos protejam dos acidentes da vida? Ou um bom hotel à beira de certas estradas?

    Em suma, o melhor que podemos fazer é nos comportarmos de acordo com nossa idade. Por exemplo: se você tem dezesseis anos ou menos, tente não ficar careca. Por outro lado, se você tiver mais de oitenta anos, é de extremo bom-tom sair pelas ruas com uma espada de pau e um capacete de papel, gritando: "Estamos sendo invadidos pelo Paraguai!". Lembre-se, tudo é relativo – ou devia ser, porque, se não for, vamos ter de começar tudo de novo.

Sobre a frugalidade

À medida que envelhecemos, é importantíssimo conservar nossas economias, evitando gastar dinheiro em coisas inúteis, tais como geleia de pera ou chapéus de ouro maciço. O dinheiro não é tudo, mas é melhor do que ter saúde. Afinal, não se pode entrar num açougue, pedir um quilo de alcatra e dizer ao açougueiro: "Olhe como estou bronzeado. Vendendo saúde! Nunca fico gripado!", e esperar que ele lhe entregue a carne. (A não ser, é claro, que ele seja um perfeito idiota.) É melhor ser rico do que ser pobre, quando nada por questões financeiras. Não que o dinheiro compre a felicidade. Vejam o caso da cigarra e da formiga. A cigarra cantou durante todo o verão, enquanto a formiga trabalhava e economizava. Quando chegou o inverno, a cigarra estava falida, mas a formiga estava sofrendo do peito. A vida é dura para os insetos. E não pensem que os ratos passam muito melhor. O fato é que todos precisamos de um ombro para nos encostarmos, embora isso costume amarrotar nosso terno novo.

Finalmente, nunca nos esqueçamos de que é mais fácil gastar dois dólares do que economizar um. E, pelo amor de Deus, nunca invistam dinheiro em firmas de corretagem cujos sócios já tenham puxado trenós no Alasca.

Sobre o amor

É melhor amar ou ser amado? Nenhum dos dois, se a sua taxa de colesterol estiver acima de seiscentos. Por amor, naturalmente, refiro-me ao amor romântico – por exemplo, entre homem e mulher, e não àquele entre mãe e filho, uma criança e seu cão ou entre dois garçons.

O maravilhoso da coisa é que, quando se ama, tem-se um impulso de cantar. Deve-se resistir a isto a todo custo, tomando cuidado também para que o ardente apaixonado não "diga" as letras das músicas. É evidente que ser amado é diferente de ser admirado, já que sempre se pode ser admirado a distância – enquanto, para se amar de verdade uma pessoa, é preciso estar no mesmo quarto com ela e, de preferência, enrolado atrás das cortinas.

Para ser um grande amante, deve-se ser forte e, ao mesmo tempo, terno. Mas forte até que ponto? Acho que basta conseguir levantar trinta quilos. É preciso também ter em mente que, para quem ama, a mulher amada é sempre a coisa mais linda do mundo, mesmo que, para um estranho, ela seja indistinguível de um prato de mexilhões. A beleza está em quem vê. Se quem vê for míope ou estrábico deve perguntar à pessoa ao lado qual é a garota mais bonita. (Na realidade, as mais bonitas são geralmente as mais burras, e esta é uma das razões pelas quais muita gente não acredita em Deus.)

"As alegrias do amor duram apenas um instante", cantou o bardo, "mas suas dores duram uma eternidade." Esta canção tinha tudo para fazer sucesso, mas a melodia era muito parecida com a de *I'm a Yankee Doodle Dandy*.

A respeito de colher violetas no bosque

Isto não tem a menor graça, e eu recomendaria qualquer outra atividade. Visitar um amigo doente, por exemplo. Se não tiver nenhum (mesmo que são), vá ao teatro ou entre numa banheira quente com um livro. Qualquer coisa é melhor do que ser apanhado num bosque com um sorriso idiota e uma cesta de flores na mão. A próxima coisa que lhe poderá acontecer será sentir-se ligeiramente perdido: O que fazer com as violetas? "Ora, ponha-as num vaso", dirá você. Que resposta estúpida! Hoje basta ligar para o florista e encomendar as flores. Deixe que *ele* perca tempo no bosque, já que está sendo pago para isto. Assim, se cair uma tempestade ou se for atacado por um enxame de abelhas, o azar será dele, e não seu.

Não pensem por isto que eu seja insensível às alegrias da natureza, embora já tenha concluído que, como diversão, é difícil haver coisa melhor do que passar 48 horas jogando peteca com um maneta. Mas isto é outra história.

Guia breve, porém útil, à desobediência civil

Para se fazer uma revolução, precisa-se de duas coisas: primeiro, alguém ou alguma coisa contra a qual se revoltar; segundo, alguém para fazer efetivamente a revolução. O traje é informal e ambas as facções devem ser flexíveis a respeito do local e hora do evento. Mas, se nenhuma das partes comparecer, o fiasco será completo. Na Revolução Chinesa de 1650, nenhum dos partidos apresentou-se para a luta, com o que perdeu-se um grande estoque de munição.

As pessoas que se revoltam contra os *opressores* são facilmente reconhecíveis, por serem as únicas que parecem estar se divertindo. Os *opressores* geralmente são obrigados a andar de terno e gravata, possuem terras e tocam suas vitrolas até tarde sem que ninguém possa reclamar. Sua função é a de manter o *status quo,* uma situação pela qual tudo fica exatamente como está, embora costume levar uma mão de tinta de dois em dois anos.

Quando os *opressores* se tornam muito rígidos, passamos a ter o que se conhece como Estado policial – no qual proíbe-se discordar, dar risadinhas, usar gravata-borboleta e referir-se ao sr. prefeito como Bolão. As liberdades civis são extremamente limitadas num Estado policial, entre elas a liberdade de expressão, embora a arte da mímica continue permitida. Nenhuma crítica ao governo é tolerada, principalmente a respeito do estilo de dançar da primeira-dama. A liberdade de imprensa também é coibida, sendo o noticiário controlado pela Censura, a qual libera apenas as ideias políticas aceitáveis e certos resultados de futebol, desde que não causem comoção entre os torcedores.

Os grupos que se revoltam são chamados de *oprimidos* e estão sempre se queixando de que trabalham muito ou de que vivem com enxaquecas. (Deve-se observar que os *opressores* nunca se revoltam ou tentam transformar-se em *oprimidos,* já que isto os obrigaria a mudar o estilo de suas cuecas.)

Alguns famosos exemplos de revoluções são:

A *Revolução Francesa,* na qual os revolucionários tomaram o poder pela força e logo trocaram o cadeado de todos os palácios, para que os nobres não pudessem entrar. Em seguida, fizeram uma baita festa e guilhotinaram-se uns aos outros. Quando os nobres finalmente recapturaram os palácios, tiveram de fazer uma reforma geral, devido ao excesso de manchas nas paredes e tocos de cigarro pelo chão.

A *Revolução Russa,* que se arrastou durante anos, só explodiu quando os bolcheviques finalmente concluíram que o Tzar e o Czar eram a mesma pessoa.

Deve-se observar que, quando uma revolução termina, muitas vezes os *oprimidos* passam a comportar-se como os *opressores,* sendo dificílimo para os seus novos súditos conseguir falar com eles ao telefone, filar-lhes um cigarro ou tomar-lhes dinheiro emprestado.

Alguns métodos de desobediência civil:

Greve de fome. Quando o *oprimido* fica sem comer até que suas exigências sejam atendidas. Os *opressores* mais insidiosos costumam deixar bolachas ao alcance do *oprimido,* quando não queijos franceses, mas este tenta resistir a todo custo. Se o partido no poder conseguir obrigar o grevista a comer, isto significa que não terá muito trabalho para acabar com a insurreição. Se não apenas conseguir obrigá-lo a comer, como ainda fazê-lo pagar a conta, pode estar certo da vitória. No Paquistão, uma greve de fome foi encerrada quando o governo distribuiu uma série de pratos *cordon bleu,* que as massas acharam pouco político recusar. Mas isso é raro de acontecer.

O problema da greve de fome é que, depois de alguns dias, fica-se com uma bruta fome, e o governo então se aproveita para fazer com que todos os alto-falantes transmitam exclamações como "Hmmm... que delícia esta galinha..." ou "Pode me passar o molho?" ou "Já provou esta musse?"

Uma variação da greve de fome, para aqueles cujas convicções políticas não são das mais radicais, é a de recusar-se terminantemente a comer jiló. Esse pequeno gesto, quando usado com eficiência, pode influenciar profundamente um governo, sendo bem conhecido o caso de Mahatma Gandhi, cuja insistência em comer salada sem vinagre obrigou o governo britânico a muitas concessões. Além da comida, um grevista pode privar-se de muitas outras coisas, entre as quais jogar biriba, sorrir para o carcereiro ou imitar uma garça.

Greve sentada. Quando uma pessoa escolhe um determinado lugar na fábrica e senta-se sem trabalhar. Mas, quando se diz "senta-se", deve-se entender sentar mesmo, e não ficar de cócoras – uma posição sem o menor significado político, a não ser que o governo também esteja de cócoras. (Certos governos vivem agachados diante de outros.) O objetivo é permanecer sentado até que o governo atenda às exigências do grevista. Como na greve de fome, os *opressores* tentarão por todos os meios fazer o grevista levantar-se. Poderão dizer: "OK, rapazes, hora de ir para casa!" ou "Podia levantar-se um pouquinho? Queria ver se você é mais alto do que eu".

Passeatas. A principal finalidade de uma passeata é a de ser vista pela população. Se uma pessoa faz sua passeata em casa, sozinha, isto será não apenas um erro político, como também uma demonstração de burrice.

Uma clássica passeata foi a do Clube de Chá de Boston, na qual os nacionalistas americanos, disfarçados de índios, despejaram o chá britânico no mar. Mais tarde, índios disfarçados de americanos despejaram os próprios ingleses no mar. Em seguida, os ingleses, disfarçados de bules de chá, despejaram a si próprios no mar. Finalmente, um grupo de mercenários alemães, vestidos com os figurinos de *As troianas,* jogaram-se no mar sem razão aparente.

Durante uma passeata é conveniente levar faixas e cartazes, para deixar bem clara a posição dos manifestantes. Algumas sugestões de dizeres: 1) Abaixo os impostos; 2) Abaixo a inflação; 3) Abaixo a ditadura; 4) e vice-versa.

Outros métodos de desobediência civil:

Concentrar-se em frente ao palácio do governo e gritar a palavra "pudim" até que as exigências sejam atendidas.

Engarrafar o trânsito da cidade conduzindo um rebanho de carneiros pela avenida na hora do *rush.*

Telefonar a membros do *establishment* e cantar alguma canção de protesto ou de ninar.

Fazer-se passar por policial e então faltar ao serviço.

Disfarçar-se de alcachofra e dedurar o presidente da República aos serviços de informação.

Quem ganha do inspetor Ford?

O caso do grã-fino assassinado

O inspetor Ford entrou no estúdio. No chão jazia o cadáver de Clifford Wheel, que aparentemente havia sido atingido por trás com um taco de golfe. A posição do corpo indicava que a vítima havia sido surpreendida enquanto cantava "Torna Sorrento" para seu peixinho dourado. A bagunça generalizada provava que tinha havido uma luta terrível, interrompida por dois telefonemas, um dos quais tinha sido engano e o outro perguntando se a vítima estava interessada em tomar lições de dança.

Pouco antes de morrer, Wheel conseguiu enfiar o dedo no tinteiro e escrever na parede a seguinte mensagem: "Preços de outono caíram drasticamente. – Mas vendas devem continuar!".

"Comerciante até o fim", disse Ives, seu criado – um sujeito estranho, cujos sapatos de salto alto faziam-no ficar, curiosamente, dois centímetros mais baixo.

A porta do terraço estava aberta e havia pegadas que saíam de lá, levavam até o hall e dali para dentro de uma gaveta.

"Onde estava quando aconteceu, Ives?", perguntou o inspetor Ford.

"Na cozinha, lavando os pratos", respondeu Ives, e tirou da carteira algumas bolhas de sabão, para comprovar seu álibi.

"Ouviu alguma coisa?"

"Ele estava na sala, com alguns amigos. Discutiam a respeito de quem era mais alto. De repente, pensei ter ouvido o sr. Wheel cantar em falsete, e Mosley, seu sócio, começou a gritar,

'Meu Deus, estou ficando careca!'A próxima coisa de que me lembro foi ter ouvido um glissando de harpa e vi a cabeça do sr. Wheel rolando pelo gramado. Ouvi o sr. Mosley ameaçá-lo. Disse que, se ele usasse de novo seu mata-borrão, não iria avalizar determinado empréstimo no banco. Acho que ele o matou."

"A porta do terraço abre para dentro ou para fora?", perguntou o inspetor Ford a Ives.

"Para dentro. Por quê?"

"Exatamente como suspeitei. Foi você, Ives, e não Mosley, quem matou Clifford Wheel."

Como o inspetor Ford descobriu?

De acordo com o projeto da casa, Ives não poderia ter-se esgueirado por trás de seu patrão. Teria de esgueirar-se pela frente, quando então o Sr. Wheel pararia de cantar "Torna Sorrento" e o acertaria na cabeça com a arma do crime – uma velha brincadeira entre os dois.

Um enigma curioso

Aparentemente, Walker tinha se suicidado. Tomara uma dose excessiva de barbitúricos. E, no entanto, alguma coisa estava errada para o inspetor Ford. Talvez fosse a posição do corpo: dentro do televisor e olhando para fora. No chão, havia um bilhete dizendo: "Querida Edna. O terno de lã me provoca coceira, portanto decidi dar cabo da vida. Faça com que nosso filho complete suas dependências na faculdade. Deixo-lhe toda a minha fortuna, com exceção do chapéu de feltro, o qual lego ao Planetário. Não sinta pena de mim, pois estou me sentindo bem e prefiro a morte a pagar aluguel. Adeus. Assinado, Henry. P.S.: Talvez não seja a melhor ocasião para tocar no assunto, mas devo informá-la de que seu irmão é ligeiramente chegado a uma galinha-d'angola".

Edna Walker mordeu o lábio nervosamente. "O que depreende disto, inspetor?"

O inspetor Ford olhou para o frasco de barbitúricos na mesinha de cabeceira. "Há quanto tempo seu marido vinha tendo insônia?"

"Há anos. Era psicológico. Tinha medo de que, se fechasse os olhos, o prefeito mandaria pintá-lo de azul."

"Entendo. Tinha inimigos?"

"Para dizer a verdade, não. Exceto alguns ciganos, proprietários de uma casa de chá nos arredores da cidade. Insultou-os certa vez, ao tomar refrigerante na frente deles, num dos seus mais sagrados dias santos."

O inspetor Ford percebeu um copo de leite sobre a cômoda, ainda meio cheio e quente. "Sra. Walker, seu filho está na faculdade?"

"Não. Foi expulso na semana passada por imoralidade. Apanharam-no tentando afogar um anão numa tijela de molho tártaro. E eles não toleram esse tipo de coisa."

"Outra coisa que eu não tolero é assassinato. Seu filho está preso."

Como o inspetor Ford suspeitou que o filho de Walker o matara?

O sr. Walker foi encontrado com dinheiro no bolso. Um homem a fim de suicidar-se nunca é apanhado nessas condições, porque já o gastou para realizar seus últimos desejos.

A joia roubada

A urna contendo as joias fora arrombada e a Safira de Bellini tinha sumido. As únicas pistas deixadas no museu eram um fio de cabelo louro e diversas impressões digitais, todas cor-de-rosa. O vigia explicou que estava firme no seu posto quando uma figura embuçada de preto acercou-se por trás e acertou-o na cabeça com um rolo de conferências destinadas a um simpósio. Pouco antes de perder os sentidos, pareceu ouvir alguém dizer:

"Jerry, telefone para sua mãe". Mas nem disso tinha certeza. Aparentemente, o ladrão havia entrado pela claraboia e descido pela parede com sapatos de sucção, como uma mosca humana. Os guardas do museu costumavam manter um enorme mata-moscas especialmente para tais ocasiões. Mas, desta vez, tinham sido enganados.

"Por que alguém cobiçaria a Safira de Bellini?", perguntou o curador do museu. "Não sabem que ela é amaldiçoada?"

"Que maldição é essa?", quis saber o inspetor Ford.

"A safira pertenceu originalmente a um sultão que morreu em circunstâncias misteriosas, quando uma mão saiu do seu prato de sopa e o estrangulou. O proprietário seguinte foi um lorde inglês, o qual foi encontrado, certo dia, florindo maravilhosamente numa jardineira. Nada se soube da joia durante algum tempo. Então, anos depois, ela reapareceu na posse de um milionário texano que se incendiou enquanto escovava os dentes. Compramos a safira no ano passado, mas a maldição parece continuar, porque, assim que a obtivemos, todo o quadro de conselheiros do museu resolveu formar um balé de conga e, ao dançar, despencou de um rochedo."

"Bem", disse o inspetor Ford, "a maldição é uma pena, mas a joia é valiosa. Se ainda a quiserem de volta, deem um pulo à Confeitaria Handleman e prendam Leonard Handleman. Acharão a safira no seu bolso."

Como o inspetor Ford descobriu quem era o ladrão?

Na véspera, Leonard Handleman havia declarado: "Se eu tivesse uma maldita safira no bolso, poderia largar esta confeitaria!".

O acidente macabro

"Acabo de matar meu marido", choramingou Cynthia Freem, enquanto seu corpulento marido jazia na neve ao seu lado.

"Como aconteceu?", perguntou o inspetor Ford, indo direto ao assunto.

"Estávamos caçando. Quincy adorava caçar, e eu também. Separamo-nos por alguns instantes. O matagal estava espesso. Acho que o confundi com uma paca. Atirei. Quando o estava esfolando, descobri que havia matado meu marido. Mas aí já era tarde demais!"

"Hmmm", murmurou o inspetor Ford, enquanto examinava as pegadas na neve. "Você deve atirar bem. Conseguiu acertá-lo bem entre os olhos."

"Oh, não. Foi pura sorte. Sou péssima atiradora."

"Sei." O inspetor Ford revistou os bolsos do morto. Encontrou um pedaço de barbante, uma maçã de 1904 e instruções sobre o que fazer no caso de acordar ao lado de um armênio.

"Sra. Freem, foi este o primeiro acidente de seu marido numa caçada?"

"Fatal, sim. Certa vez, no Canadá, uma águia roubou sua certidão de nascimento."

"Seu marido sempre usava peruca?"

"Nem sempre. Às vezes, carregava-a no bolso e só a tirava no caso de uma discussão mais séria. Por quê?"

"Ele parecia um pouco excêntrico."

"E era mesmo!"

"Então, foi por isto que o matou?"

Como o inspetor Ford descobriu que não tinha sido acidente?

Um caçador experimentado como Quincy Freem jamais teria ido caçar de ceroulas. Na realidade, sua esposa matara-o em casa, enquanto ele fazia malabarismo com colheres. Depois tentou fazer com que a coisa parecesse acidente, levando-o para a floresta e deixando ao seu lado um exemplar de *Seleções*. Na pressa, esqueceu-se de vesti-lo. Por que ele fazia malabarismo com colheres e de ceroulas continua a ser um mistério.

Um sequestro bizarro

Morto de fome, Kermit Kroll adentrou a sala da casa de seus pais, que o esperavam ansiosamente, ao lado do inspetor Ford.

"Obrigado por terem pago o resgate, velhos", disse Kermit. "Nunca pensei que sairia de lá com vida."

"Conte-nos tudo", disse o inspetor.

"Estava indo à cidade a fim de comprar bombons, quando parou um carro ao meu lado e dele saíram dois homens perguntando se eu desejava conhecer um cavalo que recitava poesia. Disse que sim e entrei. Aí, aplicaram-me clorofórmio e acordei amarrado numa cadeira e vendado."

O inspetor Ford examinou o pedido de resgate: "Queridos papai e mamãe. Deixem 50 mil dólares numa bolsa, debaixo da ponte na Decatur Street. Se não houver ponte ali, construam uma. Estou sendo bem tratado e tenho casa e comida de graça, embora as lagostas estivessem um pouco indigestas ontem à noite. Andem logo com o dinheiro, porque, se não tiverem notícias de vocês em poucos dias, o homem que neste momento está fazendo a minha cama irá me estrangular. Beijos, Kermit.

"P.S.: Isto não é piada. Segue anexa uma piada, para que vocês distingam entre uma e outra."

"Tem alguma ideia de onde ficou preso?", perguntou o inspetor Ford.

"Não. Apenas ouvi um barulho estranho pela janela."

"Estranho?"

"Sim. Sabe o som de uma enguia tocando bongô? Parecido."

"Hmmm", refletiu o inspetor Ford. "E como conseguiu escapar?"

"Disse-lhes que queria ir ao jogo de futebol, mas que tinha apenas entrada para a arquibancada. Eles me deixaram ir, desde que eu conservasse os olhos vendados e voltasse antes da meia-noite. Aceitei. Mas, no meio do segundo tempo, como meu time estivesse perdendo, fugi e vim para casa."

"Muito interessante", disse o inspetor Ford. "Agora já sei que esse sequestro foi uma farsa. Você armou a tramoia e planejou dividir o resgate com os sequestradores."

Como foi que o inspetor Ford descobriu?

Embora Kermit Kroll ainda vivesse com seus pais, estes tinham mais de oitenta anos e ele, perto de sessenta. Autênticos sequestradores jamais sequestrariam uma criança tão velha. Não faria sentido.

O gênio irlandês

Viscoso & Filhos anunciaram a publicação dos *Poemas anotados de Sean O'Shawn,* o grande poeta irlandês, por muitos considerado o mais incompreensível e, portanto, o melhor poeta de seu tempo. Numa obra tão abundante de referências altamente pessoais, a compreensão de O'Shawn exige um íntimo conhecimento de sua vida – o qual, segundo alguns estudiosos, nem o próprio O'Shawn possuía.

A seguir, apresentamos alguns excertos do seu livro.

Além do Icor

Vamos velejar. Velejar com
O queixo de Fogarth para Alexandria,
Enquanto os irmãos Beamish
Correm rindo para a torre,
Orgulhosos de suas gengivas.
Mil anos se passaram desde que
Agamenon disse: "Não abram
Os portões, para que serve
Um cavalo deste tamanho?".
Qual é a ligação? Apenas que
Shaunnesy recusou-se a pedir
Um aperitivo com a comida,
Embora a ele tivesse direito.
E o bravo Bixby, apesar de sua

Semelhança com um pica-pau,
Não conseguiu reaver suas cuecas
De Sócrates sem o talão.
Parnell sabia a resposta, mas
Ninguém se atrevia a perguntar-lhe.
Ninguém exceto Lafferty, cuja
Anedota do lápis-lazúli obrigou
Uma geração inteira a aprender
Como se dança o samba.
É verdade que Homero era cego
E só por isso andava com
Determinadas mulheres.
Mas Egno e os druidas foram
Testemunhas da luta do homem
Para conseguir profundas transformações.
Blake também aspirava a isto, além de
O'Higgins, que teve o seu terno roubado
Embora com ele estivesse vestido.
A civilização tem a forma de um círculo
E repete-se indefinidamente,
Enquanto a cabeça de O'Leary
Lembra mais um trapezoide.
Alegria, alegria! E, de vez em quando,
Telefonem para sua mãe a cobrar.

Vamos velejar. O'Shawn gostava de velejar, embora nunca o tivesse feito no mar. Em criança, sonhava tornar-se comandante de um navio, mas desistiu da ideia quando lhe contaram a respeito dos tubarões. James, seu irmão mais velho, conseguiu entrar para a Marinha Britânica, mas foi logo expulso por vender repolho a um contramestre.

Queixo de Fogarth. Sem dúvida, uma referência a George Fogarth, que convenceu O'Shawn a tornar-se poeta e assegurou-lhe que, mesmo assim, ele continuaria a ser convidado para festas. Fogarty publicava uma revista de poesia e, embora a circulação se limitasse à sua mãe, seu prestígio era internacional.

Fogarty era um irlandês bonachão e sanguíneo, cuja ideia de uma grande farra consistia em deitar-se numa praça pública e imitar um alicate. Pouco depois de seu contato com O'Shawn, sofreu um colapso nervoso e foi preso por comer as próprias calças numa Sexta-Feira Santa.

O queixo de Fogarty era objeto de grande ridículo, por ser, de tão pequeno, quase inexistente. Um dia, disse O'Shawn: "Daria tudo por um queixo maior. Se não encontrar um rapidamente, vou fazer uma besteira!". Por falar nisso, Fogarty era amigo de Bernard Shawn, o qual permitiu certa vez que ele lhe tocasse a barba branca, desde que, em seguida, sumisse da sua frente.

Alexandria. Referências ao Oriente Médio aparecem frequentemente na obra de O'Shawn, e seu famoso poema que começa com "Para Belém, numa bolha de sabão..." trata exaustivamente do problema hoteleiro pelo ponto de vista de uma múmia.

Os irmãos Beamish. Dois idiotas que tentaram ir de Belfast à Escócia, enviando-se mutuamente pelo correio.

Liam Beamish frequentou um colégio jesuíta com O'Shawn, mas foi expulso por fantasiar-se de castor. Quincy Beamish era mais introvertido e usou uma copa de abajur na cabeça até a idade de 41 anos.

Os Beamish costumavam implicar com O'Shawn, devorando sua comida antes que ele ao menos a provasse. Mesmo assim, O'Shawn gostava deles e recorda-os com carinho em seu melhor soneto ("Meu amor é um iaque"), no qual são retratados simbolicamente como pernas de mesa.

A torre. Quando O'Shawn saiu da casa dos pais, foi viver numa torre em Dublin. Era uma torre baixinha, com pouco mais de um metro e meio – ou seja, alguns centímetros a mais do que ele. Dividiu esta residência com Harry O'Connell, um amigo com pretensões literárias e cuja peça, *O boi almiscarado*, só não chegou a estrear porque o elenco foi posto a dormir com clorofórmio.

O'Connell foi uma grande influência no estilo de O'Shawn, e chegou a convencê-lo de que nem todo poema precisava começar com o verso "As rosas são vermelhas, e as violetas, azuis".

Orgulhosos de suas gengivas. Os irmãos Beamish tinham gengivas incríveis. Liam Beamish era capaz de tirar sua dentadura postiça e mastigar amendoim com as gengivas, o que fez durante dezesseis anos, até lhe contarem que não existia tal profissão.

Agamenon. O'Shawn era obcecado pela Guerra de Troia. Não conseguia admitir que um exército fosse estúpido a ponto de aceitar um presente dado pelo inimigo em tempo de guerra. Principalmente quando soube que os troianos se aproximaram do cavalo de madeira e ouviram risadinhas abafadas. Esse episódio parece ter traumatizado o jovem O'Shawn e, pelo resto da vida, obrigou-o a examinar cuidadosamente todo presente que recebia, a ponto de, certa vez, ter perscrutado o interior de um par de sapatos com uma lanterna e gritado: "Ei, vocês! Saiam daí!".

Shaunnesy. Michael Shaunnesy foi um místico e ocultista que convenceu O'Shawn de que haveria uma vida além-túmulo para aqueles que tivessem economizado barbante antes de morrer.

Shaunnesy acreditava também que a lua influenciava as ações humanas e que quem cortasse o cabelo durante um eclipse ficaria estéril. O'Shawn foi um seguidor fiel de Shaunnesy e devotou grande parte de sua vida ao estudo do ocultismo, embora nunca tivesse conseguido realizar o seu objetivo de entrar numa sala pelo buraco da fechadura.

A lua aparece frequentemente nos últimos poemas de O'Shawn, e ele disse a James Joyce que um de seus grandes prazeres era mergulhar o braço numa tijela de sopa em noites de luar.

A referência ao fato de Shaunnesy recusar o aperitivo refere-se provavelmente à época em que os dois jantaram juntos em Inesfree, quando Shaunnesy soprou ervilhas através de um canudinho numa senhora gorda, apenas porque ela discordou de suas ideias sobre embalsamamento.

Bixby. Eamon Bixby. Um fanático que pregava o ventriloquismo como solução para todos os problemas do mundo. Era um grande estudioso de Sócrates, mas discordava do filósofo grego na questão da "boa vida", a qual Bixby considerava impossível, a menos que toda a humanidade tivesse o mesmo peso.

Parnell sabia a resposta. A resposta a que O'Shawn se refere é "Estanho", e a pergunta é: "Qual é o principal produto de exportação da Bolívia?". É compreensível que ninguém perguntasse isto a Parnell, embora fosse desafiado certa vez a dizer o nome do maior quadrúpede de penas sobre a Terra e tivesse respondido "A galinha", sendo por isto muito criticado.

Lafferty. Pedicure de John Millington Synge. Indivíduo fascinante que teve um furioso caso de amor com Molly Bloom, até descobrir que ela não passava de um personagem de ficção.

Lafferty era chegado a certas brincadeiras e, um dia, usando farinha de rosca e um ovo, panou o céu da boca de Synge. Como consequência, Synge passou a caminhar de maneira estranha, meio manquitola, o que levou seus seguidores a imitá-lo, achando que, se copiassem aquela maneira de andar, também escreveriam boas peças. Daí os versos: "Obrigou / Uma geração inteira a aprender / Como se dança o samba".

Homero era cego. Homero foi um símbolo para T. S. Eliot, a quem O'Shawn considerava um poeta de "imenso escopo, mas com pouco fôlego".

Os dois se conheceram em Londres, durante os ensaios de *Morte na catedral* (então, ainda intitulada *As pernas de um milhão de dólares*). Foi O'Shawn quem convenceu Eliot a raspar suas costeletas e a abandonar a ideia de formar-se dançarino de flamenco. Em seguida, os dois redigiram um manifesto estabelecendo os objetivos da nova poesia, um dos quais o de escreverem menos poemas sobre coelhos.

Egno e os druidas. O'Shawn era vidrado na mitologia celta e, num de seus poemas mais célebres, contou como os deuses da velha Irlanda transformaram um casal de jovens amantes numa coleção completa da *Encyclopaedia Britannica*.

Profundas transformações. Provavelmente refere-se ao desejo de O'Shawn de "reformar a raça humana", que ele considerava basicamente depravada, especialmente os jóqueis. (O'Shawn era tão pessimista que, para ele, a humanidade não produziria nada de bom se não reduzisse a temperatura do corpo, já que 36,7 graus eram, segundo dizia, "insuportáveis".)

Blake. O'Shawn era um místico e, como Blake, acreditava nas forças ocultas. Isto lhe foi confirmado quando seu irmão Ben foi eletrocutado ao lamber um selo. O choque não matou Ben, o que O'Shawn atribuiu à Providência Divina, embora tivesse custado dezessete anos a seu irmão para enfiar a língua de volta na boca.

O'Higgins. Patrick O'Higgins apresentou O'Shawn a Polly Flaherty, que se tornaria sua mulher depois de dez anos de namoro, tempo em que os dois limitaram-se a se encontrar secretamente e a arfar um para o outro. Polly nunca percebeu o alcance do gênio de seu marido e disse aos mais íntimos que, em sua opinião,

O'Shawn seria menos lembrado por sua poesia do que pelo hábito de emitir curiosos guinchos quando comia maçãs.

A cabeça de O'Leary. Refere-se ao Monte O'Leary, onde O'Shawn pediu Polly em casamento pouco antes que ela despencasse lá de cima. O'Shawn foi visitá-la no hospital e conquistou definitivamente seu coração, ao oferecer-lhe o seu poema "A decomposição da carne".

Telefone para sua mãe a cobrar. Enquanto agonizava, a mãe de O'Shawn, Bridget, implorou a seu filho que abandonasse a poesia e se tornasse vendedor de aspiradores. O'Shawn não podia concordar com aquilo e sofreu angústia e culpa pelo resto da vida, embora tivesse conseguido vender um aspirador para W. H. Auden e outro para Wallace Stevens, durante um congresso internacional de poesia em Genebra.

Fábulas, bestas e mitos

O que se segue é uma amostra de algumas das criações mais imaginativas da literatura mundial. Fazem parte de uma antologia em quatro volumes que estou preparando e que será publicada assim que terminar a greve dos pastores noruegueses.

O nurque

O nurque é um pássaro de cinco centímetros de comprimento e capaz de falar, mas que insiste em referir-se a si próprio na terceira pessoa, mais ou menos assim: "Ele é um belo passarinho, não é?".

Segundo a mitologia persa, quando um nurque pousa no peitoril da janela, é sinal de que um parente ficará rico ou quebrará ambas as pernas numa rifa.

Diz-se que Zaratustra ganhou um nurque como presente de aniversário, embora tivesse preferido um par de calças cinzas. O nurque também aparece na mitologia babilônica, embora de maneira sarcástica, pois limita-se a dizer: "Ah, sosseguem o periquito!".

Alguns leitores talvez conheçam uma ópera ligeiramente obscura de Holstein, chamada *Taffelspitz*, na qual uma jovem muda apaixona-se por um nurque, beija-o voluptuosamente e os dois saem voando pelo palco até baixar o pano.

O luzardo

O luzardo é um lagarto com quatrocentos olhos – duzentos para distância e duzentos para leitura. Segundo a lenda, quando um homem olha de frente a cara de um luzardo, perde imediatamente a sua carteira de motorista.

Também legendário é o cemitério dos luzardos, cuja localização é desconhecida até para eles próprios. Nesse caso, quando um luzardo morre, deve permanecer onde está até ser recolhido.

Na mitologia escandinava, Loki tenta descobrir o cemitério dos luzardos, mas, em vez disso, flagra um bando de renanas tomando banho e acaba com triquinose.

• • •

O imperador Ho Sin sonhou que possuía um palácio muito maior do que o seu e pela metade do aluguel. Saindo pelo portão principal, Ho Sin notou que seu corpo havia rejuvenescido, embora seu rosto continuasse entre 65 e 70 anos. Ao abrir uma porta, encontrou outra porta, que levava ainda a outra e assim por diante, até perceber que havia atravessado cem portas e que tinha saído no quintal.

Quando Ho Sin estava à beira do desespero, um rouxinol pousou em seu ombro e cantou a mais linda melodia que ele já ouvira, bicando-o em seguida no nariz.

Purificado, Ho Sin olhou-se no espelho e, em vez de ver sua própria imagem, viu um homem chamado Mendel Goldblatt, conhecido encanador da região e que o acusou de roubar seu sobretudo.

Desde então, Ho Sin aprendeu o segredo de sua vida: "Jamais cantar canções tirolesas". Quando o imperador acordou, estava suando frio e não se lembrava se havia sonhado ou se estava sendo sonhado por seu avalista.

O frim

O frim é um monstro marinho com o corpo de um caranguejo e a cabeça de um perito contador.

Diz-se que os frins têm belíssimas vozes que levam os marinheiros à loucura, principalmente quanto entoam canções de Cole Porter.

Matar um frim traz a infelicidade. Num poema de Sir Herbert Figg, um marinheiro matou um frim e imediatamente uma tempestade pôs o barco a pique, obrigando a tripulação a agarrar o comandante e a jogar no mar sua dentadura postiça para eliminar peso.

O cabrão

O cabrão é uma besta mitológica com a cabeça de um leão e o corpo de um leão, mas não do mesmo leão. Diz-se que o cabrão dorme mil anos e, de repente, acorda em chamas, principalmente se tiver cochilado fumando.

Parece que Odisseu acordou um cabrão que dormia há seiscentos anos, mas este, ainda meio tonto de sono, implorou-lhe que o deixasse dormir por mais uns duzentos.

A aparição do cabrão costuma trazer má sorte, e geralmente precede a peste, a fome ou o convite para uma noite de autógrafos.

• • •

Um sábio indiano apostou com um mágico que este não conseguiria tapeá-lo. Como represália, o mágico deu com a varinha na cabeça do sábio e transformou-o num pelicano. O pelicano então voou pela janela até Madagascar e depois mandou buscar sua bagagem.

A mulher do sábio, que a tudo presenciara, perguntou ao mágico se ele conseguia transformar coisas em ouro. Em caso afirmativo, se não poderia transformar seu irmão em três dólares à vista, para que o dia não fosse totalmente perdido.

O mago disse que, para aprender aquele truque, a pessoa deveria ir aos quatro cantos da Terra, de preferência fora da temporada, de vez que, no verão, pelo menos três cantos estão cheios de turistas.

A mulher pensou por um momento e partiu para uma peregrinação a Meca, esquecendo-se de desligar o forno. Retornou dezessete anos depois, tendo visto o Lama e, a partir daí, adquirido direito à aposentadoria.

(As histórias acima fazem parte de uma série de mitos hindus que nos explicam a origem e usos da geleia de mocotó. N.A.)

O vergão

Um enorme rato branco com notas musicais impressas em seu estômago. O vergão é um caso raro entre os roedores pelo fato de poder ser domesticado e tocado como um acordeão. Semelhante ao vergão, existe também o luneta, um pequeno caxinguelê capaz de assoviar todos os sucessos de 1933.

• • •

Os astrônomos falam de um planeta desabitado chamado Quelm, tão distante da Terra que um homem viajando à velocidade da luz levaria seis milhões de anos para chegar. Felizmente, os cientistas já estão planejando uma nova astronave que cortará duas horas do percurso.

Como a temperatura em Quelm é 1.300 graus abaixo de zero, não é permitido tomar banho. Com isso, os clubes fecharam ou aboliram a música ao vivo, convertendo-se em discotecas.

Devido à sua distância do centro do sistema solar, Quelm não tem gravidade, o que dificulta enormemente oferecer grandes jantares sentados.

Além de todos esses problemas, Quelm também anda em falta de oxigênio, o que praticamente torna impossível a vida como a conhecemos. Talvez por isto, as criaturas que por lá existem são obrigadas a ter dois empregos para sobreviver.

Diz a lenda, no entanto, que, há muitos bilhões de anos, o meio ambiente em Quelm não era tão abominável – ou, pelo menos, não era pior do que no Piauí – e que existia vida humana. Esses seres humanos (que se pareciam com os nossos em todos os aspectos, exceto pelo fato de que usavam um molhe de alface no lugar do nariz) eram filósofos. Como filósofos, eles se baseavam profundamente na lógica e achavam que, se a vida existia, alguém devia tê-la criado. Daí, saíram à procura de um sujeito moreno, com uma tatuagem no braço e roupa de marinheiro.

Quando se convenceram de que nunca o encontrariam, abandonaram a filosofia e passaram a dedicar-se à prática do reembolso postal. Infelizmente, as tarifas subiram tanto que foram à falência e isto extinguiu a vida inteligente em Quelm.

Mistérios da literatura

Pergunte a qualquer um quem escreveu *Hamlet, Romeu e Julieta, Rei Lear* e *Otelo*, e, na maioria dos casos, a resposta será: "Ora, o Imortal Bardo de Stratford-on-Avon!". Bem, então pergunte quem escreveu os sonetos de Shakespeare e veja se consegue a mesma resposta. Agora, faça essas mesmas perguntas a certos detetives literários que surgem de vez em quando e não fique surpreso se as respostas forem Sir Francis Bacon, Ben Jonson, a rainha Elizabeth e talvez até um sujeito chamado Old Vic.

A mais recente dessas teorias encontra-se num livro que acabei de ler, o qual tenta provar que o verdadeiro autor das obras de Shakespeare foi Christopher Marlowe. O livro é muito convincente, mas, quando cheguei ao fim, já não sabia se Shakespeare era Marlowe, se Marlowe era Shakespeare ou sei lá o quê. Só sei que eu jamais descontaria um cheque de nenhum dos dois – e eu os admiro.

Tentando não perder de vista a tese do tal livro, minha primeira pergunta é: se Marlowe escreveu as obras de Shakespeare, quem escreveu as de Marlowe? A resposta jaz no fato de que Shakespeare foi casado com uma mulher chamada Anne Hathaway. Isto é autêntico. No entanto, à luz da nova tese, foi Marlowe quem se casou na realidade com Anne Hathaway, e isto causou a Shakespeare um grande desgosto, principalmente porque não o deixavam entrar em casa.

Mas, certo dia fatal, depois de uma furiosa discussão a respeito do ponto e vírgula, Marlowe foi assassinado – ou disfarçaram-no e deram um sumiço nele, a fim de evitar uma acusação de heresia, a qual era punida com a morte ou o sumiço, tanto faz.

Foi então que a jovem esposa de Marlowe tomou da pena do marido e continuou a escrever as peças e sonetos que hoje todos conhecemos e evitamos. Mas permitam-me esclarecer.

Todos sabemos que Shakespeare (Marlowe) tomou emprestado suas histórias dos antigos (modernos). No entanto, quando chegou a época de devolvê-las, já estavam tão gastas e usadas que ele foi obrigado a fugir do país, sob o nome falso de William Bardo (donde a expressão "Imortal Bardo"), a fim de não ser preso sob a acusação de perdas e danos (donde a expressão "perdas e danos").

É aí que Sir Francis Bacon entra na história. Bacon foi um dos pioneiros da indústria de toucinho. Segundo a lenda, morreu ao tentar transformar um porco vivo em salame. Aparentemente, o porco foi mais rápido e transformou-o em bacon. Decidido a esconder de Shakespeare a existência de Marlowe, para que não se descobrisse que eram a mesma pessoa, Bacon adotou o nome fictício de Alexander Pope, o qual era, naturalmente, o Papa Alexandre, Sumo Pontífice muito popular na época e então no exílio desde a invasão da Itália pelos bardos, a última das tribos bárbaras.

O mistério aprofundou-se quando Ben Jonson promoveu o falso enterro de Marlowe, convencendo um poeta menor a tomar o seu lugar no caixão. Não se deve confundir Ben Jonson com Samuel Johnson, mesmo porque Johnson tinha um *h* a mais, considerando-se que Jonson não tinha nenhum. Além disso, Samuel Johnson não era Samuel Johnson, e sim Samuel Pepys, o pioneiro da dispepsia. Quanto a Samuel Pepys, era, na realidade, Sir Walter Raleigh, que fugira da Torre de Londres para escrever *paraíso perdido,* sob o pseudônimo de John Milton – um poeta que, devido à cegueira, também escapou acidentalmente da torre para ser enforcado sob o nome de Jonathan Swift. Tudo isso fica perfeitamente claro quando sabemos que George Eliot era mulher.

Considerando-se esses fatos novos, *Rei Lear* não é uma peça de Shakespeare, mas uma revista satírica de Chaucer, originariamente intitulada *Ninguém é de ferro*, a qual contém a pista para se descobrir quem matou Marlowe – um homem conhecido nos tempos elisabetanos (uma homenagem a Elizabeth Barret Browning) como Old Vic. Tempos depois, Old Vic admitiu ser a identidade secreta de Victor Hugo, autor de *O corcunda de Notre Dame*, que, para alguns estudantes de literatura, não passa de *Coriolano* com outro nome. Agora leia tudo de novo bem depressa e veja se não é um trava-língua.

Daí, fico me perguntando se Lewis Carroll não estaria apenas caricaturando toda esta embrulhada em seu livro *Alice no País das Maravilhas*. A Lebre Maluca era Shakespeare; o Chapeleiro Louco, Marlowe; o Rato, Bacon – ou o Chapeleiro Louco seria Bacon e Marlowe, a Lebre Maluca – ou Carroll seria Bacon e Marlowe, o Rato – ou Alice seria Shakespeare – ou Bacon – ou Shakespeare e Marlowe seriam Tweedledum e Tweedledee. Uma pena que Carroll não esteja vivo para pôr as coisas em pratos limpos. Ou Bacon. Ou Marlowe. Ou Shakespeare. O fato é que, se você mudar de endereço, não deixe de notificar o correio. A menos que você não esteja ligando para a posteridade.

Se os impressionistas tivessem sido dentistas

(Uma fantasia explorando a transposição de temperamento)

Prezado Theo,

Até quando a vida será tão ingrata? Estou roído pelo desespero e minha cabeça lateja! A sra. Sol Schwimmer está me processando porque fiz sua ponte de acordo com minha própria inspiração e não para se ajustar à sua ridícula boca. Mas é claro! Não sou um comerciante barato para trabalhar de encomenda! Achei que sua ponte devia ser enorme e exuberante, com dentes selvagens e explosivos, apontando para todas as direções. E agora ela está aborrecida porque eles não cabem em sua boca. É tão burguesa e burra que gostaria de matá-la! Tentei fazer com que a ponte entrasse à força, mas os dentes continuam para fora como pingentes de um candelabro. Para mim, está lindo! Mas ela reclama que não consegue mastigar. E que importa se ela consegue mastigar ou não? Theo, não vou suportar isto por muito tempo. Perguntei a Cézanne se ele dividiria o consultório comigo, mas Cézanne está velho, suas mãos tremem e ele não consegue segurar os instrumentos, têm de ser amarrados em seus pulsos. Com isso, falta-lhe precisão e, ao trabalhar na boca de alguém, faz mais estragos que consertos. O que fazer?

VINCENT

Prezado Theo,

    Tirei algumas radiografias de clientes esta semana – em minha opinião, excelentes. Mostrei-as a Degas, que não gostou. Disse que a composição estava péssima, e que todas as cáries estavam amontoadas no canto inferior esquerdo. Expliquei-lhe que a boca da sra. Slotkin era assim mesmo, mas não quis nem saber. Criticou também a moldura, muito pesada para aquele estilo. Quando ele saiu, rasguei as radiografias em pedacinhos! Como se não bastasse, tentei trabalhar no canal da sra. Wilma Zardis, mas, a meio do caminho, desinteressei-me. Descobri que o tratamento de canal não é o que eu quero fazer. Aquilo me deixou afogueado e zonzo. Saí correndo do consultório para tomar um pouco de ar, mas devo ter desmaiado, porque acordei na praia vários dias depois. Quando voltei ao consultório, a sra. Zardis ainda estava na cadeira, de boca aberta. Completei o tratamento a contragosto, mas não tive vontade de assiná-lo.

VINCENT

Prezado Theo,

    Mais uma vez, vejo-me sem dinheiro. Sei que tenho sido um fardo para você, mas a quem mais posso recorrer? Preciso de dinheiro para comprar material. Tenho trabalhado exclusivamente com guta-percha, o que me obriga a improvisar. É verdade que os resultados são incríveis! Imagine que, quando minha última ampola de Novocaína acabou, arranquei o dente de um cliente e, para anestesiá-lo, tive de ler-lhe várias páginas de Theodore Dreiser! Conto com você.

VINCENT

Prezado Theo,

    Decidi dividir o consultório com Gauguin. É um grande dentista, especializado em dentaduras postiças, e parece gostar de mim. Outro dia, cumprimentou-me efusivamente pelo meu trabalho no sr. Jay Creenglass. Como você se recorda, obturei-lhe toda a arcada inferior, mas, quando acabei, reneguei minha própria concepção do trabalho e tentei remover todas as obturações. Creenglass recusou-se a passar de novo pela tortura e a coisa foi parar no tribunal, onde ele argumentou que, uma vez em sua boca, as obturações passavam a ser de sua propriedade. Mas meu advogado, inteligentemente, sustentou a tese de que os dentes me pertenciam, para que pudéssemos salvar pelo menos o cimento que empreguei. Ganhamos e, logo em seguida, alguém viu os cacos num canto do consultório e levou-os para uma exposição. E já estão falando até numa retrospectiva!

VINCENT

Prezado Theo,

    Acho que foi um erro dividir o consultório com Gauguin. Trata-se de um homem muito perturbado. Bebe frascos e frascos de astringosol o dia inteiro! Quando o acusei de desperdiçar material, ficou furioso e arrancou meu diploma da parede. Quando se acalmou, convenci-o a trabalharmos ao ar livre, e assim fomos para o bosque com o material. Tudo ia bem, a princípio. Gauguin aplicou as coroas de jaqueta numa tal de Angela Tonnato e eu extraí sete ou oito caninos do sr. Louis Kaufman. Como o trabalho rende quando se está cercado de verde! Você não imagina como é deslumbrante aquele exército de dentes brancos ao sol! De repente, começou uma ventania, que soprou a peruca do sr. Kaufman para os arbustos. Quando ele tentou recuperá-la, esbarrou nos instrumentos de Gauguin, jogando-os ao chão. Todos os molares e pré-molares da srta. Angela, que Gauguin havia extraído para análise, se perderam. Gauguin culpou-me pelo que aconteceu e tentou me bater, mas atingiu o sr. Kaufman por engano, fazendo-o cair sentado sobre a broca de alta velocidade. É claro que o sr. Kaufman saiu furioso dali, levando a srta. Angela com ele, e, assim, estamos sendo processados pelos conhecidos advogados Rifkin, Rifkin, Rifkin, Rifkin e Meltzer. Como estamos a zero, mande o que puder.

VINCENT

Prezado Theo,

    Toulouse-Lautrec é o homem mais triste do mundo. Seu sonho é o de tornar-se um grande dentista, e talento é o que não lhe falta, mas é baixinho demais para chegar à boca de seus pacientes e muito orgulhoso para subir num banquinho. Insiste em trabalhar às cegas, com os braços esticados sobre a cabeça, e o resultado é que, ontem, aplicou coroas de jaqueta no queixo da sra. Fitelson, e não em sua boca. Enquanto isto, meu velho amigo Monet recusa-se a trabalhar em bocas que não sejam enormes. E Seurat, cujo temperamento você conhece, promete revolucionar a estética dentária, extraindo todos os dentes de seus pacientes e implantando sisos em seu lugar. O trabalho fica sólido, mas pergunto-me se isto não extrapolará os limites da prótese.

Vincent

Prezado Theo,

    Estou apaixonado. Claire Memling esteve aqui na semana passada para uma profilaxia bucal. (Eu havia lhe mandado um cartão lembrando que já tinham se passado seis meses desde sua última consulta, embora na realidade fossem apenas quatro dias.) Theo, ela me deixa louco! Louco de desejo! E que mordida! Nunca vi ninguém morder assim! Sua articulação dentária é perfeita! Não é como a da sra. Itkin, cuja arcada inferior tem quase cinco centímetros de protuberância em relação à superior, fazendo-a parecer a avó do lobisomem. Não! Os dentes de Claire encontram-se com harmonia absoluta e, quando isto acontece, você sabe que é uma prova da existência de Deus. E, no entanto, ela não é rigorosamente perfeita. Se fosse tão impecável, seria até desinteressante. Tem, por exemplo, uma falha nos incisivos, que lhe permite passar a língua e fazer ruídos deliciosos. Explicou-me que tudo começou com uma cárie na adolescência, a qual não chegou a ser obturada porque o dente caiu sozinho durante a aula de geografia, quando ela tentava pronunciar a palavra "Tegucigalpa". E nunca foi substituído. "Nada, absolutamente nada poderia substituir aquele incisivo!", disse ela. "Não era apenas um dente, mas a razão da minha vida." Desde então, jurou a si mesma nunca mais falar daquele dente, e acho que só me contou a história porque confia em mim. Oh, Theo, estou apaixonado! Estava examinando sua boca ontem e parecia um estudante de odontologia inexperiente, deixando cair o espelhinho pela sua garganta. Depois fui obrigado a enlaçá-la, para ensinar-lhe como escovar os dentes. A bobinha estava acostumada a segurar firme a escova e mover a cabeça para cima e para baixo! Semana que vem, pretendo anestesiá-la e pedir-lhe que se case comigo.

VINCENT

Prezado Theo,
    Gauguin e eu brigamos de novo e ele partiu para o Taiti! Estava no meio de uma extração quando o perturbei. Admito que era um momento delicado, porque ele estava com o joelho sobre o peito do sr. Nat Feldman e o boticão preso num molar. Quando a luta de sempre começou, cometi o erro de entrar sem bater e perguntar-lhe se tinha visto o meu chapéu de feltro. Ele se distraiu, o cliente desvencilhou-se e, invertendo as posições, sentou Gauguin na cadeira e extraiu-lhe todos os dentes da frente, partindo depois sem pagar. Gauguin ficou furibundo e enfiou minha cabeça sob a máquina de raios X durante dez minutos. É claro que, depois disso, fiquei horas sem poder piscar os dois olhos ao mesmo tempo. Agora estou sozinho no consultório.

VINCENT

Prezado Theo,
    Tudo está perdido! Como hoje era o dia em que eu pensava pedir Claire em casamento, estava um pouco tenso. Ela chegou, linda como sempre, com seu vestido branco de organdi, chapéu de palha e gengivas recuadas. Tentei parecer romântico, diminuindo um pouco a luz e falando de assuntos poéticos. Anestesiei-a e deixei que ela me anestesiasse. Quando o momento parecia

adequado, olhei-a bem nos olhos e disse: "Por favor, bocheche". E ela riu! Sim, Theo! Riu como uma louca e depois disse com voz cruel: "Acha que eu poderia bochechar por sua causa, seu idiota?". Então eu disse: "Mas você não compreende!". E ela foi implacável até o fim: "Como não compreendo? Eu jamais bochecharia com um dentista prático! Só me passo por ortodontistas diplomados. Adeus para sempre!". E saiu chorando. Theo! Quero morrer! Vi meu rosto no espelho e tive ganas de dar-lhe um soco! Espero que tudo esteja bem com você.

VINCENT

Prezado Theo,

    Sim, é verdade. A orelha à venda no mercadinho é a minha. Acho que fiz uma besteira, mas eu queria mandar um presente de aniversário a Claire no sábado passado e todas as lojas estavam fechadas. Não sei por que ela a vendeu para o mercadinho. Ora, bolas. Talvez eu devesse ter ouvido o que papai dizia e me tornado pintor. Pode não ser tão emocionante, mas a vida seria mais estável.

VINCENT

Nada de preces para Weinstein

Weinstein estava debaixo das cobertas, olhando para o teto num misto de torpor e depressão. Um vento úmido e cortante soprava lá fora, o barulho do tráfego era ensurdecedor àquela hora e, além disso, seu colchão estava pegando fogo. Vejam só, pensou. Cinquenta anos de idade. Meio século. No ano que vem, terei 51. Depois, 52. Por este mesmo raciocínio, ele podia calcular sua idade até pelos próximos cinco anos. Restava-lhe tão pouco tempo e tanto ainda para fazer. Por exemplo, um de seus sonhos era aprender a dirigir. Adelman, um amigo com quem ele jogara muita amarelinha, havia aprendido na Sorbonne. Tornara-se excelente motorista e já havia ido a muitos lugares com seu carro. Já Weinstein tentara várias vezes dar a partida no carro de seu pai, mas sempre acabava subindo na calçada.

Tinha sido uma criança precoce. Um intelectual. Aos doze anos, traduziu os poemas de T. S. Eliot para o inglês, depois que alguns vândalos penetraram na biblioteca e os traduziram para o francês. E, como se seu Q.I. já não o isolasse bastante, sofria injustiças e perseguições por causa de sua religião, principalmente vindas de seus pais. É verdade que tanto seu pai quanto sua mãe frequentavam a sinagoga, mas não conseguiam admitir a ideia de que o filho fosse judeu. "Como foi acontecer isto?", perguntava seu pai, indignado. Minha cara não mente, pensava Weinstein todo dia ao barbear-se. Tinha sido confundido várias vezes com Robert Redford, mas sempre por um cego. E havia também Feinglass, outro amigo de infância. Que carreira! Primeiro lugar na faculdade; depois, tornou-se espião industrial; em seguida, converteu-se ao marxismo e passou a ser agitador comunista; finalmente, traído pelo partido, foi para Hollywood, onde fez fortuna dublando um famoso rato de desenho animado. Irônico.

Weinstein também se envolvera com os comunistas. Para impressionar uma garota de sua rua, foi para Moscou e alistou-se no Exército Vermelho. Quando voltou, encontrou-a já comprometida com outro. Mesmo assim, seu posto de sargento na infantaria soviética iria prejudicá-lo anos depois, quando precisou de um atestado de bons antecedentes para tomar um aperitivo num restaurante de Longchamps. Além disso, quando ainda estava na universidade, comandou uma greve de ratinhos de laboratórios contra as más condições de trabalho. Na realidade, o que o atraía no marxismo era menos a política do que a poesia. Achava que a coletivização só daria certo se todos os operários usassem gravata-borboleta. "Quebrar os dentes do capitalismo decadente" foi uma frase que ele nunca esqueceu, desde que seu tio perdeu a própria dentadura num supermercado. Perguntava a si mesmo o que se pode aprender sobre a verdadeira essência da revolução social? Apenas que ela nunca deve ser tentada imediatamente após as refeições.

A Depressão arruinou seu tio Meyer, o qual guardava sua enorme fortuna debaixo do colchão. Quando houve o estouro da Bolsa, o governo requisitou todos os colchões e Meyer ficou pobre da noite para o dia. Só lhe restava pular pela janela, mas, como lhe faltou coragem, ficou sentado na janela do Flatiron Building de 1930 a 1937.

Tio Meyer gostava de dizer: "Três crianças com seus cãezinhos e seu sexo. Ninguém sabe o que é ficar sentado num peitoril de janela durante sete anos. Dali é que se vê a vida! Claro que as pessoas ficam do tamanho de formigas, e imagino de que tamanho não ficarão as formigas. Pobre Tessie, que descanse em paz, todo ano me levava um colarinho limpo. Oh, sobrinho, o que será do mundo quando eles tiverem uma bomba capaz de matar mais gente do que a cara da filha de Max Rifkin?".

Todos os amigos de Weinstein foram interrogados pela Comissão de Investigação de Atividades Antiamericanas. Blotnick foi dedurado por sua própria mãe. Sharpstein foi dedurado por sua própria telefonista. Aproveitaram e deduraram os outros. Weinstein foi chamado e admitiu ter feito uma doação em dinheiro para os russos durante a guerra. E ainda acrescentou: "Ah, sim, comprei também um faqueiro para Stalin". Recusou-se a: entregar pessoas, mas disse que, se McCarthy insistisse, poderia dizer a estatura e o peso das pessoas que ficara conhecendo nas reuniões. Ao fim e ao cabo, entrou em pânico e, em vez de invocar a 5ª emenda, que lhe garantia o direito de não responder a nada que o comprometesse, invocou a 3ª emenda, que lhe garantia apenas o direito de beber cerveja aos domingos na Filadélfia.

Weinstein finalmente acabou de barbear-se e entrou no chuveiro. Ensaboou-se e, enquanto a água fervendo corria pelas suas costas, pensou: "Aqui estou eu, tomando banho, em algum ponto do tempo e do espaço. Eu, Isaac Weinstein, uma das criaturas de Deus". E então, pisando no sabonete, deslizou pelo banheiro e foi de cabeça contra a parede. Que semana aquela! Na véspera, seu barbeiro cortara-lhe pessimamente o cabelo e ainda não tinha conseguido vencer a depressão que aquilo lhe causara. A princípio, o barbeiro estava indo bem, tosando-o judiciosamente, mas depois começou a cortar onde lhe desse na telha. Quando notou que ele tinha ido longe demais, Weinstein gritou: "Ponha meu cabelo de volta!".

"Não posso", respondeu o barbeiro. "Não vai ficar seguro!"

"Então me dê essas mechas, de qualquer jeito. Vou levá--las para casa!"

"Depois que caem no chão de minha barbearia, passam a me pertencer, sr. Weinstein."

"Isso é o que você pensa. Quero meu cabelo!"

Weinstein falou e espumou, mas, finalmente, sentiu-se culpado e desistiu. "Esses gói", pensou. "De um jeito ou de outro, acabam levando a melhor."

Saiu do hotel e caminhou pela 8ª Avenida. Dois homens assaltavam uma velhinha. Puxa vida, pensou Weinstein, já foi o tempo em que um homem só dava conta do recado. Que cidade! Caos em toda parte. Kant tinha razão: é a mente que impõe a ordem. E também nos ordena quanto dar de gorjeta. Que maravilha ser consciente. Não sei como os finlandeses se arranjam!

Weinstein ia à casa de Harriet para discutir o problema da pensão. Ainda a amava, embora, quando eram casados, ela tivesse tentado sistematicamente cometer adultério com todas as pessoas cujos nomes começassem com R na lista telefônica de Nova York. Perdoou-a por isto. Mas devia ter desconfiado quando seu melhor amigo e Harriet montaram casa juntos em outra cidade durante três anos, sem lhe dizerem onde estavam. Ele *não queria* enxergar – era este o problema. Sua vida sexual com Harriet terminara cedo. As únicas vezes em que trepou com ela foram na noite em que se conheceram, na noite em que o homem desceu na lua e mais uma única vez, mas apenas para testar se já tinha ficado bom de uma hérnia de disco. "Não adianta, Harriet", queixava-se Weinstein. "Você é pura demais. Toda vez que tenho ânsias de te comer, sublimo o desejo plantando uma árvore em Israel. Você me recorda minha mãe." (Referia-se a Molly Weinstein, que matou-se por ele de tanto trabalhar, fazendo o melhor pastelão de Chicago – uma receita secreta, até descobrirem que ela temperava o recheio com haxixe.)

Quando se tratava de sexo, Weinstein precisava de alguém que fosse bem diferente. Como Lu Anne, que fazia do sexo uma arte. Seu único problema é que não conseguia contar até vinte sem tirar os sapatos. Weinstein presenteou-a certa vez com um livro sobre existencialismo, mas ela o devorou, em vez de lê-lo. Sexualmente, Weinstein nunca se sentiu muito realizado. Em primeiro lugar, porque era baixinho. Calçado de meias, tinha apenas 1 metro 60, embora com as meias dos outros pudesse chegar a 1 metro 62. Seu analista, o dr. Klein, convenceu-o de que se jogar debaixo de um trem seria mais um ato de compensação do que uma tentativa de suicídio, mas que, de qualquer maneira, arruinaria o vinco de suas calças. Klein foi seu terceiro analista. O primeiro foi um junguiano que sugeriu-lhe tentar o espiritismo. Depois disto, tentou fazer grupo, mas, quando chegava a sua vez de falar, ficava zonzo e só conseguia recitar os nomes dos planetas. Seu problema era com as mulheres, e ele sabia disto. Era impotente com qualquer mulher que se tivesse formado com média superior a 55. Sentia-se mais à vontade com recém-diplomadas em datilografia, embora entrasse em pânico se a mulher batesse mais de sessenta palavras por minuto.

Weinstein tocou a campainha do apartamento de Harriet e ela mesma abriu a porta. Como sempre, gorda como uma girafa, pensou Weinstein. Era uma brincadeira entre eles, que nenhum dos dois entendia.

"Bom dia, Harriet."

"Oi, cara", ela respondeu. "Que diabo, por que tem de ser tão formal?"

Ela tinha razão. Que bobagem ter dito aquilo. Odiou-se por isto.

"Como vão nossos filhos, Harriet?"

"Nunca tivemos filhos!"

"Foi por isto que achei demais quatrocentos dólares por semana para a educação dos filhos."

Ela mordeu o lábio. Weinstein também mordeu o lábio. Depois, Weinstein mordeu o lábio dela. "Harriet, estou falido. É difícil vender ovos de Páscoa fora da estação."

"Não pode tomar dinheiro de sua *shiksa*?"

"Para você, toda mulher que não seja judia é uma *shiksa*."

"Vamos esquecer isto?" Sua voz estava tingida de recriminação. Weinstein teve uma súbita vontade de beijá-la. Se não ela, qualquer uma.

"Harriet, onde foi que erramos?"

"Nunca encaramos a realidade."

"Não foi minha culpa. Você disse que ela ficava ao norte."

"A realidade é o norte, Ike."

"Não, Harriet. Os sonhos vazios é que ficam ao norte. A realidade fica a oeste. As falsas esperanças ficam a leste e acho que o México fica ao sul."

Ela ainda tinha a capacidade de excitá-lo. Tentou agarrá-la, mas ela se esquivou e ele enfiou a mão na terrina de sopa.

"Foi por isto que você trepou com seu analista?", ele explodiu finalmente. Seu rosto estava convulsionado de ódio. Teve vontade de desmaiar, mas controlou-se, porque não se lembrava de como cair sem machucar-se.

"Aquilo fazia parte do tratamento", respondeu friamente Harriet. "Segundo Freud, o sexo é a estrada que leva ao inconsciente."

"Freud disse que os sonhos é que eram a estrada para o inconsciente!"

"Sexo, sonhos – vamos brigar por causa dessas ninharias?"

"Adeus, Harriet."

Era inútil. *Rien à dire, rien à faire.* Weinstein saiu e caminhou pela Union Square. De repente, as lágrimas correram-lhe pelo rosto, como saídas de um dique que se rompia. Lágrimas mornas e salgadas, represadas durante anos, libertaram-se num incontido acesso de emoção. O problema é que elas lhe saíam pelas orelhas. Vejam só, pensou Weinstein, nem chorar direito consigo. Secou suas orelhas com um cotonete e foi para casa.

Os bons tempos: uma memória oral

O que segue são excertos das memórias de Flo Guiness, sem dúvida a mais pitoresca de todas as proprietárias de *speakeasies* durante a Lei Seca. Big Flo, como seus amigos a chamavam (seus inimigos também a chamavam assim, geralmente por conveniência), emerge destas entrevistas gravadas como uma mulher com um luxuriante apetite pela vida, assim como uma artista frustrada que teve de abandonar sua ambição de tornar-se violinista clássica, porque descobriu que, para isso, teria de estudar violino. Aqui, pela primeira vez, Big Flo fala por si mesma, enquanto o livro não sai.

• • •

Comecei a dançar no Jewel Club de Chicago, de propriedade de Ned Small. Ned era um sujeito esperto que fez enorme fortuna pelo processo que hoje chamamos de "roubar". Claro que, naquele tempo, era muito diferente. Sim, senhor, Ned tinha *charme* – o tipo de *charme* que não se vê hoje em dia. Era famoso por quebrar ambas as pernas de quem discordasse dele. E era um craque nisto, podem crer. Eu diria que quebrava uma média de quinze ou dezesseis por semana. Mas Ned era legal comigo, talvez porque eu tenha sempre dito na cara o que achava dele. Certa vez, enquanto jantávamos, eu lhe disse: "Ned, você não passa de um velhaco soez, com a moral de um gato de rua!". Ele riu, mas, naquela mesma noite, vi-o procurando a palavra "soez" no dicionário. Enfim, como eu disse, comecei a vida dançando no Jewel Club de Ned Small. Eu era a melhor dançarina, é claro – uma *atriz*-dançarina. As outras garotas apenas sapateavam um pouco, mas eu interpretava uma história dançando. Vênus saindo do banho, já pensaram? Só mesmo na Broadway com Rua 42. E lá vai ela, pelas boates da vida, dançando até de manhã, até que começa a sofrer das coronárias e perde o controle dos músculos faciais do lado esquerdo. É triste, rapazes. É por isso que me respeitavam.

Um dia, Ned Small chamou-me a seu escritório e disse: "Flo". (Ele sempre me chamava de Flo, exceto quando ficava com raiva de mim. Nesse caso, me chamava de Albert Schneiderman – nunca descobri por quê. Digamos que o coração tem razões que a própria razão, vocês sabem.) Bem, aí Ned disse: "Flo, quero que você se case comigo". Puxa, foi como se jogassem um saco de penas na minha cabeça, porque comecei a chorar como um bezerro. "Não estou brincando, Flo. Eu a amo profundamente. Não é fácil para mim dizer essas coisas, mas quero que você seja a mãe dos meus filhos. Porque, se você não quiser, quebro suas pernas aqui mesmo." Dois dias depois, Ned Small e eu nos amarramos perante um juiz até que a morte nos separasse. No dia seguinte, Ned foi metralhado por uma quadrilha a mando de Al Capone, que o acusou de ter derramado passas em seu chapéu.

Com isto, naturalmente, fiquei rica. A primeira coisa que fiz foi comprar a fazenda com que papai e mamãe sempre sonharam. Eles protestaram, dizendo que nunca tinham sonhado com fazenda nenhuma e que preferiam um carro e alguns casacos de peles, mas resolveram tentar. Acabaram gostando da vida rural, embora papai tenha sido fulminado por um raio e passado seis anos pensando que era um dos Sobrinhos do Capitão. Quanto a mim, três meses depois estava falida. Maus investimentos. Financiei uma pesca à baleia em Cincinnati, a conselho de amigos.

Fui dançar no clube de Big Ed Wheeler, que fabricava uma pinga tão forte que só podia ser tomada através de uma máscara contra gases. Ed me pagava trezentos dólares por semana para fazer dez *shows*, o que naquele tempo era bom dinheiro. Que diabo, com as gorjetas eu ganhava mais do que o presidente Hoover! E ele tinha de trabalhar pelo menos nuns doze shows. Eu pegava às 9 horas da noite, e ele, às dez. Hoover era um bom presidente, mas vivia resmungando em seu camarim. Isso me deixava maluca. Então um dia o dono do Apex Club viu meu número e me ofereceu quinhentos dólares por semana para dançar lá. Fui falar com Big Ed: "Ed, recebi uma oferta de quinhentos dólares por semana, de Bill Hallorhan, do Apex Club".

"Flo", ele respondeu, "se você pode descolar quinhentos mangos por semana, não sou eu que vou ficar no seu caminho." Apertamos as mãos e fui dar a boa notícia a Bill Hallorhan, mas vários amigos de Big Ed chegaram lá primeiro, e quando vi Bill Hallorhan, sua aparência física tinha mudado tanto que agora ele não passava de uma voz fraquinha que saía de dentro de uma caixa de charutos. Disse que tinha decidido mudar de ramo, sair de Chicago e abrir uma mercearia em qualquer lugar mais perto do equador. Continuei dançando para Big Ed Wheeler até que a turma de Capone comprou a sua parte no clube. Eu disse "comprou a sua parte", mas a verdade é que Scarface Al ofereceu-lhe um caminhão de dinheiro e Big Ed recusou. Naquele mesmo dia, Big Ed estava jantando no Rib and Chop House quando sua cabeça incendiou-se. Ninguém soube por quê.

Comprei o Three Deuces com o dinheiro que havia economizado e não demorou muito a ser o lugar mais quente da cidade. Todo mundo ia lá – Babe Ruth, Jacke Dempsey, Al Jolson e até Man o'War, o maior cavalo da época. Puxa, como aquele cavalo bebia! Lembro-me que Babe Ruth estava taradão por uma corista chamada Kelly Swain. Ficou tão fissurado que não conseguia mais se concentrar em beisebol. Um dia entrou em campo com o corpo todo besuntado de graxa, achando-se um nadador que ia cruzar o canal da Mancha. "Flo", disse-me Babe Ruth, "estou doido por esta ruiva, Kelly Swain. Mas ela detesta esporte! Menti-lhe, dizendo que sou professor de matemática em Washington, mas acho que ela suspeita de alguma coisa." "Pode viver sem ela, Babe?"

"Não, Flo. E está afetando minha concentração. Ontem acertei a cabeça de um colega com o taco, na hora de rebater. Como quebrei-lhe o nariz, terá de respirar agora por um canudinho. Pode me ajudar?"

Prometi-lhe que iria falar com Kelly e, no dia seguinte, dei um pulinho ao Golden Abattoir, onde ela estava dançando. Eu disse: "Kelly, o carcamano está doidinho por você. Ele sabe que você só gosta de homens cultos e jurou que, se você estiver a fim dele, vai abandonar o beisebol e estudar balé clássico com Martha Graham".

Kelly olhou-me bem no olho e respondeu: "Diga àquele lorpa que não saí lá de Chippewa Falls para perder tempo com um sujeito que se gaba de ter músculos de aço, inclusive os do cérebro. Tenho grandes planos!". Dois anos depois, Kelly casou-se com Lord Osgood Tuttle e tornou-se Lady Tuttle. Seu marido abandonou uma embaixada para tornar-se beque central dos Tigers. Lembram-se de Jumpin'Joe Tuttle?

Jogo? Eu estava lá quando Nick the Greek fez o nome! Havia um jogadorzinho barato chamado Jake the Greek, e Nick me chamou e disse: "Flo, eu gostaria de ser The Greek". Aí eu respondi: "Acho que não pé, Nick. Você nem é grego. Além disso, o jogo é proibido pelas leis de Nova York". Aí ele disse: "Eu sei, Flo, mas meus pais sempre quiseram que eu fosse The Greek. Pode transar um almoço entre eu e Jake?". E eu disse: "Claro, mas, se ele souber por quê, não vai aparecer". Aí Nick disse que eu deixasse com ele e que ele me agradeceria para sempre.

Assim, os dois se encontraram no Grill Room do Monty's Steak House, um restaurante que não admitia a entrada de mulheres, mas pude ir porque Monty era um grande amigo meu e não me via como homem ou mulher, mas, em suas próprias palavras, como um "protoplasma indefinido". Pedimos a especialidade da casa, costeletas, que Monty tinha um jeito de preparar para que ficassem com gosto de dedos humanos. Finalmente, Nick disse: "Jake, gostaria de ser chamado Nick the Greek". Aí Jake ficou pálido e respondeu: "Olhe, Nick, se foi para isto que me trouxe aqui...". Aí a coisa esquentou e os dois quase saíram no tapa. Então, Nick disse: "Vamos fazer o seguinte. Resolver nas cartas. Quem tirar a maior, fica sendo The Greek".

"Mas, e se eu ganhar? Eu *já sou* Jake the Greek!"

"Se você ganhar, Jake, tem direito a folhear um catálogo telefônico e escolher o nome com o qual deseja ser enterrado."

"Sem sacanagem?"

"Flo é testemunha."

Bem, vocês podem imaginar a tensão no restaurante. Trouxeram um baralho e eles cortaram. Nick tirou uma dama. A mão de Jake estava tremendo. E aí Jake tirou um ás! Todo mundo aplaudiu, e Jake foi ao catálogo telefônico e escolheu o nome Grover Lembeck. Todo mundo saiu feliz e, a partir daquele dia, as mulheres voltaram a ter a entrada permitida no Monty's, desde que soubessem ler hieróglifos.

Lembro-me que havia uma grande revista musical no Winter Garden, *Verme cheio de estrelas,* estrelada por Al Jolson, mas ele abandonou o espetáculo porque queriam obrigá-lo a cantar uma canção chamada *Quibe para dois,* a qual detestava por não gostar de comida libanesa. Bem, seja como for, em seu lugar entrou um jovem desconhecido, chamado Felix Brompton, que foi preso mais tarde por ter sido flagrado num hotel com uma boneca Betty Boop. Saiu até nos jornais. O fato é que Jolson entrou certa noite no Three Deuces com Eddie Cantor e me perguntou: "Flo, ouvi dizer que George Raft dançou aqui semana passada". Eu respondi: "George nunca veio aqui". E ele insistiu: "Se você o deixou dançar, gostaria de cantar". E eu disse: "Al, ele nunca veio aqui!".

E Al perguntou: "Foi acompanhado por piano ou orquestra?". Tive de ser dura: "Al, se você cantar uma simples nota, vou ter de expulsá-lo". Não adiantou, porque Jolie ajoelhou-se num pé, como fazia sempre, e mandou brasa com "Toot-Toot Tootsie". Enquanto ele cantava, vendi a espelunca e, quando acabou a canção, o clube já havia se transformado na Tinturaria Wing Ho Hand. Jolson nunca se recuperou do choque nem me perdoou por isto. Na saída, ainda tropeçou numa pilha de cuecas.

Origem das gírias

Quantos de vocês já se perguntaram alguma vez sobre a origem de certas expressões idiomáticas? Como *She's the cat's pajamas*, ela é incrível, ou *take it on the lam*, "sair de cena, desaparecer". Eu também não. E, no entanto, para aqueles que se interessam por esse tipo de coisa, forneço um breve guia sobre algumas das origens mais interessantes.

Infelizmente, o tempo não permitiu que eu consultasse qualquer uma das obras de referência sobre o assunto, e fui forçado a obter a informação com amigos e a preencher algumas lacunas usando meu próprio senso comum.

Peguem, por exemplo, a expressão *to eat a humble pie*, "se desculpar humildemente". Durante o reinado de Luís, o Gordo, as artes culinárias floresciam na França a um nível sem igual no mundo. Tão obeso era o monarca francês que ele precisava ser depositado sobre o trono com um guincho e acomodado no próprio assento com o auxílio de uma espátula grande. Um jantar típico (de acordo com DeRochet) consistia de um aperitivo na forma de um fino crepe, um pouco de salsinha, um boi e creme de baunilha. Comida se tornou a obsessão da corte, e nenhum outro assunto era discutido, sob risco de o falante ser sentenciado à morte. Membros de uma aristocracia decadente consumiam refeições extravagantes e até mesmo se vestiam de alimentos. DeRochet nos conta que Monsieur Monsant apareceu na coroação vestido de salsicha e que Étienne Tisserant recebeu autorização papal para se casar com seu bacalhau preferido. Sobremesas ficavam mais e mais elaboradas e tortas aumentavam e aumentavam de tamanho, até que o ministro da Justiça morreu sufocado tentando comer uma *jumbo pie*. Uma torta tamanho *jumbo* logo se tornou uma torta tamanho *jumble* e "comer uma torta *jumble*" se referia a qualquer tipo de ato humilhante. Quando navegadores espanhóis ouviram a palavra *jumble*, a pronunciaram *humble*, embora muitos tenham preferido não dizer nada e tenham se limitado a sorrir.

Pois bem, ao passo que *humble pie* remonta ao francês, *take it on the lam* é uma expressão originalmente inglesa. Anos atrás, na Inglaterra, *lamming* era um jogo jogado com dados e um grande tubo de unguento. Cada jogador jogava os dados e então pulava pelo cômodo até ter uma hemorragia. Se tirasse sete ou menos, o jogador diria a palavra *quintz* e começava a girar, num frenesi. Se conseguisse mais do que sete, tinha que dar a todos os outros jogadores uma parte de suas penas e então recebia uma boa *lamming*, ou surra. Após receber três *lammings*, o jogador era "liquidado" ou declarado uma ruína moral. Gradualmente, qualquer jogo com penas passou a ser chamado de *lamming*, e penas viraram *lams*. *Take it on the lam* significava aplumar-se e, mais tarde, fugir, embora a transição não esteja muito clara.

Aliás, se dois dos jogadores discordassem sobre as regras, poderíamos dizer que eles "partiram pro bife". Este termo remonta à Renascença, quando um homem cortejava uma mulher acariciando a lateral da cabeça dela com um pedaço de carne. Se ela se afastasse, significava que já estava comprometida. Se, porém, ela reagisse pressionando a carne contra seu rosto e puxando-a sobre a cabeça, significava que se casaria com o pretendente. A carne era guardada na residência dos pais da noiva e era usada como um chapéu em ocasiões especiais. Se, porém, o marido tomasse outra amante, a esposa podia dissolver o matrimônio ao correr com a carne até a praça da cidade e gritar: "Com seu próprio bife, eu vos rejeito! Auuu. Auuu.".

Se um casal "partisse para o bife" ou "teve um bife", significava que estava discutindo.

Outro costume marital nos dá uma expressão de desdém eloquente e colorida, *look down one's nose*, "olhar com desdém, de cima para baixo, sobre o nariz". Na Pérsia era considerado um sinal de grande beleza uma mulher ter um longo nariz. Na verdade, quanto mais longo o nariz, mais desejável a mulher – até certo ponto. Então passou a ser engraçado. Quando um homem propunha casamento a uma bela mulher, ele esperava a decisão dela de joelhos enquanto ela "o olhava de cima, sobre o próprio nariz". Se as narinas dela se dilatassem, ele fora aceito, mas se ela afiasse o próprio nariz com pedra-pomes e começasse a bicá-lo no pescoço e nos ombros, significava que amava a outro.

Agora, todos sabemos, quando alguém está muito bem vestido, dizemos que essa pessoa parece *spiffy*, "bacana". O termo deve sua origem a Sir Oswald Spiffy, talvez o mais renomado almofadinha da Inglaterra vitoriana. Herdeiro de doces milhões, Spiffy dilapidava seu dinheiro em roupas. Dizia-se que em certo momento ele possuía lenços suficientes para todos os homens, mulheres e crianças da Ásia assoarem o nariz por sete anos sem parar. As inovações de alfaiataria de Spiffy eram lendárias, e ele foi o primeiro homem a usar luvas na cabeça. Por causa de uma pele hiperssensível, a roupa de baixo de Spiffy tinha que ser feita do mais fino salmão da Nova Escócia, cuidadosamente fatiado por um alfaiate específico. Suas atitudes libertinas o envolveram em vários escândalos notórios, e ele acabou por processar o governo pelo direito de usar protetores de orelhas ao afagar um anão. No final, Spiffy morreu na miséria em Chichester, com o armário reduzido a joelheiras e um sombreiro.

Parecer *spiffy*, então, é um elogio e tanto, e alguém que pareça *spiffy* é passível de se vestir *to beat the band*, "para arrasar", uma expressão da virada do século que se originou do costume de atacar com tacos qualquer orquestra sinfônica cujo maestro sorrisse ao executar Berlioz. *Beating the band* logo se tornou um programa popular, e as pessoas se vestiam em suas melhores roupas, carregando consigo paus e pedras. A prática foi finalmente abandonada durante uma performance da *Symphonie fantastique* em Nova York, quando toda a seção de cordas de repente parou de tocar e trocou tiros com as primeiras dez fileiras. A polícia pôs fim à escaramuça, mas não antes de um parente de J. P. Morgan ser ferido no palato mole. Depois disso, por algum tempo pelo menos, ninguém se vestiu para "arrasar a banda".

Se vocês julgam questionáveis algumas das derivações acima, podem jogar as mãos para os céus e dizer, *Fiddlesticks*, "bobagem, tolice, mas também vara de violino". Esta expressão maravilhosa se originou na Áustria muitos anos atrás. Sempre que um homem que trabalhasse no sistema bancário anunciava seu casamento com uma tolinha do circo, era costume os amigos presentearem-no com um fole e um suprimento de três anos de frutas de cera. Reza a lenda que quando Leo Rothschild anunciou publicamente seu noivado, uma caixa de arcos de violoncelo foi entregue a ele por engano. Quando foi aberta e se descobriu que não continha o tradicional presente, ele exclamou, "O que é isso? Onde estão meu fole e minhas frutas? Hein? Odeio *fiddlesticks*!". O termo *fiddlesticks* se tornou uma piada da noite para o dia em tavernas da classe baixa, que detestava Leo Rothschild por nunca remover o pente do seu cabelo depois de penteá-lo. *Fiddlesticks* acabou por significar qualquer tolice.

Bem, espero que tenham gostado de algumas destas origens de gírias e que elas os estimulem a investigar outras. E, caso estejam se perguntando sobre o termo usado para abrir este estudo, *the cat's pajamas*, ele remonta a um bordão burlesco de Chase e Rowe, os dois aloucados professores de alemão. Vestidos com caudas gigantes, Bill Rowe roubou o pijama de uma pobre vítima. Dave Chase, que tinha larga experiência com sua especialidade de "ouvido duro", lhe perguntava:

Chase: Ach, Herr Professor. O que é issa no sua bolso?
Rowe: Issa? Issa é a pijama do gaiato.
Chase: A pijama do gato? *Ut mein Gott?*

Plateias convulsionavam diante deste tipo de réplica pronta, e apenas a morte prematura da dupla por estrangulamento evitou que chegassem ao estrelato.

Meu tipo inesquecível

Já se passaram quatro semanas e ainda não consigo acreditar que o Sandor Needleman morreu. No entanto, estive presente à sua cremação e, a pedido de seu filho, até levei os marshmallows, mas não conseguíamos pensar em nada, a não ser em nossa dor.

Needleman vivia obcecado a respeito do que fariam com seu corpo e chegou a me confessar certa vez: "Prefiro ser cremado a ser enterrado, embora prefira qualquer um dos dois a um fim de semana com minha mulher". Finalmente, decidiu que queria ser cremado e doou sua cinzas à Universidade de Heidelberg, a qual espalhou-as aos quatro ventos e sorteou a urna numa rifa.

Posso vê-lo como se fosse hoje, com seu terno amarrotado e suéter cinza. Constantemente preocupado com seu peso, costumava esquecer-se de tirar o cabide de dentro do casaco e usava-o com cabide e tudo. Chamei-lhe a atenção para isto durante uma conferência que estava pronunciando em Princeton. Ele sorriu com ar tranquilo e respondeu: "Tudo bem. Assim, aqueles que discordam de minhas teorias não tentarão montar em minhas costas". Dois dias depois, foi hospitalizado em Bellevue ao tentar um salto-mortal durante uma conversa com Stravinsky.

Needleman não era fácil de compreender. Sua reticência era confundida com frieza, mas, no fundo, tinha um grande coração. Um dia, ao presenciar um horrível desastre numa mina, não conseguiu repetir sua sobremesa de torta de maçã. Seu silêncio também confundia as pessoas – na verdade, ele considerava a fala um meio de comunicação obsoleto, pelo que preferia dizer até mesmo suas coisas mais íntimas através de bandeirinhas de sinalização.

Quando foi compulsoriamente afastado da Universidade de Colúmbia devido a uma polêmica com o então reitor Dwight Eisenhower, preparou uma emboscada numa esquina para o famoso ex-general e deu-lhe tanto com um batedor de tapetes que Eisenhower teve de refugiar-se numa loja de brinquedos. (Os dois tiveram um grave desentendimento sobre se a campainha da escola assinalava o fim de uma aula ou o começo de outra.)

Needleman sempre esperou ter uma morte tranquila. "No máximo, entre meus livros e papéis, como meu irmão Johann", dizia. (O irmão de Needleman morreu sufocado quando o tampo de sua escrivaninha caiu sobre sua cabeça ao procurar um dicionário de rimas.)

Quem imaginaria que Needleman morreria ao assistir à demolição de um edifício, quando uma daquelas bolas de chumbo suspensas por um guindaste acertou-o em cheio na cabeça? A pancada foi fatal e Needleman expirou com um sorriso nos lábios. Suas últimas e enigmáticas palavras foram: "Não, obrigado, não estou precisando de pinguins".

Quando morreu, Needleman estava, como sempre, trabalhando em diversos projetos. Um deles era a criação de uma nova Ética, baseada em sua teoria de que "os bons costumes são não apenas mais morais, como podem ser praticados por telefone". Estava também quase completando um radical estudo semântico, no qual tentava provar que a estrutura da frase é inata, mas que o fanho é adquirido. E, finalmente, mais um livro sobre o Apocalipse, só que com detalhadas descrições das ferraduras dos cavalos usados pelos quatro cavaleiros do próprio. Needleman sempre fora obcecado pelo problema do mal e costumava sustentar que o verdadeiro mal só poderia ser praticado por pessoas usando polainas ou galochas. Seu breve namoro com o Nacional-Socialismo causou escândalo nos círculos acadêmicos, os quais ignoravam que, apesar das aulas de ginástica ou das lições de dança, Needleman nunca conseguiu executar um passo de ganso decente.

Para ele, o nazismo não passava de uma reação contra certo conservadorismo filosófico, opinião que ele tentava transmitir a seus amigos enquanto agarrava-lhes as bochechas com fingido entusiasmo, exclamando: "Ah! Apanhei-te, cavaquinho!". Hoje é fácil criticar seu apreço inicial por Hitler, mas devemos levar em consideração suas inclinações intelectuais. Needleman havia rejeitado a ontologia contemporânea e afirmava que o homem já existia antes do infinito, só que com menos opções. Fazia distinção entre existência e Existência, e sabia que uma delas era a preferível, embora não lembrasse qual. A liberdade humana, para Needleman, consistia em ter consciência do absurdo da vida. "Deus não fala", ele escreveu, acrescentando, "Se pelo menos conseguíssemos fazer com que o homem calasse a boca!"

Segundo Needleman, o Ser Autêntico só era possível nos fins de semana e, mesmo assim, se tivesse carro. Em sua opinião, o homem não era uma coisa "fora" da natureza, mas estava envolvido "na natureza", e não poderia observar a sua própria existência a não ser que, a princípio, fingisse não estar ligando para ela e, em seguida, corresse para o outro lado da sala esperando ver a si mesmo.

Sua definição do processo existencial era *Angst Zeit*, o que pode ser traduzido livremente por "saqueira total", e sugeria que o homem era uma criatura destinada a existir no "tempo", embora nesse tempo não acontecesse nada. Depois de muita reflexão, a integridade intelectual de Needleman convenceu-o de que ele não existia, de que seus amigos não existiam e de que a única coisa real era um papagaio que ele tinha feito no banco, no valor de 6 milhões de marcos. Talvez por isso tenha se encantado com o nazismo – ou porque, segundo suas próprias palavras, "Aquela camisa marrom combina bem com a cor dos meus olhos". Quando se tornou claro que o nazismo podia fazer-lhe mal à saúde, Needleman fugiu de Berlim. Disfarçado de arbusto e dando três passos curtos e rápidos de cada vez para os lados, conseguiu cruzar a fronteira sem ser percebido.

Em todos os países da Europa pelos quais perambulou, foi auxiliado por estudantes e intelectuais fascinados por sua reputação. Em trânsito, deu-se ao luxo de publicar o seu definitivo *Tempo, essência e realidade: Uma reavaliação sistemática do nada*, além do delicioso e digestivo tratado *Melhores lugares para se comer enquanto se foge*. Chaim Weizmann e Martin Buber fizeram uma vaquinha e encheram abaixo-assinados para permitir que Needleman emigrasse para os Estados Unidos – infelizmente, na época, o hotel de sua predileção em Nova York não tinha vagas. Com os soldados alemães a poucos minutos de seu esconderijo em Praga, Needleman decidiu ir para a América de qualquer maneira, mas houve um incidente no aeroporto a respeito do seu excesso de bagagem. Albert Einstein, que estava no mesmo voo, convenceu-o de que, se ele deixasse para trás suas preciosas bigornas, poderia transportar o resto. Depois disso, os dois passaram a se corresponder com frequência. Einstein escreveu-lhe certa vez: "Minha obra e a sua são extraordinariamente semelhantes, embora eu não faça a menor ideia sobre o que trata a sua obra".

Finalmente na América, Needleman nunca mais deixou de ser assunto, principalmente depois que publicou o seu famoso *A não existência: o que fazer se você for subitamente atacado por ela*. E, quase em seguida, o seu grande clássico linguístico *Modos semânticos das funções não essenciais* foi adaptado para o cinema e transformou-se num campeão de bilheteria, sob o título de *Perigos de Nyoka*.

Para variar, Needleman foi obrigado a demitir-se da Universidade de Harvard devido às suas simpatias pelo Partido Comunista. Achava que só num sistema sem desigualdades econômicas poderia existir verdadeira liberdade, e citava como sua sociedade-modelo uma colônia de formigas. Costumava passar horas observando formigueiros, enquanto murmurava pensativo:

"As formigas são incrivelmente harmoniosas. Se pelo menos suas fêmeas fossem mais bonitas...".

Quando Needleman foi chamado a depor perante o comitê macarthista, dedou todo mundo e justificou-se para as vítimas citando sua filosofia: "Os atos políticos não têm consequências morais porque só se passam fora da essência do verdadeiro Ser". A princípio, a comunidade acadêmica meditou sobre o assunto, e passaram-se duas semanas antes que o corpo docente de Princeton lhe desse uma sova. Incidentalmente, Needleman usou essa mesma argumentação para justificar seu conceito do amor livre, mas nenhuma das duas jovens estudantes deixou-se convencer, sendo que a de dezesseis anos chamou a polícia.

Needleman era radicalmente contra os testes nucleares. Certa vez, foi para Los Alamos, onde ele e vários estudantes recusaram-se a sair da área onde, pouco minutos depois, haveria uma explosão atômica. À medida que os minutos passavam e parecia que a explosão ocorreria de qualquer maneira, Needleman foi ouvido murmurando "Oh! Oh!" e, em seguida, visto correndo. O que os jornais não publicaram é que ele não tinha comido nada naquele dia.

É fácil lembrar o lado público de Needleman. O brilhante e sincero autor de *Fenomenologia dos dodôs*. Mas é do outro Needleman, aquele com quem poucos privaram, de quem sempre me lembrarei. Sempre com um de seus chapéus favoritos. Aliás, foi cremado usando um. Primeira vez na história que isto aconteceu, creio eu. Ou o Needleman cuja paixão pelos filmes de Walt Disney era tanta que nem a mais lúcida e didática aula que recebeu de Max Planck sobre técnicas de animação dissuadiu-o de tentar telefonar para Minnie Mouse.

Quando Needleman hospedou-se em minha casa, lotei os armários da cozinha com uma determinada marca de atum em lata que sabia ser de sua predileção. Sua timidez impedia-o de confessar para mim o quanto amava os tais atuns, mas, um dia, julgando-se sozinho em casa, abriu todas as latas e passou horas sussurrando: "Vocês são umas delícias, meus filhinhos!".

Eu e minha filha o levamos à ópera em Milão. No meio do segundo ato, Needleman debruçou-se no balcão do camarote e caiu no poço da orquestra. Orgulhoso demais para admitir que tinha sido um acidente, passou a ir todas as noites à ópera e a cair lá de cima. Naturalmente, não demorou a ter um começo de concussão cerebral. Aconselhei-o a parar com aquilo, já que tinha provado a todos que não se tratara de um acidente. Mas ele foi firme: "Não. Mais algumas vezes ainda. Sabe que não dói tanto?".

Lembro-me do septuagésimo aniversário de Needleman. Sua mulher deu-lhe um pijama de presente. Needleman ficou ostensivamente desapontado porque, ao que parece, esperava ganhar um Mercedes. Mesmo assim, foi lá dentro e vestiu o pijama, o qual usou até o fim da festa e com o qual compareceu à estreia de uma peça de Eugene O'Neill na noite seguinte.

O condenado

Brisseau estava adormecido ao luar. Deitado na cama, de barriga para cima e com a boca desenhando o mais idiota dos sorrisos, parecia uma espécie de objeto inanimado, mais ou menos como um funcionário público ou dois bilhetes para a ópera. Um segundo depois, quando rolou na cama e o luar que entrava pela janela iluminou-o de outro ângulo, parecia exatamente um jogo de panelas de 27 peças, incluindo a de cozinhar macarrão.

Brisseau está dormindo, pensou Cloquet, de pé ao seu lado, com o revólver na mão. *Ele* está dormindo, mas *eu* existo na vida real. Cloquet detestava a vida real, mas já se convencera de que era o único lugar onde se podia comer um bom churrasco. Até então, nunca tinha tirado uma vida. É verdade que já havia matado um cachorro, mas só depois que este fora dado como louco por uma junta de psiquiatras. (O animal foi diagnosticado como maníaco-depressivo após tentar morder o nariz de Cloquet e rolar de rir.)

Em seu sonho, Brisseau estava numa praia ensolarada, correndo alegremente em direção aos braços estendidos de sua mãe, mas, à medida que ele se aproximava daquela senhora de cabelos grisalhos, ela se transformava numa casquinha gigante de sorvete de flocos. Brisseau gemeu e Cloquet apontou o revólver. Tinha entrado pela janela e estava ali há mais de duas horas, de pé diante de Brisseau, mas incapaz de atirar. Houve um momento em que chegou até a armar o gatilho e encostar o cano bem na orelha esquerda de Brisseau. Mas ouviu o som da porta do quarto se abrindo e escondeu-se atrás do armário, deixando a pistola enfiada no ouvido de Brisseau.

Madame Brisseau, usando um roupão estampado e rolinhos na cabeça, entrou no quarto, acendeu um pequeno abajur e notou a arma que parecia sair da cabeça de seu marido. Quase maternalmente, suspirou e tirou-a dali, depositando-a no criado-mudo. Afofou o travesseiro, apagou a luzinha e saiu.

Cloquet, que desmaiara, acordou uma hora depois. Por um terrível momento, pensou que tinha voltado à infância e que vivia de novo na Riviera, mas, depois de quinze minutos em que não viu nenhum turista, convenceu-se de que continuava atrás do armário de Brisseau. Voltou à cama, pegou a arma e apontou-a novamente contra Brisseau, mas parecia continuar incapaz de disparar o tiro que acabaria com a vida daquele infame dedo-duro fascista.

Gaston Brisseau viera de uma família rica e direitista e desde criancinha decidira que se tornaria delator profissional. Chegara até a tomar aulas de dicção para aprender a delatar pessoas sem deixar margem a dúvidas. Certa vez, confessou a Cloquet: "Adoro dedar pessoas!".

"Mas por quê?", perguntou Cloquet.

"Não sei. Algo a ver, talvez, com o fato de ter usado calças curtas até os 24 anos."

Brisseau não precisava de motivos, pensou Cloquet. Imperdoável maldade! Cloquet conhecera certa vez um argelino que adorava fazer cócegas nas pessoas pelas costas e, em seguida, negar que tivesse feito aquilo, mesmo que ambos estivessem sozinhos num elevador. Parecia-lhe que o mundo estava dividido em duas espécies de pessoas: as boas e as más. As primeiras dormiam melhor, mas as últimas se divertiam muito mais durante o dia.

Cloquet e Brisseau tinham se conhecido anos atrás, em circunstâncias dramáticas. Brisseau se embriagara certa noite no Deux Magots e saíra cambaleando em direção ao rio. Pensando que já estava em seu apartamento, tirou a roupa, mas, em vez de ir para a cama, deitou-se no Sena. Quando tentou puxar os lençóis para cobrir-se e viu-se coberto de água, começou a gritar. Cloquet, que naquele exato momento corria atrás da sua peruca levada pelo vento nas proximidades a Pont-Neuf, ouviu os gritos que partiam da água gelada. A noite estava fria e escura, e Cloquet tinha uma fração de segundo para decidir se valia a pena arriscar sua vida para salvar um estranho. Incapaz de tomar decisões tão súbitas com o estômago vazio, foi a um restaurante e jantou. Então, roído pelo remorso, comprou um caniço e voltou para pescar Brisseau para fora do rio. A princípio, tentou uma minhoca como isca, mas Brisseau não era bobo de morder. Finalmente, Cloquet conseguiu atrair Brisseau até perto da margem com uma oferta de lições de dança grátis e puxou-o com uma rede. Enquanto Brisseau estava sendo medido e pesado, os dois se tornaram amigos.

Agora, Cloquet estava pertinho de Brisseau, com a arma em punho. Uma sensação de náusea invadiu-o por dentro, à medida que pensava nas implicações de seu ato. Era uma náusea existencial, causada por uma aguda consciência do significado da vida, e que não poderia ser aliviada por um simples Alka-Seltzer. O que ele precisava era de um Alka-Seltzer existencial – um produto vendido em várias farmácias da Rive Gauche. Um enorme comprimido, do tamanho de uma calota de automóvel, e que, dissolvido em água, acabava com aquela espécie de azia provocada por excesso de *mauvaise conscience*. Cloquet tomava-o também depois de ver certos filmes de Fernandel.

Se matar Brisseau, pensava Cloquet, estarei me definindo como um assassino. Serei o Cloquet que mata, e não o respeitável professor que leciona psicologia avícola na Sorbonne. Se consumar minha intenção, terá sido uma decisão em nome de toda a humanidade. Mas e se todo mundo resolver fazer o mesmo e vir aqui liquidar Brisseau? Que zorra! Para não falar na campainha tocando a noite inteira. A vizinhança acabaria reclamando. Ah, meu Deus, como a mente vagueia quando penetramos em considerações éticas ou morais! Melhor não pensar muito e confiar mais nos instintos do corpo. O corpo é confiável. Comparece aos encontros, costuma ter boa aparência num traje esporte e é a única coisa de que dispomos quando estamos a fim de uma massagem.

Cloquet sentiu uma súbita necessidade de reafirmar-se de sua própria existência e olhou-se ao espelho sobre a cômoda de Brisseau. (Não conseguia resistir a passar por um espelho e dar uma rápida olhada, e, certa vez, mirou-se por tanto tempo na piscina de seu clube que o gerente foi obrigado a drená-la.) Mas era inútil. Não poderia atirar num homem. Deixou cair no chão a pistola e fugiu.

Já na rua, decidiu ir tomar um conhaque no La Coupole. Gostava do La Coupole porque estava sempre iluminado, cheio de gente e geralmente ele conseguia uma mesa. Bem ao contrário do seu próprio apartamento, que estava sempre escuro, vazio, e sua mãe, que vivia com ele, recusava-se a deixá-lo sentar-se. Mas, naquela noite, o La Coupole estava lotado. "Quem serão todas essas pessoas?", perguntou-se Cloquet. Elas pareciam confundir-se numa abstração: "Pessoas". Mas não existem "pessoas", só indivíduos – pensou ele. Cloquet achou que esta era uma sacada brilhante, que ele poderia usar para impressionar alguém num jantar elegante, sem desconfiar que, justamente por causa de observações como esta, não era convidado para nenhuma espécie de reunião social desde 1931.

Decidiu ir à casa de Juliette.

"Matou-o?", ela perguntou.

"Sim", respondeu Cloquet.

"Tem certeza de que está morto?"

"Parecia mortíssimo. Fiz minha imitação de Maurice Chevalier, que costumava matá-lo de rir, e, desta vez, nada."

"Ótimo. Ele nunca mais voltará a trair o partido."

"Juliette era marxista", pensou Cloquet. E o tipo mais interessante de marxista: aquele com coxas longas e macias. Entre as relações de Cloquet, era uma das poucas mulheres capazes de lidar com dois conceitos absolutamente díspares ao mesmo tempo, tais como a dialética de Hegel e o motivo pelo qual, se alguém enfiar a língua na orelha de um homem enquanto ele faz um discurso, este começará imediatamente a falar com a voz de Jerry Lewis.

Juliette estava de pé à sua frente, gostosíssima, usando uma minissaia e uma camiseta do partido e ele queria possuí-la – exatamente como possuía qualquer outro objeto, como um rádio de pilha ou as orelhas de Mickey que usara para aterrorizar os nazistas durante a Ocupação.

Em poucos minutos, ele e Juliette estavam fazendo amor – ou apenas fazendo sexo? Ele sabia que havia uma diferença entre sexo e amor, mas sentia que qualquer um dos dois podia ser ótimo, desde que nenhum dos parceiros estivesse usando babador. As mulheres – pensava ele – eram uma presença terna e envolvente. Às vezes, aliás, tão envolvente que era difícil escapar delas, exceto para alguma coisa realmente importante, como o aniversário da mãe, ou no caso de se ter sido sorteado como jurado. Cloquet tinha lido Sartre e achava que havia uma grande diferença entre o simples Estar e o Estar-no-Mundo, mas sabia que, não importava a que facção pertencesse, a outra estava se divertindo muito mais.

Dormiu tranquilamente após fazer sexo, como sempre, mas na manhã seguinte, para sua grande surpresa, foi detido sob a acusação de ter assassinado Gaston Brisseau.

Na delegacia, Cloquet protestou ser inocente, mas foi informado de que suas impressões digitais tinham sido encontradas por todo o quarto de Brisseau, inclusive na pistola. Além disso, ao entrar na casa de Brisseau, Cloquet tinha cometido o brutal engano de assinar o livro de hóspedes. Não havia jeito. Estava frito.

O julgamento, que se deu algumas semanas depois, pareceu um circo, embora os meirinhos tivessem tido alguma dificuldade em acomodar os elefantes na sala do tribunal. O júri declarou Cloquet culpado e ele foi condenado à guilhotina. A comutação de sua pena para prisão perpétua foi vetada por uma pequena questão técnica, quando se descobriu que o advogado de Cloquet a havia requerido usando um bigode de cartolina preta.

    Seis semanas depois, na véspera da execução, Cloquet estava sozinho em sua cela, ainda incapaz de acreditar nos acontecimentos dos últimos meses – principalmente naqueles absurdos elefantes no tribunal. À mesma hora, no dia seguinte, ele estaria morto. Cloquet sempre pensara na morte como algo que só acontecia aos outros. "Principalmente aos gordos e fumantes", chegara a dizer a seu advogado. Para Cloquet, a morte não passava de mais uma abstração. O que tenho *eu* a ver com o fato de os outros morrerem? Esta pergunta intrigou-o por dias e dias, até que um bilhete que lhe foi passado pelo carcereiro, por baixo da porta, esclareceu-lhe tudo. O bilhete dizia: "Tu sifo!". Era isso mesmo. Logo ele deixaria de existir.

    Deixarei de existir, ele pensou conformado, mas madame Plotnick, cujo rosto lembra uma lagosta, continuará por aí. Cloquet começou a ficar com medo. Se pudesse, sairia correndo e se esconderia, ou, melhor ainda, se transformaria em alguma coisa mais sólida e durável – um sofá, por exemplo. Um sofá não tem problemas. Fica no seu canto e ninguém o incomoda. Não precisa pagar aluguel, nem ter convicções políticas. Não prende o dedo em portas, nem usa cotonetes. Não tem de sorrir amarelo, nem de cortar o cabelo. Não bebe demais, nem dá vexame em festas. As pessoas sentam-se nele e, quando essas pessoas morrem, vêm outras e sentam-se do mesmo jeito. A lógica de Cloquet serviu para consolá-lo e, na madrugada seguinte, quando os carcereiros entraram em sua cela para raspar-lhe a cabeça, ele fingiu que era um sofá. Quando lhe perguntaram o que gostaria de comer em sua última refeição, disse: "Está perguntando a um sofá o que ele quer comer?". Os carcereiros lançaram-lhe um olhar compreensivo, e ele acrescentou: "Qualquer coisa, desde que com salada russa".

    Cloquet sempre fora ateu, mas, quando o padre Bernard chegou, perguntou se ainda tinha tempo para converter-se.

Padre Bernard fez que não: "A essa altura do ano, receio que a maior parte das religiões já esteja lotada. O melhor que posso fazer, já que você requereu tão em cima da hora, é convertê-lo a alguma seita hindu. Mas vou precisar de uma foto sua, datada, tamanho passaporte".

Era inútil, refletiu Cloquet. Terei de enfrentar meu destino sozinho. Deus não existe. A vida não tem sentido. Nada dura para sempre. Mesmo as peças de Shakespeare desaparecerão quando o universo chegar ao fim! – tudo bem se se tratar de uma droga como *Titus Andronicus,* mas e as outras??? Não admira que algumas pessoas cometam suicídio! Por que não acabar logo com esse absurdo? Por que insistir nessa charada oca chamada vida? Realmente, por quê? – exceto que, em algum lugar dentro de nós, uma voz insiste em dizer: "Viva". De alguma região em nosso interior, podemos ouvir a ordem: "Você *tem* que viver!". Cloquet reconheceu imediatamente a voz: era o seu agente de seguros. Claro – ele pensou –, Fishbein não quer pagar a porra da apólice!

Cloquet queria ser livre – sair daquela prisão e pular amarelinha na calçada. (Sempre pulava amarelinha quando se sentia feliz. Na realidade, foi esse hábito que o livrou do serviço militar.) A ideia da liberdade fez com que ele se sentisse, simultaneamente, ótimo e péssimo. Se eu fosse verdadeiramente livre, pensou, poderia exercer ao máximo minhas possibilidades. Talvez me tornasse ventríloquo, como sempre desejei. Ou fizesse uma *performance* no Louvre, usando meu par de pernas de pau.

Ficou tonto ao pensar nessas possibilidades e já estava a ponto de desmaiar, quando um guarda abriu a porta da prisão e disse-lhe que o verdadeiro assassino de Brisseau acabara de confessar. Cloquet estava livre. Ajoelhou-se, chorou, beijou o chão da cela, dançou e cantou "A Marselhesa". Três dias depois, foi atirado de novo na cela por ter feito uma performance no Louvre, usando seu par de pernas de pau.

Negado pelo destino

(Notas para um romance de oitocentas páginas – o grande livro de minha autoria pelo qual todos estão esperando.)

Cenário: Escócia, 1823:
Um homem é preso por roubar casca de pão. "Só gosto de casca", ele explica, e é logo identificado como o ladrão que recentemente aterrorizou vários açougues de Glasgow por roubar apenas gordura de picanha. O acusado, Solomon Entwhistle, é levado a julgamento e condenado a uma pena de cinco a dez anos (o que vier primeiro) de trabalhos forçados. Entwhistle é trancado na solitária e, para não se dizer que não se fez justiça, somem com a chave. Tendo escolhido definitivamente a liberdade, Entwhistle decide cavar um túnel para fugir. Começa a cavar meticulosamente com uma colher, vara o subsolo das muralhas da prisão, continua a cavar e, de colherada em colherada, vai de Glasgow a Liverpool, onde finalmente emerge, mas, depois de olhar em torno, descobre que prefere continuar no túnel. Continua cavando e chega a Londres, onde toma um navio-cargueiro rumo ao Novo Mundo, jurando começar vida nova, desta vez como uma rã.

Ao chegar a Boston, Entwhistle conhece Margaret Figg, jovem professorinha da Nova Inglaterra, cuja especialidade é obrigar seus alunos a plantarem bananeiras usando chapéus de burro. Apaixonado, Entwhistle casa-se com ela e os dois abrem um mercadinho de secos e molhados, vendendo desde língua de rouxinol até barbatana de tubarão. O negócio começa a crescer e, por volta de 1850, Entwhistle já está rico, respeitado e traindo sua mulher com um panda fêmea. Tem dois filhos com Margaret Figg – um deles normal, outro retardado mental, embora seja difícil dizer qual é qual, a não ser que alguém lhes dê um ioiô. Seu mercadinho tornou-se agora uma gigantesca loja de departamentos e, quando Entwhistle morre aos 85 anos, de uma combinação de resfriado com uma machadada no crânio, é um homem feliz.

(Nota: Fazer de Entwhistle um personagem amável.)

Ação pula para 1976:

Virando à direita na Alton Avenue, você passa pela Costello Brothers Warehouse, pela Adelman's Tallis Repair Shop, pela Chones Funeral Parlor e pelo Higby's Poolroom. John Higby, proprietário do salão de bilhares, é um sujeito baixinho, com alguns tufos de cabelo na cabeça e que caiu de uma escada aos nove anos e, agora, só para de rosnar quando lhe pedem com dois dias de antecedência. Subindo a rua (na realidade, descendo, porque a rua não tem saída), chega-se a um pequeno parque, no qual as pessoas sentam-se e conversam sem correr o risco de assaltos ou estupros, sendo perturbados, no máximo, por cidadãos que se dizem Napoleão ou Júlio Cesar. O vento frio de outono (que, em determinado dia do ano, sopra como um tufão e arranca as pessoas de seus sapatos) faz com que caiam as últimas folhas do verão.

As pessoas ali experimentam uma profunda sensação de falta de sentido existencial – particularmente desde que os salões de massagem fecharam. Há uma definitiva sensação de "alteridade" metafísica, o que qualquer idiota é capaz de entender, desde que tenha nascido numa cidadezinha do interior. A própria cidade é, em si, uma metáfora, mas uma metáfora de quê? Não apenas é uma metáfora, mas é também um "corte epistemológico". É qualquer cidade na América e é também cidade nenhuma – o que causa grande confusão entre os carteiros. E a loja de departamentos na esquina é a Entwhistle's.

Blanche (baseada em minha prima Tina):
Blanche Mandelstam, uma garota doce, mas um pouco sem-sal, com dedos curtinhos e grossos e lentes de fundo de garrafa ("Meu sonho era ser campeã olímpica de natação", disse ao seu médico, "mas nunca aprendi a boiar."), acorda ao som de seu rádio-relógio.

Anos atrás, Blanche poderia ter sido considerada bonita, embora não muito depois da Idade da Pedra Lascada. Para seu marido Leon, no entanto, ela é "a criatura mais linda do mundo, exceto por Edward G. Robinson". Blanche e Leon se conheceram há muito tempo, durante um baile no ginásio. (Ela era uma excelente dançarina, apesar de ter de consultar um diagrama quando o ritmo era o tango.) Passaram horas conversando e descobriram que tinham muitas coisas em comum. Por exemplo, ambos gostavam de dormir sobre fatias de bacon. Blanche ficara muito impressionada com a maneira de Leon se vestir, porque nunca vira ninguém usar três chapéus ao mesmo tempo. Casaram-se e, pouco tempo depois, tiveram sua primeira e única experiência sexual. "Foi absolutamente sublime", recorda Blanche, "apesar de Leon ter tentado cortar os pulsos."

Blanche disse ao seu marido que, embora ele ganhasse relativamente bem interpretando um porquinho-da-índia humano no parque de diversões, ela gostaria de continuar trabalhando na seção de sapataria da Entwhistle's. Leon concordou com relutância, mas insistiu em que ela se aposentasse quando chegasse aos 95 anos. Os dois tomam o seu café da manhã. Para ele, suco, torradas e café. Blanche come o de sempre – um copo de água quente, uma asa de galinha, porco agridoce e canelone. Finalmente sai para o trabalho na Entwhistle's.

(Nota: Blanche deve sair cantando, como faz minha prima, embora nem sempre o hino nacional do Japão.)

Carmen (Um estudo sobre psicopatologia, baseado nos traços observados em Fred Simdong, seu irmão Lee e o seu gato Sparky).

Carmen Pinchuck, que, apesar do nome, é um homem (e, como se não bastasse, absolutamente careca), sai do chuveiro e tira sua touca de banho. Apesar de careca, detesta molhar a cabeça. "Para quê?", diz ele. "Para que meus inimigos se aproveitem disso?" Alguém sugeriu que essa atitude poderia ser considerada estranha, mas Pinchuck limitou-se a rir e, depois de olhar em torno para certificar-se de que não estava sendo observado, saiu beijando almofadas. Pinchuck é um homem nervoso, que se dedica a pescar nas horas vagas, embora não pegue nada desde 1923. "Não tenho dado sorte ultimamente", ele comenta brincando. Mas sempre se irrita quando um conhecido lhe observa que ele está lançando seu anzol num copo de coalhada.

Pinchuck já fez muitas coisas na vida. Foi expulso do ginásio por ter sido flagrado em atitudes imorais com uma equação do segundo grau e, desde então, trabalhou como pastor de ovelhas, psiquiatra e mímico. Atualmente, trabalha no Serviço de Proteção aos Animais, como professor de Espanhol para esquilos.

Pinchuck costuma ser descrito por seus amigos como "um babaca" ou "um psicopata", dependendo do grau de estima. "Gosta de conversar com seu rádio, embora os dois nunca se entendam", diz um vizinho. "Mas é também muito fiel aos amigos", diz outro. "Certa vez, quando a sra. Monroe escorregou numa pedra de gelo acidentalmente, ele fez a mesma coisa de propósito, para solidarizar-se com ela."

Politicamente, Pinchuck considera-se independente. Nas últimas eleições presidenciais, votou em Cesar Romero.

Neste momento, usando seu chapéu de feltro e carregando um embrulho, Pinchuck fecha a porta de sua casa e desce até a rua. Só então, ao dar-se conta de que está nu, exceto pelo chapéu, volta, veste-se e parte para a Entwhistle's.

(Nota: Descrever com mais detalhes a hostilidade de Pinchuck para com seu chapéu.)

O encontro (esboço):
    As portas da loja de departamentos abriram-se às dez horas da manhã em ponto e, embora segunda-feira fosse um dia normalmente fraco, o primeiro andar estava apinhado de gente atraída por uma liquidação de atuns radioativos. Uma atmosfera quase apocalíptica pairou sobre a seção de sapatos quando Carmen Pinchuck entregou seu embrulho a Blanche Mandelstam, dizendo: "Quero devolver essas galochas. São muito pequenas para mim".
    "Tem o ticket de venda?", perguntou Blanche, tentando parecer segura, embora confessasse mais tarde que, naquele momento, seu mundo tinha caído. ("Nunca mais pude me relacionar bem com as pessoas", disse a amigos. Há seis meses, ao jogar tênis, engoliu uma bola e, desde então, sua respiração tornou-se irregular.)
    "Bem... Não...", respondeu Pinchuck, nervoso. "Acho que perdi." (Seu principal problema na vida era o de que vivia perdendo coisas. Certa noite foi dormir e, quando acordou, sua cama tinha sumido.) Naquele momento, com a fila de fregueses impacientes aumentando atrás dele, Pinchuck começou a suar frio.
    "O senhor terá de falar com o gerente", disse Blanche, encaminhando Pinchuck ao sr. Dubinsky, com quem ela vinha tendo um affair desde o Dia das Bruxas. (Lou Dubinsky, diplomado pela melhor escola de datilografia da Europa, era considerado um recordista no gênero até que o álcool reduziu sua velocidade a uma palavra por dia, obrigando-o a trabalhar em lojas de departamentos.)
    "Já usou as galochas?", insistiu Blanche, tentando combater as lágrimas que lhe assomavam aos olhos. A ideia de ver Pinchuck de galochas era-lhe insuportável. "Meu pai também usava galochas", ela confessou. "Ambas no mesmo pé."
    Pinchuck parecia agora estar tendo uma convulsão. "Não", respondeu. "Quero dizer... ah... sim... Mas só por alguns minutos, enquanto tomava banho."

"Então por que as comprou, se eram pequenas?", perguntou Blanche, inconsciente de que estava formulando a quintessência do paradoxo humano.

A verdade é que Pinchuck sabia que as galochas não lhe serviam, mas era incapaz de dizer não a um vendedor. "Quero ser *gostado*", admitiu a Blanche. "Certa vez comprei xampu anticaspa, embora já fosse careca." (Nota: O. F. Krumgold escreveu um tratado definitivo sobre certas tribos de Bornéu que não têm uma palavra para dizer "não" e, consequentemente, exprimem recusa fazendo que sim com a cabeça e dizendo: "Vou pensar no assunto", e nunca mais aparecendo. Isto confirma a sua teoria anterior, de que a necessidade de ser socialmente amado a qualquer custo é um traço genético, e não adquirido, assim como a capacidade de assistir a uma opereta do começo ao fim.)

Às onze e dez, Dubinsky, o gerente do andar, tinha autorizado a troca, e Pinchuck recebeu um par de galochas dois números maior. Pinchuck confessou depois que o episódio lhe provocara forte depressão e tonteiras, o que ele atribuiu também à notícia do casamento de seu papagaio.

Pouco depois do caso Entwhistle, Carmen Pinchuck pediu demissão e tornou-se garçom num restaurante chinês. Blanche Mandelstam sofreu um colapso nervoso e tentou fugir com um engolidor de cobras. (Nota: Pensando bem, talvez fosse melhor fazer de Dubinsky um treinador de pulgas.) No fim de janeiro, a Entwhistle's fechou suas portas pela última vez e sua proprietária, Julie Entwhistle, pegou sua família, que amava profundamente, e mudou-se com ela para o zoológico do Bronx.

(Esta última frase deve permanecer intacta. É absolutamente fantástica. Fim das notas para o capítulo I.)

A ameaça do OVNI

Os OVNIs estão de novo em moda. Não acham que já é hora de se estudar o fenômeno com seriedade? (Neste momento, por exemplo, são oito e dez da manhã e já estamos atrasados.) Até há pouco, discos voadores eram considerados coisas de pirados e pinéis. Realmente, as pessoas que juravam ter visto discos admitiam ser membros de um ou de outro grupo, quando não de ambos. Mas tanta gente séria andou vendo discos ultimamente que a Aeronáutica e a comunidade científica decidiram rever sua posição cética e dedicar nada menos que duzentos dólares anuais para um estudo abrangente do fenômeno. A grande pergunta é: os discos voadores existem? E, em caso positivo, como fazem para reabastecer durante os fins de semana?

Nem todos os OVNIs devem ser necessariamente de origem extraterrestre, mas os peritos concordam em que qualquer espaçonave capaz de riscar os céus à velocidade de 12 mil quilômetros por segundo exigiria borracheiro e lanternagem tão incríveis que só seriam encontráveis em Plutão. Se essas espaçonaves realmente existem, a civilização capaz de criá-las deve estar milhões de anos à nossa frente. Ou então teve muita sorte. O prof. Leon Specimens prega a existência de uma civilização extraterrestre mais avançada que a nossa exatamente quinze minutos. O que, segundo ele, dá a esses marcianos uma grande vantagem, já que não precisam correr para chegar aos encontros na hora marcada.

O dr. Brackish Menzies, que trabalha no Observatório de Monte Wilson, ou está em observação no Hospício de Monte

Wilson (sua letra não é muito legível), afirma que, se tais seres viajassem à velocidade da luz, levariam milhões de anos para chegar à Terra, mesmo que viessem do mais próximo sistema solar, e que, a julgar pela má qualidade das peças atualmente em cartaz, tal expedição dificilmente valeria a pena. (É impossível viajar mais depressa que a luz, nem mesmo muito aconselhável, já que o viajante chegará ao destino *antes* de ter partido, o que lhe permitirá dar flagras desagradáveis em sua legítima esposa.)

Curiosamente, segundo os astrônomos modernos, o espaço é infinito. O que pode ser um alívio para aqueles que nunca se lembram onde esqueceram as chaves do carro ou o guarda-chuva. O mais importante nesse estudo do universo é que este está em expansão e, qualquer dia desses, irá explodir e desaparecer. O que nos leva à óbvia conclusão de que, se a *sua* secretária ou datilógrafa é loura e de olhos azuis, mas tem um Q.I. abaixo de zero, é melhor contentar-se mesmo com ela.

A pergunta mais frequente a respeito dos OVNIs é a seguinte: se os discos vêm do espaço exterior, por que seus pilotos não entram em contato conosco, em vez de insistirem nesses ridículos voos rasantes sobre áreas desertas? Talvez esse tipo de voo seja proibido pelas leis da aviação em seus planetas de origem e eles venham aqui para se divertir, sabendo que não terão seus brevês apreendidos. (Eu próprio andei dando alguns voos rasantes sobre uma atrizinha de dezoito anos há algum tempo, e nunca me diverti tanto.) Não devemos esquecer também que, quando falamos de "vida" em outros planetas, estamos nos referindo aos aminoácidos, os quais nunca são muito gregários, mesmo nas festas.

Muitas pessoas tendem a pensar nos OVNIs como um fenômeno moderno, mas nada impede que eles venham intrigando a humanidade há séculos. (Para nós, um século parece uma eternidade, principalmente se tivermos papagaios no banco, mas, pelos padrões astronômicos, um século costuma durar exatamente cem anos. Por esta razão, é conveniente trazer sempre uma escova de dentes sobressalente, em caso de fuga pela janela.)

Os estudiosos nos ensinam que visões de objetos voadores não identificados datam dos tempos bíblicos. Por exemplo, a seguinte passagem do Levítico: "E uma grande bola prateada apareceu sobre o exército assírio, e em toda a Babilônia houve choro e ranger de dentes, até que os profetas mandaram todo mundo tomar vergonha na cara".

Não seria este mesmo fenômeno o relatado anos mais tarde por Parmênides: "Três objetos laranja surgiram subitamente nos céus e cercaram o centro de Atenas, fazendo voos rasantes sobre as termas da cidade e obrigando alguns dos nossos mais conceituados filósofos a se protegerem com suas toalhas". E não seriam também os tais "objetos laranja" semelhantes aos descritos num manuscrito provençal do século XII, recém-descoberto: "L'aura amara fals bruoills brancutz clarzir quel doutz espeissa ab fuoills, els letz becs dels auzels ramencs. Obrecato, oiventis di caza y dou auditorium"?

Esse último relato, que alguns atribuem a Dante, foi transcrito por um monge medieval, o qual aproveitou o ensejo para anunciar que o mundo ia acabar naquele fim de semana, declaração essa que provocou grande desapontamento quando o sol raiou na segunda-feira e tudo mundo teve de voltar para o trabalho.

Finalmente – e definitivamente –, em 1822, o próprio Goethe descreveu o seguinte fenômeno celeste: "*En route* para casa, vindo do Festival de Ansiedade de Leipzig, eu subia uma colina quando olhei para o céu e vi várias bolas de fogo. Elas desciam em grande velocidade e pareciam vir em minha direção. Gritei que era um gênio e, por isso, não podia correr muito depressa, mas de nada adiantaram minhas palavras. Fiquei puto da vida e comecei a dizer palavrões para as malditas bolas avermelhadas, no que elas imediatamente se mancaram e desapareceram na infinitude do céu. Mais tarde, contei essa história a Beethoven, sem desconfiar de que ele já estava completamente surdo, motivo pelo qual limitava-se a fazer que sim com a cabeça e a murmurar: 'Isso daí'".

Geralmente, quando se estuda detalhadamente a aparição de objetos voadores "não identificados", descobre-se que não passam de balões juninos, míseros sputiniks e até mesmo um homem chamado Lewis Mandelbaum, que saltou do World Trade Center, em Nova York, conseguindo permanecer cerca de dois metros acima do nível da torre, antes de iniciar a inevitável escalada descendente. Um dos típicos incidentes "explicáveis" foi o relatado por Sir Chester Ramsbotton em 5 de junho de 1961, em Shropshire: "Eu estava em meu carro numa estrada escura, por volta de umas duas da manhã, quando vi pelo retrovisor um estranho objeto de forma oblonga me perseguindo. Tentei despistá-lo, mas não consegui – ele continuava atrás de mim. Era uma coisa oblonga, brilhante e incandescente e, por mais que eu fizesse as curvas em altíssima velocidade, o bicho continuava firme no espelho. Fiquei assustado e comecei a suar. Finalmente, deixei escapar um gemido de terror e, ao que parece, desmaiei. Horas depois, acordei num hospital, milagrosamente a salvo". Uma acurada investigação provou que o "objeto de forma oblonga" visto por Sir Chester era o seu próprio nariz. Naturalmente, todas as suas tentativas de despistá-lo foram inúteis, já que ele continuava acoplado ao seu próprio rosto.

Outro incidente explicável ocorreu em fins de abril de 1972, quando o general de exército Curtis Memling, da Base Aérea de Andrews, relatou o seguinte: "Eu estava caminhando pelo campo à noite quando vi um enorme disco prateado no céu. O disco desceu em minha direção e, a menos de trinta metros do solo, começou a descrever parábolas impossíveis para qualquer aeronave terrestre. Finalmente, acelerou e desapareceu em incrível velocidade".

O que, aos olhos dos pesquisadores, comprometeu a narrativa do general Memling foi o fato de ele descrever o incidente entre risotas incontroláveis. O general admitiria depois que tinha visto o "disco" depois de ter acabado de ver na televisão um filme chamado *A guerra dos mundos* e ter ficado "muito impressionado". O fato de ele ser um fanático leitor de gibis de ficção científica não influenciou os jurados que o condenaram unanimemente à corte marcial.

Bem, se a maioria das visões de OVNIs pode ser explicada, como explicar aquelas que *não* podem? Eis alguns dos mais estranhos exemplos de mistérios "não resolvidos", a começar pelo descrito por um cidadão de Boston em maio de 1969: "Eu passeava à noite pela praia com minha esposa. Não se pode dizer que ela seja uma mulher muito atraente. Para ser franco, pesa 180 quilos. Aliás, naquele momento, eu a empurrava no seu carrinho de rodas pela areia. De repente, vi no céu um grande disco branco que parecia perder altura em grande velocidade. Acho que fiquei apavorado, porque soltei as alças do carrinho e saí correndo. O disco passou diretamente sobre minha cabeça e pude ouvir nitidamente uma voz metálica me dizendo: 'Chame o seu bip'. Quando cheguei em casa, liguei para o bip e fui informado de que meu irmão Ralph tinha se mudado e que, a partir daí, toda a sua correspondência deveria ser enviada para Cuiabá, Brasil. Nunca mais o vi. Minha senhora sofreu uma séria crise nervosa por causa do incidente e, desde então, não consegue falar, exceto pelo nariz".

Relato do sr. I. M. Axelbank, de Atenas, Geórgia, em fevereiro de 1971: "Sou piloto profissional. Estava pilotando meu Cessna particular, do Novo México até Amarillo, no Texas, a fim de bombardear algumas pessoas cujas crenças religiosas não coincidiam com as minhas, quando notei um objeto voador ao meu lado. A princípio, pensei que fosse outro avião, até que ele emitiu um facho de luz verde, obrigando-me a descer cinco mil metros em menos de quatro segundos e fazendo com que minha peruca voasse de minha cabeça e abrisse um buraco de cerca de cinquenta centímetros no teto. Tentei chamar a torre, mas, por qualquer motivo, só conseguia sintonizar jogos da segunda divisão. O OVNI ficou bem perto de meu avião e então desapareceu num piscar de olhos. Continuei voando rente ao chão até me chocar com um galinheiro, no que voaram várias asas de galinha e as minhas próprias asas".

Um dos mais grilantes acontecimentos ocorreu em agosto de 1975, com um sujeito em Montauk Point, Long Island: "Estava deitado na minha casa de praia, mas não conseguia dormir por causa de uma galinha assada na geladeira, a respeito da qual me sentia com todos os direitos. Esperei até minha mulher chegar da rua e, na ponta dos pés, fui até a geladeira. Lembro-me de ter olhado o relógio. Eram precisamente quatro e quize da manhã. Tenho certeza disto porque nosso relógio está parado há 21 anos exatamente nesta hora. Notei também que nosso cão, Judas, parecia esquisito. Se não, não estaria sentado, cantando 'As Time Goes By'. De repente, o quarto ficou inteiramente laranja. A princípio, pensei que minha mulher tivesse notado que eu havia assaltado a geladeira e posto fogo na casa. Mas, aí, olhei pela janela e vi aquele objeto em forma de charuto flutuando sobre as árvores no quintal e emitindo a tal luz laranja. Fiquei, como se diz, estupefato pelo que me pareceram horas, embora nosso relógio continuasse marcando quatro e quize. Finalmente, uma espécie de mão mecânica saiu da espaçonave, entrou pela janela e arrancou de minha boca a coxa de galinha que eu já estava a ponto de engolir – e rapidamente retirou-se. No segundo seguinte, a espaçonave alçou voo e sumiu de minha vista. Quando relatei o incidente à Aeronáutica, disseram-me que o que eu tinha visto não passara de um bando de andorinhas. Então foi tudo uma alucinação? Não, porque o coronel Quincy Bascomb, em pessoa, prometeu que a Aeronáutica devolveria minha coxa de galinha. Mas até agora, pelo menos, só recebi uma asa de frango. E detesto asa!".

Um último relato, de janeiro de 1977, de dois capiaus da Louisiana: "A gente tava pescando no brejo. A gente é eu e o Roy. Não, num tava bebendo. O Roy é que tinha uma pinga no embornal, por via das dúvidas. Ali pela meia-noite, pintou no céu um bicho amarelo parecido com um disco. Quando chegou perto do chão, tava tão redondinho que o Roy pensou que fosse a mulher dele e até deu um tiro nela. Eu disse, 'Roy, não é sua mulher, porque é amarelo-canário. Se fosse outro amarelo...'. O bicho pousou e dele saíram umas criaturas. Nós com a vara na mão. As figuras que saíram pareciam sabe com quê? Com fogãozinhos Jacaré, só que sem as trempes. O chefe parecia butijão de gás, só que com rodinhas. Me fizeram sinal para entrar no trem deles e Roy ficou puto da vida. Por que eu, e não ele? Caguei. Assim que entrei, me espetaram a bunda com uma injeção que me deixou tal e qual um crítico de Nova York que acha a música caipira a maior merda do mundo. Os fogãozinhos falavam uma língua esquisita, mais complicada ainda que a das contas de gás que a gente recebe no fim do mês. Dentro do aviãozão deles, me fizeram um check up completo, não sei por que, já que não tenho gonorreia há uns dois meses. Uns dez minutos depois, já tinham aprendido a minha língua, o que eu levei anos pra conseguir, embora ainda cometessem erros primários, tais como confundir *hermenêutica* com *heurística*. Quem manda eles serem tão burros?.

"Daí uns tempos, me disseram que eram de outra galáxia e que estavam aqui pra dizer pro pessoal pra acabar com essa história de guerra, senão eles voltavam com umas armas modernas e capavam todo mundo na Terra, sem ninguém perceber. Aí eu dei uma de macho e gritei: 'Que que há, tou noivo da Claire e não tou a fim de guerra!'. Eles prometeram me examinar e mandar o resultado 48 horas depois. Tou esperando até hoje. A Claire também. Aliás, ela anda meio sumida. O Roy também."

Na pele de Sócrates

De todos os homens famosos deste mundo, o que eu mais gostaria de ter sido era Sócrates – o filósofo, claro. Não apenas porque ele foi um grande pensador, porque eu também sou capaz de observações profundas, embora as minhas se concentrem basicamente em bundas de aeromoças e preços de geladeiras. O que me fascina no mais sábio de todos os gregos é a sua incrível coragem diante da morte. Preferia dar sua vida para mostrar que tinha razão do que abandonar seus princípios. Já viram coisa igual? Devo confessar que não sou assim tão corajoso a respeito de morrer ou de manter a força de vontade, considerando-se que, quando ouço um escapamento de carro, salto direto nos braços da pessoa mais próxima. Mas reconheço que a brava morte de Sócrates deu um sentido de autenticidade à sua vida, exatamente o que anda faltando à *minha* vida, exceto para o imposto de renda. Confesso que muitas vezes já tentei calçar as sandálias do grande filósofo, mas, não importa o que faça, acabo cochilando e tendo o seguinte sonho.

(A cena se passa em minha cela na prisão. Geralmente, fico na solitária, imerso no seguinte problema: pode um objeto ser considerado uma obra de arte se também pode ser usado para limpar o fogão? Mas, no sonho, sou visitado por Ágaton e Símias.)

ÁGATON: Ah, meu velho e sábio amigo! Como vão os seus dias de confinamento?

Woody: Que história é essa de confinamento, Ágaton? Meu corpo pode estar circunscrito a certos limites, mas minha mente vagueia livremente pelo espaço.
Ágaton: Tudo bem, mas e se você quiser dar uma voltinha?
Woody: Boa pergunta. Não posso.

(Nós três nos sentamos, mais ou menos como se estivéssemos congelados. Finalmente, Ágaton fala.)

Ágaton: Não sei se estou sendo inconveniente, mas tenho más notícias: você foi condenado à morte.
Woody: Tudo bem, digo eu. Chato foi ter provocado tanta polêmica no Senado.
Ágaton: Polêmica nenhuma. A decisão foi unânime.
Woody: Verdade?
Ágaton: Primeiro escrutínio.
Woody: Hmmm. Pensei que estava dando mais ibope.
Símias: O Senado está puto com você, por causa daquelas ideias a respeito de um Estado utópico.
Woody: Talvez eu nunca devesse ter sugerido que a gente precisava ter um rei-filósofo.
Símias: Principalmente apontando para você mesmo e pigarreando o tempo todo.
Woody: Engraçado. Não consigo guardar ódio dos meus executores.
Ágaton: Nem eu.
Woody: *(Pigarro)* Bem... An-ham... Pensando bem, o que é o mal, se não o excesso de bem?
Ágaton: Cumé quié?
Woody: Olhe por este ângulo. Se um homem canta uma bela balada, trata-se de uma obra de arte. Mas, se continua cantando por mais de três horas, trata-se de um pé no saco.
Ágaton: Isso aí.
Woody: Quando serei executado?

Ágaton: Que horas são agora?
Woody: Hoje???
Ágaton: Parece que sim. Querem que você desocupe a cela o mais depressa possível.
Woody: Está bem! Deixem que me tirem a vida! Saibam que prefiro morrer do que abandonar meus princípios de justiça e de direito para todos. Não chore, Ágaton.
Ágaton: Não estou chorando. Foram umas cebolas que descasquei para a patroa.
Woody: Para o homem do intelecto, a morte não é um fim, mas um começo.
Símias: Como disse?
Woody: Deixe-me pensar um pouco.
Símias: O tempo que quiser.
Woody: É verdade, não é, Símias, que o homem não existe antes de nascer?
Símias: Absolutamente verdadeiro.
Woody: Assim como deixa de existir depois que morre, não?
Símias: Isso mesmo.
Woody: Hmmm.
Símias: E daí?
Woody: Daí que estou um pouco confuso. Você sabe que só me servem carneiro nessa cadeia e muito mal temperado.
Símias: Os homens identificam a morte com o fim. Por isso, a temem.
Woody: A morte é um estado de não ser. O que não é, não existe. Donde, a morte não existe. Só a verdade existe. Mas o que é a verdade se não a confirmação de si mesma? Mas, se a morte pode ser confirmada por si mesma, a morte é a verdade. Logo existe! Estou frito! Hei, o que eles estão planejando fazer comigo?
Ágaton: Fazê-lo tomar cicuta.
Woody: (*Intrigado*) Cicuta?
Ágaton: Lembra-se daquele líquido escuro que atravessou a sua mesa de mármore?

Woody: Aquilo?
Ágaton: Basta uma colher. Mas eles terão um frasco cheio à mão, no caso de você derramar um pouco.
Woody: Será que vai doer?
Ágaton: Vão lhe pedir que não faça uma cena. Para não perturbar os outros prisioneiros.
Woody: Claro, claro.
Ágaton: Eu disse a eles que você morreria bravamente, para não renunciar aos seus princípios.
Woody: Sem dúvida. Escute, ninguém sequer mencionou a palavra "exílio"?
Ágaton: Desde o ano passado decidiram não exilar ninguém. Muita burocracia.
Woody: Certo... (*Desesperado e confuso, mas tentando parecer firme.*) E o que há de novo lá fora?
Ágaton: Tudo velho. Ah, sim, cruzei na rua com Isósceles. Está bolando um triângulo infernal.
Woody: Que barato! (*Subitamente abandonando toda a falsa coragem.*) Olhe, vou ser franco com você. Não quero ser executado! Sou muito jovem para morrer!
Ágaton: Mas esta é a sua chance de morrer pela verdade!
Woody: Você não entendeu, Ágaton. Sou um apólogo da verdade. Mas é que fui convidado para um almoço em Esparta, semana que vem, e detestaria faltar. É minha vez de levar os drinques. Você sabe como são esses espartanos. Vivem a fim de brigar.
Símias: Será nosso mais sábio filósofo um covarde?
Woody: De jeito nenhum. Mas também não sou herói. Marquem coluna do meio, sei lá!
Símias: Você é um verme.
Woody: Por aí.
Ágaton: Mas não foi você que provou que a morte não existe?
Woody: Escutem: andei provando muitas coisas na vida. Como acham que consigo pagar o aluguel? Umas teorias aqui, outras pequenas observações ali, uma frase brilhante de vez em quando

e, às vezes, alguns ditados e máximas. Paga melhor do que colher azeitonas. Mas não vamos exagerar!

Ágaton: Mas você provou tantas vezes que a alma é imortal!

Woody: E é! Pelo menos no papel. Esse é o problema da filosofia: já não funciona tão bem depois da aula, ou seja, na vida real.

Símias: E as "formas" eternas? Você disse que tudo sempre existiu e sempre existirá!

Woody: Estava me referindo a objetos pesados, como estátuas ou cofres. Com gente é diferente!

Ágaton: E aquele lero dizendo que morrer era o mesmo que dormir?

Woody: Eu sei, mas o problema é que, se você está morto e alguém grita: "Hora de acordar!", é difícil encontrar as sandálias debaixo do catre.

(Entra o carrasco com uma taça de cicuta. Seu rosto lembra um pouco o de Boris Karloff.)

Carrasco: Ah! Adivinhem quem chegou! Quem vai tomar a cicuta?

Ágaton: *(Apontando para mim)* Ele.

Woody: Puxa, é uma dose dupla! Olhe, ando com o fígado meio bombardeado...

Carrasco: Beba tudo. O veneno costuma estar no finzinho.

Woody: *(Aqui meu comportamento costuma ser diferente do de Sócrates, e dizem que grito durante o sonho)* Não! Por favor! Não quero! Socorro! Mamãe!

(O carrasco me passa a taça fervilhante, apesar de minhas súplicas, e tudo parece chegar ao fim. Então, talvez devido a um inato instinto de sobrevivência, o sonho muda completamente e entra um mensageiro.)

Mensageiro: Parem! Houve uma apelação e o Senado votou de novo. As acusações foram levantadas. Você foi declarado inocente e será publicamente reabilitado!
Woody: Finalmente! Conheceram, papudos? Eles recuperaram o bom senso! Sou um homem livre! Livre! E ainda serei reabilitado! Ágaton e Símias, depressa, peguem minha bagagem! Preciso falar com Pitágoras antes que ele resolva aquele seu absurdo teorema. Mas antes descreverei para vocês uma pequena parábola.
Símias: Pô, isso é que é um final inesperado! Será que o Senado sabe o que está fazendo?
Woody: A parábola é a seguinte. Um grupo de homens vive numa caverna escura. Nunca viram o sol. A única luz que conhecem é a das velas que usam para iluminar a caverna.
Ágaton: E onde arranjam as velas?
Woody: Bem, já estavam lá, e não amolem.
Ágaton: Vivem numa caverna e têm até velas? Parece esquisito...
Woody: Quer ouvir a parábola ou não quer?
Ágaton: Ok, ok, mas ande logo. Está demorando muito.
Woody: Então, certo dia, um dos habitantes da caverna dá um pulinho lá fora e vê o mundo.
Símias: Com aquele sol de derreter catedrais.
Woody: Exatamente. Em toda a sua luminosidade.
Ágaton: E, quando volta para contar aos outros, ninguém acredita.
Woody: Não exatamente. Ele não conta aos outros.
Ágaton: Não???
Woody: Não. Em vez disso, abre um açougue, casa-se com uma rumbeira e morre de trombose aos 42 anos.

(Eles me agarram e forçam a cicuta pela minha goela abaixo. Nesse momento, costumo acordar sobressaltado e só um copo de iogurte consegue me acalmar.)

O caso Kugelmass

Kugelmass, professor de literatura na Universidade de Nova York, era malcasado pela segunda vez. Sua mulher, Daphne Kugelmass, era uma zebra. Kugelmass tinha dois filhos igualmente chatos de sua primeira mulher, Flo, e estava até aqui com a pensão que lhe descontavam na fonte todo mês.

"Como eu poderia adivinhar que ela ia ficar desse jeito?", gemeu Kugelmass para seu analista. "Daphne prometia tanto. Nunca imaginei que fosse relaxar e inflar como um balão publicitário. Além disso, tinha um dinheirinho, o que, em si, não é uma razão para a gente casar, mas que também não machuca, principalmente com o *meu* jeito para negócios. Está entendendo?"

Kugelmass era tão calvo quanto peludo no resto do corpo, mas, sabem, era *gente*.

"Preciso conhecer uma mulher diferente", continuou. "Preciso ter um *caso*. Posso não parecer, mas sou romântico pra chuchu! Preciso namorar, preciso de delicadeza. Não estou ficando mais novo a cada dia e, antes que seja tarde demais, quero me apaixonar em Veneza, flertar com Bo Derek e trocar olhares de mormaço com gatinhas à luz de velas, tomando vinho! Por que todo mundo faz isso, menos eu?"

O dr. Mandel trocou de pernas na cadeira e disse, implacável: "Um *caso* não resolverá nada. Você não está sendo realista. Seus problemas são muito mais profundos".

"Mas tem que ser discreto", continuou Kugelmass, ignorando-o. "Não posso me dar ao luxo de um segundo divórcio. Daphne me chuparia o sangue!"

"Sr. Kugelmass..."

"E nem pode ser com qualquer garota da universidade, porque Daphne também trabalha lá. Para dizer a verdade, nenhuma delas me dá tesão. Mas, quem sabe, uma secundarista..."

"Sr. Kugelmass..."

"Preciso de ajuda. Tive um sonho ontem à noite. Sonhei que estava me esgueirando entre uns arbustos, carregando uma cesta de piquenique. Na cesta estava escrito 'Alternativas': Só que a cesta estava furada!"

"Sr. Kugelmass, a pior coisa que o senhor poderia fazer seria dar tanta bandeira. Contente-se em expressar os seus sentimentos aqui, e tentaremos analisá-los juntos. O seu tratamento já dura há bastante tempo para que o senhor saiba que não existe cura da noite para o dia. Sou apenas um analista, não um mágico."

"Então, acho que preciso de um mágico", disse Kugelmass, levantando-se do divã e, com isso, encerrando sua longa terapia.

Algumas semanas depois, Kugelmass e Daphne estavam se entediando em casa, à noite, quando o telefone tocou.

"Deixe que eu atendo", disse Kugelmass. "Alô."

"Sr. Kugelmass", falou uma voz. "Aqui é Persky."

"Quem?"

"Persky. Talvez o senhor me conheça como O Grande Persky."

"Desculpe, não estou entendendo."

"Ouvi dizer que o senhor tem procurado em toda a cidade por um médico capaz de acrescentar um pouco mais de exotismo à sua vida. Estarei errado?"

"Pssssiu!", sussurrou Kugelmass. "Não desligue. Me dê seu telefone, Persky! Chamarei assim que puder!"

Na tarde seguinte, Kugelmass subiu três lances de escada até um apartamento num edifício caindo aos pedaços, num dos piores bairros do Brooklyn. Tateando pelas trevas do hall, encontrou o botão da campainha e apertou-o. "Ainda vou me arrepender disso", pensou.

Segundos depois, a porta foi aberta por um sujeito feio, baixinho e de cabelo sujo.

"*Você* é Persky, o Grande?", perguntou Kugelmass.

"O Grande Persky. Entre. Aceita um chá?"

"Não. O que eu quero é romance, música, amor e beleza!"

"Tudo isso, e não um chá? Que estranho! Sente-se."

Persky foi ao quarto dos fundos, e Kugelmass ouviu sons de mobília sendo arrastada. Persky reapareceu, empurrando um enorme móvel sobre rodinhas rangentes. Era uma espécie de armário chinês, com a laca já descascando, que ele tirou de sob lençóis de seda amarelados e do qual soprou uma nuvem de poeira.

"Persky", disse Kugelmass, "se isto é uma piada..."

"Preste atenção", disse Persky. "Sua satisfação garantida ou seu dinheiro de volta. Inventei isto para um encontro com Ben-Hur, mas minha cliente deu o bolo. Entre no armário."

"O que você vai fazer? Atravessar espadas através dele?"

"Está vendo alguma espada por aqui?"

Kugelmass olhou de soslaio e entrou no armário.

"Persky, estou avisando que..."

"Pô, não torre!", disse Persky. "A coisa funciona assim: se eu jogar qualquer livro nesse armário quando você estiver dentro, fechar as portas e der três pancadinhas, você se verá projetado dentro do livro!"

"Persky, adorei te conhecer, mas..."

"Juro!", exclamou Persky. "E não apenas romances. Contos, peças, poemas, o que você quiser! Você poderá conhecer qualquer das grandes mulheres criadas pelos maiores escritores. Qualquer uma com quem tenha sonhado! E vai se dar bem com ela. Quando quiser voltar, basta dar um grito e eu o trarei numa fração de segundo."

"Persky, você não é meio biruta?"

"Estou lhe dizendo que funciona."

Kugelmass continuou meio cético: "Está tentando me provar que essa baiuca pode me transportar a qualquer lugar com que eu sonhe?".

"Por vinte dólares."

"Só vou acreditar quando ver", disse Kugelmass, levando a mão à carteira.

Persky embolsou os vinte dólares e virou-se para suas estantes: "Bem, quem você gostaria de conhecer? Ligeia, Morella, Berenice – as grandes personagens de Edgar Allan Poe? Isadora Wing, a heroína de *Medo de voar*? *Moby Dick*?".

"Francesa. Quero ter um affair com uma personagem de um grande romance francês."

"Que tal Naná, de Émile Zola?"

"Não quero ter de pagar."

"E Natasha, de *Guerra e paz*?"

"Eu disse francesa. Essa é russa. Hei! E Madame Bovary? É isso aí: Emma Bovary! É perfeita!"

"Tudo bem, Kugelmass. Assovie quando quiser voltar." Persky jogou no armário uma edição de bolso do imortal romance de Flaubert.

"Tem certeza de que isso não é arriscado?", Kugelmass ainda perguntou a Persky quando este começou a fechar as portas.

"Arriscado? O que não é arriscado neste mundo louco?" Persky deu três pancadinhas na porta do armário e então abriu as portas de par em par.

Kugelmass tinha desaparecido. Naquele mesmo momento, ele reapareceu no quarto da casa de Charles e Emma Bovary, em Yonville. À sua frente, uma linda mulher, sozinha, de costas para ele, dobrando alguns lençóis. "Não acredito", pensou Kugelmass, estatelado diante da desbundante mulher do médico. "Isso é impossível. É ela *mesmo*. E eu *estou* aqui!"

Emma virou-se assustada: "Meu Deus, quem é você?". Falava tão fluentemente quanto na tradução que Kugelmass tinha lido no livrinho de bolso.

"É demais", ele pensou. E, só então se dando conta de que era com ele que ela falava, Kugelmass tartamudeou: "Perdão, meu nome é Sidney Kugelmass, trabalho na Universidade de Nova York, sou professor de literatura. A uns três quarteirões da Broadway, sabe? Bem, quero dizer...".

A jovem Emma Bovary deu um sorriso ligeiramente sacana e disse: "Gostaria de beber alguma coisa? Um vinho, talvez?".

"Ela é linda", pensou Kugelmass. "Que contraste com o troglodita que partilha sua cama." Sentiu um súbito impulso de arrebatar essa visão em seus braços e dizer-lhe que ela era a espécie de mulher com quem ele sempre sonhara.

"Vinho, aceito", gaguejou. "Branco. Não, tinto. Não, branco. Quer dizer, branco."

"Charles ficará fora o dia todo", disse Emma, com a voz cheia de sutis implicações.

Depois do vinho, foram dar uma volta pelos jardins. "Sempre imaginei que, um dia, um misterioso estranho surgiria em Yonville e me resgataria da cruel monotonia dessa grosseira existência rural", disse Emma, tomando a mão de Kugelmass nas suas. Passaram por uma pequena igreja: "Adoro suas roupas. Nunca vi nada igual por aqui. São... tão modernas!".

"Ora, é apenas um terno", disse Kugelmass, romanticamente. "Desses que você compra com duas calças, na Ducal." De repente, ele a beijou. Durante uma hora, eles se reclinaram contra uma árvore e sussurraram coisas profundas e significantes um para o outro. Então, Kugelmass levantou-se – lembrou-se de que tinha marcado encontro com Daphne na Bloomingdale's. "Preciso ir", disse a Emma. "Mas não se preocupe. Voltarei breve."

"Espero que sim", suspirou Emma.

Ele a abraçou apaixonadamente, e os dois caminharam de volta para casa. Kugelmass tomou o rosto de Emma em suas mãos, beijou-a novamente e berrou: "Ok, Persky! Vamo nessa! Tenho de estar na Bloomingdale's às três e meia!"

Ouviu-se um ruído tipo *pop!* e Kugelmass estava de volta ao Brooklyn.

"Então? Não era verdade?", perguntou Persky.

"Olhe, Persky, preciso chispar agora, mas quando posso voltar? Amanhã?"

"O prazer será todo meu. Basta trazer os vinte. E não fale disto para ninguém."

Kugelmass tomou um táxi e voou para o centro da cidade. Seu coração dançava dentro do peito. Estou apaixonado – pensava –, sou o possuidor de um segredo maravilhoso. O que ele não sabia é que, naquele exato momento, estudantes de literatura em todas as universidades do país perguntavam a seus professores: "Quem é esse judeu careca que entrou na história por volta da página 100 e já foi logo beijando Madame Bovary?". Um professor de Sioux Falls, Dakota do Sul, suspirou e pensou: "Meu Deus, esses meninos de hoje, com a cabeça cheia de ácido! O que não passa por suas mentes!".

Daphne Kugelmass estava na seção de acessórios para banheiros da Bloomingdale's quando seu marido chegou quase sem fôlego. "Onde estava?", perguntou. "Já são quatro e meia. Não usa relógio?"

"Fiquei preso num engarrafamento", murmurou Kugelmass.

Kugelmass voltou à casa de Persky no dia seguinte e, em poucos minutos, foi transportado magicamente a Yonville pela segunda vez. Emma não conseguiu esconder sua excitação ao vê-lo. Os dois passaram horas juntos, rindo e falando de seus diferentes backgrounds, e só então fizeram amor. "Meu Deus, estou trepando com Madame Bovary!", Kugelmass pensou. "Logo eu, que fui reprovado em francês!"

Nos meses seguintes, Kugelmass visitou Persky muitas vezes e desenvolveu uma íntima e apaixonada relação com Emma Bovary. "Não se esqueça de me botar no livro antes da página 120", disse Kugelmass ao mágico certo dia. "Só posso encontrá-la até ela não se ligar ao tal de Rodolphe."

"Por quê? Não é páreo para ele?", perguntou Persky.

"Páreo? O cara é rico. Não tem nada a fazer, exceto namorar e andar a cavalo. Para mim, é um daqueles bonecos que você vê nos anúncios de publicidade. Só que com um penteado tipo Helmut Berger. Mas, para ela, é o máximo."

"E o marido, não suspeita de nada?"

"É manso. Nem sabe o que tem em casa. Às dez da noite, vai de camisola para a cama, justamente quando ela está a toda, querendo dançar. Ora, esqueça. Me mande pra lá."

E mais uma vez Kugelmass entrou no armário e foi transportado para o lar dos Bovary em Yonville. "E aí, teteia?", disse a Emma.

"Oh, Kugelmass", suspirou Emma. "O que tenho de aguentar! Ontem à noite, Charles dormiu durante a sobremesa com o rosto no suflê. Eu, com o coração aos pulos, sonhando com o balé e o Maxim's, e tendo de ouvir aqueles roncos ao meu lado!"

"Tudo bem, chuchu, estou aqui agora." Kugelmass a abraçou. Eu mereço isto – pensou –, aspirando o legítimo perfume francês de Emma e enterrando o nariz em seus cabelos. Sofri demais e paguei muitos analistas buscando um sentido para minha vida. Ela é jovem e cheia de paixão. Bastou que eu entrasse no capítulo certo, algumas páginas depois de Leon e antes de Rodolphe, para dominar a situação.

Emma sentia-se tão feliz quanto Kugelmass. Sedenta de excitação, ouvia-o fascinada quando ele falava das noites de Nova York, das peças da Broadway, dos filmes de Hollywood, dos programas de televisão.

"Fale-me de novo sobre Ernest Borgnine."

"O que mais posso dizer? É gênio. Seus filmes são sempre profundos."

"E os prêmios da Academia?", perguntou Emma, sonhadora. "Daria tudo para ganhar um Oscar."

"Primeiro, você tem de ser indicada."

"Eu sei. Você me explicou. Tenho certeza de que poderia ser ótima atriz. Claro, teria que tomar uma ou duas lições. Talvez com Lee Strasberg. Mas, se você me arranjasse um bom agente..."

"Podemos ver isso. Vou falar com Persky."

De volta ao apartamento de Persky naquela noite, Kugelmass teve a ideia de trazer Emma para visitá-lo em Nova York.

"Deixe-me pensar", disse Persky. "Talvez dê pé. Já fiz coisas mais difíceis." Mas não conseguiu se lembrar de nenhuma.

"Onde tem se enfiado o tempo todo?", rosnou Daphne Kugelmass quando seu marido chegou tarde em casa, naquela noite. "Transando com alguma piranha?"

"Exatamente. Faz bem o meu gênero, você sabe"; Kugelmass não estava com muita paciência. "Fui visitar Leonard Popkin. Ficamos discutindo sobre o socialismo agrário da Polônia. Popkin é maluco por essas coisas."

"Você anda muito esquisito ultimamente. Distante. Não se esqueça do aniversário de papai no sábado, está ouvindo?"

"Está bem, está bem", disse Kugelmass, correndo para o banheiro.

"Minha família inteira vai comparecer. Vamos ver os gêmeos. E finalmente você vai conhecer o primo Hamish. Não seja estúpido com ele como é com os outros. Patati, patatá."

Kugelmass fechou a porta do banheiro, abafando o cacarejo de Daphne. Em poucas horas, estaria de volta a Yonville, nos braços de sua amada. E, se tudo desse certo, desta vez ele traria Emma para o seu mundo.

Às três e quinze da tarde seguinte, Persky fez sua mágica de novo. Kugelmass surgiu diante de Emma, sorridente e ansiosa. Os dois passaram algumas horas em Yonville com Binet e subiram novamente para a carruagem. Seguindo as instruções de Persky, abraçaram-se com força, fecharam os olhos e contaram até dez. Quando abriram os olhos, a carruagem estava estacionada diante da porta lateral do Plaza Hotel, onde Kugelmass, otimisticamente, havia reservado uma suíte naquele dia.

"Que maravilha! É exatamente como sonhei que seria!", exclamava Emma, rodopiando pela suíte, enquanto contemplava a cidade pela janela. "Lá está o Central Park. O edifício da Pan-Am. E qual daqueles é o Macy's? Oh! É tudo tão divino!"

Sobre a cama, caixas contendo legítimos Halstons e Saint Laurents. Emma abriu uma delas e provou ao espelho as calças de veludo pretas sobre o seu corpo perfeito.

"Comprei numa liquidação, mas você ficará parecendo uma rainha", disse Kugelmass. "Venha cá, neném. Um beijo."

"Nunca me senti tão feliz! Vamos sair! Quero ver *Chorus Line*, visitar o Guggenheim e conhecer esse Jack Nicholson de quem você fala tanto. Está passando algum filme dele na Times Square?"

"Não consigo entender", disse um professor da Universidade de Stanford aos seus alunos. "Primeiro, um personagem chamado Kugelmass entra no livro. Depois, Emma desaparece do romance. Que loucura! Bem, acho que os grandes clássicos da literatura são assim mesmo – podemos lê-los mil vezes e sempre descobrimos coisas novas."

Os amantes passaram um fim de semana glorioso. Kugelmass havia dito a Daphne que iria a Boston para um simpósio e que só retornaria na segunda-feira. Saboreando cada minuto, ele e Emma foram ao cinema, jantaram em Chinatown, dançaram em discotecas e viram as sessões-coruja da televisão. No domingo, dormiram até meio-dia, visitaram o Soho e espiaram as celebridades no Elaine's. À noite, pediram caviar e champagne em sua suíte e conversaram até raiar o dia. Na manhã de segunda, no táxi rumo ao apartamento de Persky, Kugelmass pensava: "Foi infernal, mas valeu a pena. Não posso trazê-la aqui frequentemente, mas, de vez em quando, será bom variar de Yonville".

Na casa de Persky, Emma entrou no armário, pôs todas as suas bolsas de compras no colo e beijou Kugelmass carinhosamente. "Na próxima vez, você sabe onde é", disse com uma piscadela marota. Persky deu as três pancadinhas no armário. Nada aconteceu.

"Epa", resmungou Persky, coçando a cabeça. Bateu de novo, mas a mágica não aconteceu. "Alguma coisa está errada."

"Persky, está brincando?", gritou Kugelmass. "Como não funciona?"

"Calma, calma. Ainda está aí, Emma?"

"Sim."

Persky bateu de novo, desta vez mais forte.

"Ainda estou aqui, Persky."

"Eu sei, querida. Fique fria."

"Persky, nós *temos* que mandá-la de volta", sussurrou Kugelmass. "Sou casado e tenho uma aula daqui a três horas. Não estou preparado para nada além de um flerte a esta altura!"

"Não consigo entender", gemeu Persky. "O truque é tão simples!" Outras tentativas em vão. "Vai levar algum tempo", disse a Kugelmass. "Vou ter de desmontar o armário. Voltem mais tarde."

Kugelmass levou Emma de táxi de volta ao Plaza e mal conseguiu chegar na faculdade a tempo. Ficou no telefone o dia todo com Persky e sua amante. O mágico informou-o de que talvez levasse alguns dias para descobrir a causa do problema.

"Como foi o simpósio?", perguntou Daphne aquela noite.

"Ótimo, ótimo", respondeu Kugelmass, acendendo o filtro de seu cigarro.

"Que houve? Você parece uma pilha de nervos."

"Quem, eu? Ha-ha-ha *(riso histérico)*. Estou calmo como uma brisa de verão. Vou dar uma volta." Escapou pela porta, tomou um táxi e foi para o Plaza.

"Estou preocupada", disse Emma. "Charles vai acabar sentindo minha falta."

"Confie em mim, querida." Kugelmass estava pálido e suava. Beijou-a de novo, correu para o elevador, esbravejou contra Persky de um telefone no saguão e conseguiu chegar em casa pouco antes de meia-noite.

A semana inteira transcorreu do mesmo jeito.

Na noite de sexta, Kugelmass disse a Daphne que teria de ir a outro simpósio, desta vez em Syracuse. Correu de volta para o Plaza, mas o segundo fim de semana não foi nada parecido com o primeiro. "Devolva-me ao romance ou case-se comigo", foi o ultimato de Emma. "Enquanto isso, quero arranjar um emprego ou qualquer coisa assim, porque ver televisão o dia inteiro é um saco."

"Ótimo. O dinheiro até que seria útil. O que você consome em *room service* não é normal."

"Conheci um produtor de teatro ontem no Central Park, e ele me disse que eu pareço perfeita para uma peça que ele vai montar off-Broadway", disse Emma.

"Ah, é? Quem é o palhaço?"

"Não é palhaço! É um homem sensível, gentil e inteligente. Chama-se Jeff Não sei-das-quantas, e disse que posso até ganhar um *Tony* com o papel."

Mais tarde, naquele dia, Kugelmass adentrou bêbado o apartamento de Persky.

"Calma, rapaz", disse Persky. "Desse jeito, você vai acabar tendo um troço."

"Calma! Ele diz calma! Estou com um personagem fictício às minhas expensas num hotel de luxo, acho que minha mulher botou um detetive para me seguir e ainda vou ficar calmo!"

"Eu sei, eu sei. Estamos com um problema, vamos tentar resolvê-lo." Persky esgueirou-se por baixo do armário e começou a bater no fundo com um martelo.

"Estou parecendo um animal acuado", lamuriou-se Kugelmass. "Tenho de andar me esgueirando pela cidade. Emma e eu já não aguentamos a cara um do outro. Para não falar na conta do hotel, que já está maior do que o orçamento do Pentágono."

"E o que eu posso fazer? Magia é assim mesmo", disse Persky. "É uma questão de nuance."

"Nuance o cacete! Estou derramando Dom Pérignon pela goela de Emma como uma bomba de gasolina, e ela está mais recheada de caviar do que um esturjão gigante, além de ter comprado metade do estoque de vestidos da Sack's. Como se não bastasse, meu colega Fivish Kopkind, que ensina Literatura Comparada na universidade e sempre teve inveja de mim, acabou de me identificar como o personagem que aparece incidentalmente no livro de Flaubert. Ameaçou contar a Daphne. Sabe o que isso vai significar? Pensão de alimentos, ruína e cadeia. Acusado de adultério com Madame Bovary!"

"O que quer que eu faça? Estou trabalhando nessa joça dia e noite! Quanto à sua ansiedade, não posso ajudar. Sou apenas um mágico, não um analista!"

Na tarde de domingo, Emma trancou-se no banheiro da suíte e recusou-se a falar com Kugelmass. Kugelmass olhou pela janela e pensou em suicídio: "Se não fosse tão baixo, me jogaria agora mesmo. E se eu fugisse para a Europa e começasse de novo a vida? Talvez pudesse vender o *International Herald Tribune*, como aquelas garotas costumavam fazer".

O telefone tocou. Kugelmass atendeu-o mecanicamente.

"Traga Emma correndo", disse Persky. "Acabo de expulsar a última barata do armário!"

O coração de Kugelmass sobressaltou-se. "Está falando sério? Desta vez é pra valer?"

"Sem erro!"

"Persky, você é um gênio. Estaremos aí em menos de um minuto."

Mais uma vez, os amantes zarparam para o apartamento do mágico, e mais uma vez Emma Bovary entrou no armário com suas compras. Desta vez não houve beijos. Persky fechou as portas, respirou fundo e deu três pancadinhas. Houve o tradicional ruído e, quando Persky abriu as portas, o armário estava vazio. Madame Bovary estava de volta ao romance. Kugelmass deu um profundo suspiro de alívio e apertou a mão de Persky.

"Acabou", disse. "Aprendi a lição. Nunca mais trairei minha mulher." Apertou de novo a mão de Persky e disse para si mesmo que precisava lembrar-se de dar-lhe uma gorjeta.

Três semanas depois, ao fim de uma bela tarde de primavera, Persky foi atender a porta. Era Kugelmass, com uma expressão matreira nos olhos.

"O que foi desta vez, Kugelmass?", perguntou Persky.

"Só mais uma vez, Persky. O dia está tão bonito e, sabe como é, o tempo passa. Você tem um exemplar de *O complexo de Portnoy*? Lembra-se da Macaca?"

"O preço agora é 25 dólares, por causa da inflação. Mas, devido a todos aqueles aborrecimentos que lhe causei, vou lhe fazer a primeira grátis."

"Você é gênio", disse Kugelmass, penteando os três ou quatro fios que lhe restavam na cabeça e entrando no armário. "Vai funcionar direito?"

"Acho que sim. Não usei muito o armário desde aquela confusão".

"Sexo e romance", suspirou Kugelmass de dentro do armário. "O que um sujeito não faz por um rabinho de saia..."

Persky jogou um exemplar de *O complexo de Portnoy* no armário e deu as três pancadas. Mas desta vez, ao invés do tradicional ruído, ouviu-se uma explosão, seguida por uma série de barulhos assustadores e uma chuva de raios. Persky deu um salto para trás, teve um enfarte e caiu morto. O armário incendiou-se e, em poucos minutos, as chamas lamberam todo o apartamento.

Kugelmass, sem saber desta catástrofe, tinha os seus próprios problemas. A mágica não o transportara para *O complexo de Portnoy,* nem para qualquer outro romance, e sim para uma tábua de logaritmos, na qual ele se viu acuado por um exército de dízimas periódicas, que o condenaram a engolir milhares de vírgulas, para sempre.

Discurso de paraninfo

Meus afilhados,

Mais do que em qualquer outra época da História, a humanidade se vê numa encruzilhada. Uma estrada conduz ao desespero e à catástrofe. A outra, à absoluta extinção. Rezemos para que o homem tenha a sabedoria de fazer a escolha certa. Não pensem que falo desse jeito gratuitamente. Falo com a amedrontada convicção da mais completa falta de sentido da vida, o que pode ser facilmente confundido com pessimismo. Não confundam. Trata-se apenas de uma saudável preocupação sobre o que espera o homem moderno. (Por homem moderno entenda-se todo indivíduo nascido imediatamente depois da célebre frase de Nietzsche – "Deus morreu" – e imediatamente antes da gravação de *I Wanna Hold Your Hand* pelos Beatles.) Esta preocupação pode ser descrita de duas maneiras, embora certos estruturalistas prefiram reduzi-la a uma equação matemática, apenas porque assim ela pode ser mais facilmente resolvida e mesmo carregada no bolso, junto com o pente.

Para simplificar as coisas, o problema é o seguinte: como é possível descobrir qualquer significado num mundo finito, considerando-se o tamanho de meu colarinho e de minha cintura? Uma pergunta ainda mais difícil quando nos damos conta de que a ciência – ah, a ciência! – vive fracassando. É verdade que ela derrotou várias doenças, quebrou o código genético e até botou gente na Lua, e, no entanto, quando um homem de oitenta anos é deixado a sós numa sala com duas garçonetes de dezoito anos, nada acontece. Porque os verdadeiros problemas nunca mudam. Afinal, poderá um dia a alma humana ser perscrutada através de um microscópio? Talvez, mas só se for um daqueles com duas lunetas. E sabemos perfeitamente que o mais moderno computador tem um cérebro pouco melhor que o de uma formiga. É verdade também que poderíamos dizer o mesmo de vários parentes nossos, mas, felizmente, só somos obrigados a encontrá-los em enterros ou casamentos.

Já a ciência é algo de que dependemos o tempo todo. Se tenho dores no peito, mandam-me fazer uma radiografia. Mas, e se a radiação provocada pelos raios X me causar problemas ainda maiores? Num piscar de olhos, vejo-me arriscado a acordar numa sala de operações. E, como sempre acontece, quando me depositam no balão de oxigênio, um interno resolve acender o cigarro. No dia seguinte, lê-se no jornal que um homem foi disparado sobre o World Trade Center envolto num lençol de plástico. *Isto* é a ciência?

Verdade também que a ciência nos ensinou a pasteurizar queijo. O que não é má ideia, desde que na companhia de uma das *Panteras*.

Mas e a bomba H? Já viram o que acontece quando um troço desses cai de uma escrivaninha, mesmo que o chão esteja bem-acarpetado? E onde fica a ciência quando alguém lhe propõe os eternos mistérios, tais como: de onde se originou o cosmos? (O próprio, não o time de futebol.) Há quanto tempo existe? A matéria iniciou-se com uma explosão ou por ordem de Deus? Se a segunda hipótese é verdadeira, por que não começou Ele o serviço duas semanas antes, ainda a tempo de curtir o verão? O que queremos insinuar quando dizemos que o homem é mortal? Seja o que for, não parece um elogio.

E a religião, infelizmente, não nos anda dizendo muito. Miguel de Unamuno escreveu com otimismo sobre "a eterna persistência da consciência", mas isso não é mole. Principalmente quando lemos certos escritores de vanguarda. Fico sempre pensando sobre como a vida devia ser mais fácil para o homem da caverna. E apenas porque ele acreditava num criador, todo-poderoso e benevolente, que tomava conta de tudo. Imagine o desapontamento dele quando constatava que sua mulher estava engordando!

O homem contemporâneo, como se sabe, não tem a mesma paz de espírito. Ele se vê imerso numa crise de fé. Encontra-se naquele estado que os mais eruditos costumam chamar de "desbundado". É um homem que já penou em guerras, já presenciou catástrofes naturais e já frequentou bares de solteiros.

Meu bom amigo Jacques Monod costumava falar da casualidade do cosmo. Ele acreditava que tudo que existia na Terra era por puro acaso, exceto seu café da manhã, o qual, ele tinha certeza, era preparado por sua empregada. É natural que a crença numa inteligência divina inspire tranquilidade. Mas isto não nos liberta de nossas responsabilidades humanas. Serei eu o guardião de meu irmão? Sim, só que – também por acaso – sou irmão do tratador de feras do zoológico.

Portanto, sentindo-nos sem Deus, o que fizemos foi transformar a tecnologia em Deus. Mas será a tecnologia a verdadeira resposta, quando um Buick do ano, estalando de novo, dirigido por meu protegido Nat Zipsky, atravessa a vitrine de um prêt-à-porter da Sears, fazendo com que várias senhoras passem o resto da vida pulando miudinho?

Como se não bastasse, minha torradeira não funciona direito há quatro anos. Sigo as instruções, ponho duas fatias de pão no buraco e, segundos depois, elas são disparadas como uma bala. Certa ocasião, uma delas quebrou o nariz de uma mulher que eu amava ternamente. Temos de contar com tomadas, interruptores e plugues para resolver nossos problemas?

Claro, o telefone é uma boa coisa – quando dá linha. Geladeiras também. E o ar-condicionado igualmente. Mas não *qualquer* ar-condicionado. Não o da minha prima Henny, por exemplo. Faz um ruído infernal e não esfria o quarto. Cada vez que ela chama o homem para consertar, piora. Ele vive dizendo que precisa comprar um novo. Quando ela se queixa, ele a manda parar de encher o saco. Quer dizer, esse homem está absolutamente desbundado. E não apenas isso, como não para de dar risotas o tempo todo!

Portanto, nosso problema é: nossos governantes não nos prepararam para uma sociedade tão mecanizada. Infelizmente, nossos políticos são simpáticos, mas incompetentes ou corruptos. Às vezes, ambas as coisas no mesmo dia. A partir das cinco e quinze da tarde, então, não há como segurá-los no serviço.

Não estou dizendo que a democracia não seja a melhor forma de governo. Numa democracia, pelo menos os direitos do cidadão são respeitados. Ninguém pode ser preso, torturado ou obrigado a assistir a uma novela de televisão do começo ao fim. O que já é muito diferente do que acontece na União Soviética. Segundo o totalitarismo daquele país, uma pessoa que seja flagrada assoviando pode ser condenada a trinta anos num campo de concentração. E se, depois de quinze anos, insistir em assoviar, acaba fuzilada.

Ao lado dessas novas demonstrações de fascismo, defrontamo-nos com o seu cruel assecla, o terrorismo. Em nenhuma outra época da História o homem teve tanto medo de cortar um frango assado como hoje, temendo uma explosão. A violência gera a violência, e já se sabe que, por volta de 1990, os sequestros serão a principal forma de convívio social. A superpopulação exacerbará todos os problemas até a explosão. As estatísticas já nos dizem que existe mais gente na Terra do que a capaz de mover até o mais pesado piano. Se não batalharmos já pelo crescimento zero, no ano 2000 não haverá mesas para todos em qualquer restaurante, a não ser que algumas delas se assentem sobre cabeças de estranhos, o que os obrigará a ficarem imóveis durante uma hora ou mais, até que acabemos de pedir o café. Tudo isso aumentará a crise de energia, obrigando qualquer proprietário de automóvel a encher o tanque o suficiente apenas para dar uma ré de alguns centímetros.

Só que, em vez de enfrentarmos esses desafios, preferimos nos virar para as drogas e o sexo. Vivemos numa sociedade excessivamente permissiva. Nunca a pornografia foi mais atrevida. Para não falar nos filmes, que são umas merdas! Somos uma nação a que faltam objetivos definidos. Precisamos de líderes e de programas coerentes. Carecemos de um centro espiritual! Estamos sozinhos no cosmo, praticando monstruosas violências uns contra os outros, por causa da frustração e da dor. Felizmente, ainda não perdemos nosso senso de proporção. Em resumo, parece claro que o futuro nos reserva grandes oportunidades. Mas também alguns perigos. O negócio é evitar esses perigos, aproveitar as oportunidades e chegar em casa às seis da tarde.

A dieta

Certo dia, sem razão aparente, F. quebrou sua dieta. Tinha ido almoçar com seu chefe, Schnabel, para discutir certos assuntos. Schnabel o havia convidado na noite anterior, sugerindo que deveriam almoçar juntos, embora tivesse sido vago a respeito dos tais "assuntos". Schnabel dissera ao telefone: "Há vários problemas... Coisas que precisamos resolver... Não há pressa, é claro. Podem ficar para outra vez". Mas F. ficou tão ansioso, por causa do tom de voz e da natureza do convite de Schnabel, que insistiu em se encontrarem imediatamente.

"Vamos almoçar esta noite", disse F.

"Mas já é quase meia-noite", argumentou Schnabel.

"Tudo bem", insistiu F. "Acordaremos no restaurante."

"Não seja tonto. Não é tão urgente assim", respondeu Schnabel, desligando.

F. já estava com palpitações. "Oh, meus Deus", pensou. "Fiz papel de idiota com Schnabel. Segunda-feira, toda a firma já estará sabendo. E é a segunda vez este mês que me faço de ridículo."

Três semanas antes, F. fora flagrado na sala do xerox, comportando-se como um pica-pau. E, como sempre, alguém do escritório divertia-se às suas custas. Em outras ocasiões – se se virasse bem rápido –, costumava descobrir trinta ou quarenta colegas atrás dele, mostrando-lhe a língua.

Ir para o trabalho era um pesadelo. Primeiro, porque sua escrivaninha ficava nos fundos, longe da janela, e cada centímetro cúbico de ar fresco que entrava naquela sala escura era respirado por seus colegas antes que F. pudesse inalá-lo. Quando caminhava pelos corredores da firma, rostos hostis o fixavam por trás dos arquivos, com expressão crítica. Certa vez, Traub, um mísero escriturário, acenou-lhe carinhosamente, mas, quando F. acenou de volta, Traub jogou-lhe uma maçã na cabeça. Pouco antes, Traub conseguira a promoção que estava reservada a F. e, em consequência, ganhara uma cadeira nova para sua escrivaninha. Já a cadeira de F. fora roubada havia muitos anos e, devido a uma interminável burocracia, parecia-lhe impossível requisitar outra. Desde então, habituara-se a trabalhar de pé, curvado sobre a máquina de escrever, imaginando que os outros estavam fazendo piadinhas a seu respeito. Quando ocorreu o incidente da maçã, F. tinha acabado de solicitar uma cadeira.

"Desculpe", disse Schnabel, "mas terá de pedir diretamente ao ministro."

"Claro, claro", concordou F., mas quando chegou o dia de falar com o ministro, o encontro foi adiado. "Ele não pode recebê-lo hoje", disse um assistente. "Há uns boatos correndo por aí, e o ministro não está recebendo ninguém." As semanas se passaram e F. tentou repetidamente ver o ministro, em vão.

"Só quero uma cadeira", disse a seu pai. "Não me incomoda tanto trabalhar de pé, mas é que, quando relaxo e boto os dois pés sobre a escrivaninha, caio para trás."

"Babaca", exclamou seu pai. "Se gostassem mais de você, já lhe teriam dado a cadeira."

"Você não entendeu", berrou F. "Tentei ver o ministro, mas ele está sempre ocupado. No entanto, quando espio pelo buraco da fechadura, vejo que ele está ensaiando charleston."

"O ministro nunca o receberá", disse friamente seu pai, tomando um xerez. "Ele não tem tempo para fracassados. E o pior não é isso: ouvi dizer que Richter tem duas cadeiras. Uma para se sentar e trabalhar, e outra para rodopiar."

"Richter!", pensou F. Aquele chato e convencido, que mantève durante anos um romance clandestino com a mulher do gerente, até o dia em que ela descobriu! Antes disso, Richter havia trabalhado no banco, até que começaram a dar falta de dinheiro. A princípio, Richter foi acusado de desfalque. Depois, descobriu-se que ele estava comendo o dinheiro. "Pensei que fosse alface", disse inocentemente à polícia. Foi expulso do banco e passou a trabalhar na firma de F., onde se acreditava que seu fluente domínio de francês o tornaria o homem ideal para lidar com as contas de Paris. Cinco anos depois ficou óbvio que não sabia uma palavra de francês e que se limitava a pronunciar sílabas sem sentido, franzindo os lábios para simular um certo sotaque. Embora tenha sido rebaixado de posto, continuou a subir no conceito do chefe. Certa vez, convenceu o patrão de que a companhia poderia duplicar os seus lucros se mantivessem a porta aberta durante a noite e permitissem que os fregueses entrassem à vontade.

"Grande cabeça, esse Richter", disse o pai de F. "É por isso que ele subirá sempre na empresa, enquanto você continuará rastejando no esgoto como um verme nojento, até o dia em que será esmagado."

F. cumprimentou seu pai por essa visão otimista de seu futuro, mas, naquela mesma noite, sentiu-se terrivelmente deprimido. Resolveu começar uma dieta e tornar-se mais apresentável. Não que fosse gordo, mas algumas sutis insinuações levaram-no à inevitável conclusão de que, em certos círculos, poderia ser considerado "desagradavelmente robusto".

"Meu pai tem razão", pensou F. "Pareço um besouro. Não admira que, quando pedi aumento, Schnabel tenha me dado um jato de inseticida Flit! Não passo de um inseto asqueroso, destinado à repulsa universal. Mereço ser pisoteado até a morte. Ou esquartejado, perna por perna, por animais selvagens. Deveria passar o resto da vida debaixo da cama, ou arrancar os meus próprios olhos, para não presenciar minha própria vergonha. Mas vou tomar jeito: amanhã começo sem falta a dieta."

Naquela noite, F. teve sonhos incríveis. Viu a si mesmo magrinho, elegantíssimo dentro de calças bem justas – do tipo que só homens de reputação assegurada podem usar sem serem confundidos. Sonhou que jogava tênis com a leveza de uma pluma e que dançava com belas modelos nos lugares mais requintados. O sonho terminava com F. deslizando lentamente pelo saguão da Bolsa de Valores, nu, ao som da "Valsa dos toureadores", de Bizet, e dizendo "Nada mal, hem, hem?".

Acordou feliz na manhã seguinte e começou a dieta para valer. Nas primeiras semanas, perdeu oito quilos. Não apenas passou a se sentir melhor, como sua sorte pareceu mudar.

"O ministro vai recebê-lo", disseram-lhe certo dia.

Extático, F. foi levado à presença do grande homem, que o elogiou.

"Ouvi dizer que sua dieta é à base de proteínas", disse o ministro.

"Carne magra e, naturalmente, salada", respondeu F. "Quer dizer, ovos também de vez em quando, mas sempre cozidos. Nada de frituras ou amidos."

"Impressionante", exclamou o ministro.

"Não apenas me tornei mais atraente, como também reduzi drasticamente o risco de enfartes ou diabetes", insistiu F.

"Estou vendo", disse o ministro já meio impaciente.

"Talvez agora eu possa dar melhor conta do recado", disse F. "Isto é, se mantiver meu peso atual."

"Veremos, veremos. E como toma café? Sem açúcar ou com adoçantes?"

"Com adoçantes, claro", garantiu F. "Posso lhe assegurar, senhor, que minhas refeições, atualmente, são experiências sem o menor prazer."

"Ótimo!", exclamou o ministro. "Voltaremos a falar em breve."

Naquela noite, F. terminou seu noivado com Frau Schneider. Escreveu-lhe um bilhete explicando que, com a súbita queda no seu nível de triglicerídios, os planos que haviam feito para o futuro já não tinham o menor sentido. Implorou-lhe que se conformasse e disse que, se seu colesterol voltasse a ultrapassar 190, ele a procuraria.

Então, aconteceu o almoço com Schnabel – para F., um modesto repasto consistindo de uma fatia de queijo e um pêssego. Quando F. perguntou a Schnabel por que o convocara, seu superior mostrou-se evasivo: "Apenas para rever certas alternativas", disse distante.

"*Quais* alternativas?", quis saber F. Não havia nada importante a ser revisto, a não ser que tivesse se esquecido.

"Ah, não sei. As coisas estão ficando confusas e confesso que me esqueci da razão deste almoço."

"Acho que você está me escondendo alguma coisa", disse F.

"Tolice. Coma uma sobremesa", respondeu Schnabel.

"Não, obrigado, Herr Schnabel. Quer dizer, estou de dieta."

"Há quanto tempo não prova um pudim? Ou baba de moça?"

"Oh, vários meses."

"Não sente falta?"

"Claro. Adoro doces. Mas, sabe como é, é preciso ter disciplina. Você compreende..."

"É mesmo?", perguntou Schnabel, saboreando sua musse de chocolate. "É pena que seja tão rígido. A vida é curta. Não quer provar um pouco? Nem uma fatia?" Schnabel sorria maliciosamente. Ofereceu a F. uma garfada.

F. ficou subitamente tonto. "Pensando bem", disse, "posso recomeçar a dieta amanhã..."

"Claro, claro. Você é um rapaz de bom senso..."

Embora F. pudesse ter resistido, acabou sucumbindo. "Garçom! Uma musse para mim também!"

"Ótimo! É isso mesmo", exclamou Schnabel. "Não queira ser tão diferente dos outros. Talvez, se tivesse sido mais flexível no passado, certos assuntos que já poderiam estar resolvidos não ficariam emperrados por tanto tempo – se sabe a que me refiro..."

O garçom trouxe a musse e colocou-a diante de F. Por um momento, F. pensou ter visto o garçom piscar para Schnabel, mas não teve certeza. Começou a devorar a sobremesa, quase tendo um orgasmo a cada garfada.

"Muito boa, não é?", perguntou Schnabel, com a voz cheia de segundas intenções. "Riquíssima em calorias..."

"Hu-hmm", murmurou F., com a boca cheia, olhos vidrados e tremendo. "Vão se acumular direto na minha cintura."

"E por que não?", perguntou Schnabel, vitorioso.

F. estava quase sufocando. De repente, o remorso invadiu cada célula de seu corpo. "Meu Deus, o que fiz!", pensou. "Quebrei a dieta! Estou comendo isto, sabendo quais são as consequências! Amanhã não poderei usar meus ternos novos!"

"Alguma coisa errada, senhor?", perguntou o garçom, sorrindo para Schnabel.

"Sim, o que foi, F.?", perguntou Schnabel. "Está com cara de quem cometeu um crime."

"Por favor, não posso discutir isso agora! Preciso de ar! Pode pagar essa conta? A próxima será minha."

"Claro", disse Schnabel... "Nos encontraremos no escritório. Ouvi dizer que o ministro quer vê-lo a respeito de certas acusações."

"O quê? Que acusações?"

"Oh, não sei exatamente. Têm havido alguns rumores. Nada muito definido. Algumas perguntas que as autoridades gostariam de ver respondidas. Mas podem esperar, é claro – se ainda estiver com fome, gorducho."

F. levantou-se da mesa e saiu correndo pelas ruas, em direção à sua casa. Jogou-se aos pés do pai e chorou: "Pai, quebrei a dieta! Num momento de fraqueza, pedi uma sobremesa! Por favor, me perdoe! Eu lhe imploro!".

Seu pai ouviu calmamente e disse: "Eu o condeno à morte".

"Eu sabia que o senhor entenderia", suspirou F.

Que loucura!

A loucura é relativa. Quem pode definir o que é verdadeiramente são ou insano? Mesmo agora, correndo pelo Central Park, usando roupas roídas de traças e uma máscara de cirurgião, gritando *slogans* revolucionários e rindo histericamente, ainda me pergunto se o que fiz foi realmente tão irracional. Porque, querido leitor, nem sempre fui este que passou a ser popularmente conhecido como "o louco de Nova York", parando a cada lata de lixo para encher minhas bolsas de compras com pedaços de barbante e tampinhas de garrafa. Não, senhor – já fui um médico altamente bem-sucedido, vivendo no quarteirão mais chique do East Side, circulando pela cidade num Mercedes marrom, elegantérrimo nos tweeds de Ralph Lauren. De fato, é difícil acreditar que eu, dr. Ossip Parkls, outrora um rosto familiar nas estreias de teatro no Sardi's e no Lincoln Center, homem de infinita sofisticação e imbatível serviço no tênis, seja visto agora patinando pela Broadway, vestido com um camisolão e usando uma máscara do Pluto.

O dilema que precipitou essa catastrófica queda do paraíso foi simplesmente o seguinte: eu vivia com uma mulher que eu amava profundamente, com uma deliciosa personalidade, aguda inteligência, fino senso de humor e uma gostosura de companhia. Mas – e a culpa só pode ser do maldito Destino – ela não me despertava o menor tesão. Nessa mesma época, eu estava dando umas voltinhas à noite com uma modelo fotográfica chamada Tiffany Schmeederer, cujo Q.I. abaixo de zero era inversamente proporcional às radiações eróticas que emanavam de cada poro do seu corpo.

Sem dúvida, o prezado leitor já terá ouvido a expressão "um corpo de fechar o comércio". Bem, o corpo de Tiffany não apenas era de fechar o comércio, como fechava também as lojas de penhores – se vocês conhecem Nova York e sabem o que é isto. Pele suave como seda, uma juba leonina de cabelo castanho, coxas longas, esculturais, e um design tão curvilíneo que correr as mãos pelo seu corpo era como um passeio no ciclone.

Isto não quer dizer que a mulher com quem eu vivia, a brilhante e profunda Olívia Chomsky, fosse um bicho de feia. Nada disso. De fato, era até uma mulher bonita, desde que você não tenha preconceitos contra a mistura de um abutre com um chofer de caminhão.

O problema é que, quando a luz incidia em Olívia de um certo ângulo, ela inexplicavelmente me lembrava minha tia Rifka. Não que Olívia se *parecesse* com ela. (Tia Rifka parecia um certo personagem que, no folclore judeu, é chamado de Golem – ou seja, Frankenstein.) Apenas uma vaga semelhança podia ser encontrada nos olhos de ambas, mas só se a luz batesse direto. Talvez fosse porque o tabu do incesto me incomodava, mas podia ser também pelo fato de que um rosto e um corpo como o de Tiffany Schmeederer só nascem juntos em alguns milhões de anos, provocando a destruição do mundo pela água e pelo fogo. O fato é que eu queria o melhor daquelas duas mulheres.

Conheci Olívia primeiro. E isto depois de uma infinita ciranda de relacionamentos que sempre deixavam algo a desejar. Minha primeira mulher era brilhante, mas não tinha o menor senso de humor. Achava que, dos irmãos Marx, o mais engraçado era Zeppo. Minha segunda mulher era linda, mas não tinha a menor paixão. Lembro-me de uma vez em que, enquanto fazíamos amor, uma curiosa ilusão de ótica me fez pensar que ela estava gozando. Sharon Pflug, com quem vivi durante três meses, era absolutamente hostil. Whitney Weisglass era uma chata. E Pippa Mondale, de quem cheguei a gostar, cometeu o erro fatal de decorar o apartamento com pares de velas no formato do Gordo e o Magro.

Que loucura!

Meus melhores amigos arranjaram-me dezenas de namoradas, todas foragidas de algum conto de H. P. Lovecraft. Cheguei a pôr anúncios no *New York Review of Books* procurando companhia, mas em vão: quando uma "poetisa na casa dos trinta" respondia, eu vinha a descobrir que ela estava na casa dos sessenta; quando uma "bissexual sem preconceitos" me procurava, eu acabava descobrindo que não satisfazia a nenhum dos seus dois desejos. Isso não quer dizer que, de vez em quando, algo legal não pintasse – tipo uma mulher belíssima, sensual e culta, com um jeito dominador e voraz. Mas, talvez devido a alguma lei milenar, provavelmente do Velho Testamento ou do *Livro dos mortos* dos egípcios, ela me rejeitava. E, com isso, fui me tornando o mais miserável dos homens. Na superfície, aparentemente privilegiado com todas as benesses da vida. No fundo, desesperadamente à procura de um romance que me deixasse realizado e pleno – sabe como?

Noites de solidão levaram-me a pensar na estética da perfeição. Será alguma coisa, em toda a natureza, absolutamente "perfeita", exceto a estupidez de meu tio Hyman? Quem sou eu para exigir perfeição? Eu, com minha miríade de defeitos! (Cheguei a fazer uma lista de meus defeitos, mas não consegui passar de: 1. Às vezes, esqueço embrulhos onde quer que esteja.)

Alguém que conheço tem uma "relação significante" com outra pessoa? Meus pais ficaram juntos durante quarenta anos, mas só porque não tinham escolha. Greenglass, meu colega no hospital, casou-se com uma mulher cujo rosto lembrava um queijo suíço, apenas porque ela era "legal". Iris Merman trepava com qualquer homem que tivesse um título de eleitor. Nenhum relacionamento que eu conhecia poderia ser chamado de realmente feliz. Não demorou muito, comecei a ter pesadelos.

Sonhei que estava num bar de solteiros no qual era atacado por uma quadrilha de secretárias insaciáveis. Elas brandiam facas em minha direção e me obrigavam a dizer que eu gostava de quiabo. Meu analista me aconselhou a dizer que sim. O rabino disse: "Tudo bem, tudo bem. Que tal se casar com a sra. Biltzstein?

Pode não ser muito bonita, mas nenhuma mulher ganha dela quando se trata de contrabandear comida e armas de fogo para fora do gueto". Uma atriz que conheci, cuja única ambição era se tornar garçonete de botequim, parecia interessante, exceto pelo fato de que só sabia dizer duas palavras a qualquer coisa que eu dissesse: "Isso aí". E foi então que, tentando apimentar aqueles tediosos dias no hospital, fui sozinho a um concerto de Stravinsky e, durante o intervalo, conheci Olívia Chomsky – e minha vida mudou.

Olívia Chomsky. Intelectualizadíssima, horrenda, que citava T. S. Eliot, jogava tênis e tocava Bach ao piano. E que nunca dizia "Putz!", nem usava nada de Pucci nem de Gucci, nem gostava de dançar e muito menos de novelas de televisão. Mas que, incidentalmente, estava sempre a fim de sexo e, aliás, era a primeira a tomar a iniciativa. Ah, que meses incríveis passamos, até que meu ímpeto sexual (relacionado, segundo creio, no *Livro Guiness de recordes mundiais*) diminuiu. Para não falar nos concertos, filmes, jantares, fins de semana e intermináveis e maravilhosas discussões sobre todos os assuntos, desde linguística até microfísica – sem que nunca uma única gafe escapasse dos seus lábios. Só considerações profundas. E tinha humor também! Além, naturalmente, das pequenas maldades contra todo mundo que as merece: políticos, locutores de televisão, cirurgiões plásticos, arquitetos, críticos de cinema e pessoas que começam frases com "Em última instância".

Oh, maldito o dia em que um raio de luz iluminou aquele rosto e me trouxe à lembrança a carantonha de tia Rifka! Maldito também o dia em que, durante uma festa no Soho, um objeto sexual com o ridículo nome de Tiffany Schmeederer arregaçou suas meias de lã e me perguntou, com uma voz de camundongo de desenho animado: "Qual é o seu signo?". Todo arrepiado, vi-me de repente compelido a embarcar numa breve discussão sobre astrologia, assunto que, até então, nunca conseguira obscurecer meu profundo interesse por assuntos mais complicados, como antropologia, ondas alfa e a fantástica capacidade das marmotas para descobrir ouro.

Poucas horas depois, vi-me num estado parecido com o de um suflê de queijo, à medida que a calcinha de Tiffany Schmeederer deslizava silenciosamente por suas coxas, enquanto eu assoviava inexplicavelmente o hino nacional holandês e, dentro de alguns minutos, estávamos na cama como duas pessoas que passaram a vida enfiando o dedo em buraquinhos no dique. E foi assim que tudo começou.

Álibis com Olívia. Encontros furtivos com Tiffany. Desculpas esfarrapadas para a mulher que eu amava enquanto minha luxúria era despejada em outro pedaço. Despejada é um eufemismo – eu parecia uma Niágara. Era como se estivesse trocando minha adoração pelo nirvana espiritual por uma obsessão física não muito diferente da que Emil Jannings experimentara em O anjo azul.

Certa vez, fiz-me passar por doente, cedendo meus ingressos para que Olívia e sua mãe fossem a uma sinfonia de Brahms enquanto eu satisfazia os bestiais impulsos de minha deusa sensual, a qual insistia em que eu visse o último capítulo da novela ao seu lado. Mas, depois que paguei meus pecados suportando aquelas tolices até o fim, ela ligou as turbinas e disparou minha libido em direção ao planeta Júpiter.

De outra vez, disse a Olívia que ia lá fora comprar um jornal, corri sete quarteirões até o edifício de Tiffany, tomei o elevador e, naturalmente, o bicho enguiçou entre um andar e outro. Fiquei preso naquele cubículo como um lobisomem acuado durante horas, impossibilitado de satisfazer os meus desejos e incapaz de chegar em casa numa hora decente. Finalmente libertado pelos bombeiros, inventei histericamente uma história para contar a Olívia, na qual eu tinha sido sequestrado por dois bandidos e torturado pelo monstro do Lago Ness. Mas, felizmente, quando cheguei, ela estava dormindo.

A honestidade de Olívia, no entanto, tornava-a incapaz de imaginar que eu a estivesse traindo com outra mulher e, apesar da frequência de nossas relações ter caído a praticamente zero, mesmo assim eu dava um jeito de evitar suspeitas. Sentindo-me culpadíssimo, dava desculpas a respeito de cansaço provocado por excesso de trabalho, o que ela engolia como uma pata. Mas a coisa já estava me dando nos nervos de tal maneira que minha aparência geral lembrava o protagonista de um antigo anúncio contra asma que gritava "Larga-me. Deixa-me gritar!".

Imagine meu dilema, querido leitor. Um enlouquecedor dilema que provavelmente aflige muitos de nossos contemporâneos: o de não encontrar a satisfação para todas as nossas necessidades numa única pessoa do sexo oposto. De um lado, o abismo engolfante de um compromisso assumido; de outro, a enervante e repreensível galinhagem. Será que os franceses é que estariam certos quando propunham a coexistência entre a esposa e a amante, daí delegando a responsabilidade pelas várias necessidades entre as duas parceiras?

Eu sei que, se propusesse esse arranjo a Olívia – compreensiva como ela era –, o mais provável é que ela me amparasse com seu guarda-chuva. Comecei a ficar deprimido e cheguei a pensar em suicídio. Houve um dia em que apontei uma arma para o ouvido e disparei; um segundo antes, levantei a arma e atirei para cima. A bala atravessou o teto e provocou tal susto na sra. Fitelson, moradora do andar de cima, que ela empoleirou-se na última prateleira de sua estante e ficou ali durante todo o fim de semana.

Então, certa noite, fez-se luz na minha cabeça – como se eu tivesse tomado uma dose-família de LSD. Entendi tudo que deveria fazer. Eu levara Olívia a um festival de filmes de Bela Lugosi. Na cena crucial, Lugosi, que, para variar, interpretava um cientista louco, permuta o cérebro de sua vítima pelo de um gorila, ambos atados a uma mesa de operações durante uma tempestade cheia de raios e trovões. Se isso podia ser bolado por um reles roteirista de cinema, por que um cirurgião com a minha capacidade não poderia fazer o mesmo?

Bem, meu caro leitor, não vou entediá-lo com os detalhes altamente técnicos e dificilmente compreensíveis para a sua mente leiga. Basta dizer que, numa bela noite tempestuosa, uma figura embuçada podia ser vista arrastando duas mulheres (uma delas com um corpo que fazia os motoristas se chocarem contra todos os postes da vizinhança) em direção a uma sala de operações abandonada em determinado bairro. Ali, enquanto raios e relâmpagos iluminavam o ambiente, essa figura realizou uma operação que, até então, só parecia possível no mundo do celuloide e, mesmo assim, apenas quando executada por um ator húngaro que elevou o filme de horror à categoria de obra de arte.

O resultado? Tiffany Schmeederer, cujo inexistente cérebro habitava agora o corpo nada espetacular de Olívia Chomsky, viu-se deliciosamente liberta da incômoda condição de animal a ser pendurado no gancho por varões libidinosos. E, como Darwin nos ensinou, logo desenvolveu uma aguda inteligência, a qual, embora ainda dificilmente comparável à de Hannah Arendt, permitiu-lhe reconhecer que a astrologia é uma lorota, casar-se e ser feliz para sempre. E Olívia Chomsky, subitamente possuidora de uma topografia cósmica para combinar com seus outros incríveis talentos, tornou-se legalmente minha esposa, para inveja mortal da cidade inteira.

O único problema foi que, após alguns meses de êxtase com Olívia, semelhante ao das *1001 Noites,* comecei a ficar de saco meio cheio com aquela mulher de sonho e adquiri um insuperável tesão por Billie Jean Zapruder, uma aeromoça cuja figura quase andrógina e sotaque ligeiramente caipira faziam meu coração dar cambalhotas. Foi neste ponto que pedi demissão de meu alto posto no hospital, vesti um camisolão, botei a máscara de Pluto e saí patinando pela Broadway.

Reminiscências: pessoas e lugares

BROOKLYN: ruas arborizadas. A ponte. Igrejas e cemitérios por todo lado. Além de lojas de doces. Um garotinho ajuda um senhor de idade a atravessar a rua. O velho sorri e esvazia seu cachimbo na cabeça do guri. O menino corre chorando para casa. (...) Um calor infernal desce sobre o bairro. Os cidadãos botam as cadeiras na calçada e sentam-se para conversar. De repente, começa a nevar. Ninguém se entende. Um vendedor ambulante oferece rosquinhas quentes. Soltam-lhe os cachorros em cima e ele é obrigado a refugiar-se numa árvore. Infelizmente para ele, há mais cachorros à sua espera no alto da árvore.

"Benny! Benny!" Uma mãe chama o seu filho. Benny tem dezesseis anos, mas já é possuidor de uma respeitável ficha na polícia. Quanto tiver 26, irá no mínimo para a cadeira elétrica. Aos 36, será enforcado. E, aos cinquenta, será proprietário de uma tinturaria. Neste momento, sua mãe lhe serve o café da manhã, mas como sua família é muito pobre para se dar ao luxo de comer pães, ele é obrigado a passar geleia sobre a coluna de turfe do jornal.

BAÍA DE SHEEPSHEAD: Um pescador exibe, rindo orgulhosamente, a lagosta que acabou de capturar. A lagosta crava as garras em seu nariz. O pescador para de rir. Seus amigos puxam-no para um lado, enquanto os amigos da lagosta puxam do outro. Ninguém se entende. O sol se põe. Estão nisso até agora.

New Orleans: Uma banda de jazz toca um tristíssimo *blues* sob a chuva num cemitério local, enquanto alguém é enterrado. Terminado o sepultamento, a banda passa a tocar hinos religiosos e começa a descer em direção à cidade. No meio do caminho, descobre-se que haviam enterrado o homem errado. E, o que é pior, um nem conhecia o outro. A pessoa que tinha sido enterrada não estava morta, sequer doente – na realidade, limitava-se a cantar junto com a multidão. Todos voltam ao cemitério e exumam o pobre homem, o qual ameaça processá-los, embora estes lhe prometam mandar o seu terno para a tinturaria e pagar a conta. Entrementes, ninguém sabe quem realmente morreu. A banda continua a tocar enquanto cada um dos presentes é enterrado de cada vez, na expectativa de que o morto será aquele que protestar menos. Logo se torna aparente que ninguém ali está morto, mas agora já é tarde demais para se conseguir um corpo devido à proximidade dos feriados.

Está chegando o carnaval. Comida típica por toda parte. Multidões fantasiadas nas ruas. Um homem vestido de camarão é atirado numa panela de sopa pelando. Ele se debate, mas ninguém acredita que não seja um crustáceo. Finalmente, tira do bolso da fantasia uma carteira de motorista e é liberado.

Beauregard Square está cheia de turistas. Certa vez, a célebre Marie Laveau praticou vodu ali. Agora é um velho haitiano que vende bonecas e amuletos. Um policial manda-o dar o fora e começa uma discussão. Ao final da briga, o policial foi reduzido a doze centímetros de altura. Furioso, ainda tenta prender o haitiano, mas ninguém consegue ouvi-lo. Naquele momento, um gato atravessa a rua e o policial é obrigado a correr para salvar a própria vida.

Paris: Calçadas molhadas. E luzes – puxa, o que eles devem pagar de contas de luz! Aproximo-me de um homem num café com mesas na calçada. Trata-se de André Malraux. Curiosamente, ele pensa que eu é que sou André Malraux. Explico-lhe que *ele* é

Malraux e eu sou apenas um estudante. Ele fica aliviado ao ouvir isso porque parece gostar de madame Malraux e detestaria saber que ela é minha mulher. Falamos de coisas sérias e ele me diz que o homem é livre para escolher seu próprio destino e que só depois de entender que a morte faz parte da vida é que o homem é capaz de compreender sua existência. Em seguida, tenta me vender um pé de coelho. Anos depois nos encontramos num jantar e novamente ele insiste que *eu* sou Malraux. Desta vez, concordo com ele e acabo tomando seu coquetel de frutas.

Outono. Paris está paralisada por mais uma greve. Agora é a dos acrobatas. Ninguém está dando cambalhotas e a cidade parece morta. Logo a greve se espalha, atingindo também os malabaristas e os ventríloquos. Dois argelinos são apanhados plantando bananeira e têm suas cabeças raspadas.

Uma garotinha de dez anos, com olhos verdes e longos cachos castanhos, põe uma bomba de plástico na musse de chocolate do ministro do Interior. Na primeira colherada, ele é projetado contra o teto do Fouquet e aterrissa ileso em Les Halles. Mas agora já não existe Les Halles.

Pelo México, de automóvel: A miséria é apavorante. Milhares de sombreiros evocam os murais de Orozco. Faz uns quarenta graus à sombra. Um índio me vende uma enchilada de porco frito. Está deliciosa, principalmente depois de lavada com água gelada. Sinto algo estranho no estômago e subitamente começo a falar holandês. Em seguida, desabo. Seis meses depois, acordo num hospital mexicano, de camisola e acenando com uma flâmula de um clube local. Uma experiência horrorosa. Só depois me contam que, no auge do delírio provocado pela febre, liguei para Hong Kong e encomendei dois ternos.

Fico em recuperação num sanatório cheio de maravilhosos camponeses, muitos dos quais se tornariam grandes amigos. Por exemplo, Alfonso, cuja mãe queria que ele se tornasse toureiro. Mas Alfonso foi chifrado por um touro e, em seguida, chifrado por sua própria mãe. E Juan, um simples criador de porcos, incapaz de assinar seu próprio nome, mas que conseguiu burlar a ITT em seis milhões de dólares. E o velho Hernandez, que cavalgara junto a Zapata durante dois anos até que o grande revolucionário mandara prendê-lo por viver chutando suas canelas por baixo da mesa.

Chuva: seis dias seguidos de chuva. E depois fog. Claro, Londres. Estou sentado num pub com Somerset Maugham. Estou deprimido, porque meu primeiro romance, *Orgulhoso nauseabundo*, foi friamente recebido pela crítica. A única resenha favorável, publicada no *Times*, ficou comprometida pela última frase, que classificou o livro de "um miasma de chavões asininos sem paralelo na literatura ocidental".

Maugham explica que, embora essa frase possa ser interpretada de várias maneiras, é melhor não usá-la na publicidade do livro. Subimos a Old Brompton Road e a chuva volta a cair. Ofereço meu guarda-chuva a Maugham e ele o aceita, apesar de já estar usando um. Maugham agora carrega dois guarda-chuvas, enquanto eu tomo chuva ao seu lado.

"Nunca se deve levar a crítica muito a sério", diz ele. "Meu primeiro conto foi atacadíssimo por determinado crítico. Fiquei magoado e comecei a falar mal dele pelos bares. Então, certo dia, reli o conto e constatei que ele tinha razão. Era mesmo muito idiota e mal-escrito. Nunca me esqueço de que, anos depois, quando a Luftwaffe estava bombardeando Londres, apontei um holofote contra a casa do crítico."

Maugham faz uma pausa para entrar numa loja e comprar um terceiro guarda-chuva. "Para se tornar um escritor", continuou, "é preciso correr riscos e não ter medo de parecer ridículo. Escrevi *O fio da navalha* usando um chapéu de burro. No primeiro esboço de *Chuva*, Sadie Thompson era um papagaio. E, quando comecei *Servidão humana*, a única palavra que me vinha à cabeça era: 'e'. Aos poucos, o resto foi tomando forma."

Uma rajada de vento transportou Maugham e atirou-o contra um edifício. Ele achou graça. Depois de recuperar-se, Maugham me deu o maior conselho que um grande escritor pode dar a um aspirante à literatura: "Ao final de qualquer frase que seja uma pergunta, ponha um ponto de interrogação. É incrível o efeito que isso provoca".

Como quase matei o presidente dos Estados Unidos

Está bem, eu confesso. Fui eu, Willard Pogrebin, com esse jeito manso que vocês estão vendo, quem atirou no presidente dos Estados Unidos. Felizmente para todos, um dos desocupados que viam o presidente passar deu um safanão em minha Luger na hora do tiro, fazendo a bala ricochetear num luminoso do Mc Donald's e alojar-se no hambúrguer de um freguês, de onde, aliás, levaram dias para extraí-la. Após um ligeiro fuzuê, durante o qual vários meganhas deram um nó de marinheiro em minha traqueia, fui dominado e levado para interrogatório.

    Como foi que cheguei a fazer isto? – vocês devem estar se perguntando. Logo eu, uma pessoa sem a menor convicção política, que prometia tanto na infância e cuja grande ambição na juventude era tocar Mendelssohn ao violoncelo ou, quem sabe, dançar como uma pluma nos grandes palcos da Europa! Bem, tudo começou há dois anos, quando os médicos do exército me obrigaram a dar baixa do serviço militar, devido a certas experiências científicas de que fui cobaia sem o meu conhecimento.

    Abrindo logo o jogo, eu e mais alguns colegas fomos alimentados a galinha assada temperada com ácido lisérgico, durante uma pesquisa para determinar a quantidade de LSD que um cidadão pode ingerir antes de gritar SHAZAN e saltar do 50º andar.

Como vocês devem saber, o Pentágono adora descobrir armas secretas e, na semana anterior, eu tinha sido alvejado por um dardo cuja ponta continha uma droga desconhecida, que me fez parecer e falar exatamente como Salvador Dalí. Seguiram-se diversos efeitos colaterais, inclusive sobre minha capacidade de percepção, e, quando já não conseguia distinguir entre meu irmão Morris e um ovo estrelado, fui dispensado do quartel.

Uma terapia à base de eletrochoques no Hospital dos Veteranos ajudou bastante, embora alguém tenha acidentalmente cruzado meus fios com os de um laboratório de psicologia do comportamento, o que me fez cantar toda a trilha sonora de *A noviça rebelde* em coro com um bando de chimpanzés, todos falando impecável inglês. Duro e sozinho no mundo, fui finalmente liberado. Lembro-me de ter pegado carona até a Califórnia, onde fui acolhido por um carismático rapaz, com uma barba parecida com a de Rasputin, e por sua namorada, uma jovem não menos carismática, com uma barba parecida com a de Svengali. Como estavam empenhados em pichar todas as frases da cabala nos muros do Estado, mas viam-se repentinamente com falta de sangue, eu era exatamente o que eles precisavam, disseram. Tentei explicar-lhes que estava a caminho de Hollywood, em busca de um emprego honesto, mas a combinação de seus olhos hipnóticos com uma faca do tamanho de uma cimitarra convenceu-me de que eram sinceros. Lembro-me também de ter sido conduzido a um rancho abandonado, onde várias jovens absolutamente piradas obrigaram-me a engolir comida macrobiótica e tentaram gravar o sinal da paz em minha testa com um ferro em brasa. Pouco depois presenciei uma missa negra na qual adolescentes embuçados entoavam "Uau!" em latim.

Fui induzido a puxar fumo, cheirar pó e comer uma substância branca preparada com um cacto cozido, que fez a minha cabeça girar como um radar. Outros detalhes me escapam no momento, mas não há dúvida de que minha mente foi afetada, o que ficou constatado dois meses depois, quando fui preso em

Beverly Hills ao tentar desesperadamente me casar com uma ostra por quem tinha me apaixonado numa peixaria.

    Depois de solto pela polícia, ansiei por alguma espécie de paz interior, numa tentativa de preservar o que restava de minha precária sanidade. Assim, deixei-me seduzir pelos apelos de ardentes pregadores de rua a buscar a salvação religiosa através do reverendo Chow Bok Ding, um santo homem que combinava os ensinamentos de Lao-Tsé com a sabedoria de Charles Manson. Com a autoridade de um homem que havia renunciado a todos os valores terrenos, desde que superiores às posses de Aristóteles Onassis, o reverendo Ding explicou-me seus dois modestos objetivos. O primeiro consistia em instilar em seus seguidores as virtudes da prece, da humildade e da comunhão. O segundo era o de comandar uma guerra religiosa contra os países da OTAN. Depois de frequentar alguns cultos, notei que o reverendo Ding estabelecia uma ligeira confusão entre humildade e robotização, e que qualquer diminuição de fervor de minha parte era encarada com (como se diz?) sobrolhos oblíquos. Quando deixei escapar para pessoas de confiança que minha impressão era a de que os seguidores do reverendo estavam sendo transformados num bando de zumbis babacas por um picareta megalomaníaco, isso foi absurdamente tomado como uma crítica. Momentos depois, fui arrastado pelo lábio inferior até o oratório, onde uma plêiade de devotos do reverendo, mais parecidos com lutadores de sumô, sugeriram que eu revisse minhas posições durante algumas semanas sem que nada distraísse minha atenção, inclusive pão e água. Para sublinhar indelevelmente o desapontamento geral com minhas atitudes, um dos irmãos aplicou um punho cheio de anéis da ordem sobre minhas gengivas, com o ritmo de uma britadeira. Ironicamente, a única coisa que me impediu de enlouquecer foi a constante repetição de meu mantra particular (sabem, aquela palavra mágica de cada um, ensinada pelos gurus indianos para nos sustentar pela vida), ao qual era "Ioiques". Finalmente, sucumbi ao terror e comecei a ter alucinações.

Lembro-me perfeitamente de ter visto Frankenstein patinando ao som da Filarmônica de Viena numa delas.

Um mês depois, acordei num hospital e razoavelmente ok, exceto por algumas escoriações e pela firme convicção de que eu era Igor Stravinsky. Fiquei sabendo que o reverendo Ding tinha sido processado por um Maharishi de quinze anos de idade, que disputava com ele o título de qual dos dois era realmente Deus, tendo, por conseguinte, direito a ingressos grátis para qualquer musical da Broadway. A querela foi resolvida com a intervenção do FBI, quando ambos os religiosos foram detidos ao tentar fugir do país, pela fronteira de Nirvana, no México.

A essa altura, embora fisicamente bem, minha estabilidade emocional lembrava a de Calígula. Na esperança de reconstruir minha alma em ruínas, inscrevi-me num tratamento chamado PUTZ – Programa Unificado de Terapia Zoroástrica, fundada pelo celebérrimo Gustave Perlemutter. Perlemutter, ex-saxofonista de uma orquestra de rumbas, só se tornou psiquiatra na idade madura, mas seu método atraiu inúmeras estrelas do cinema, as quais juraram que ele tinha mudado suas vidas mais profunda e rapidamente do que o horóscopo da *Cosmopolitan*.

Um grupo de neuróticos, muitos deles fartos de tratamentos convencionais, foi levado para uma agradável fazenda em lugar incerto. Confesso que deveria ter suspeitado de alguma coisa, talvez pelo fato de terem nos vendado os olhos durante toda a viagem e por causa do arame farpado e dos Dobermans de guarda, mas os assistentes de Perlemutter me asseguraram que todos os gritos que eu ouvia eram simplesmente primais. Forçados a ficar sentados, eretos, durante 72 horas consecutivas numa cadeira dura, não demorou muito para que nossa resistência diminuísse, do que Perlemutter se aproveitou para nos ler trechos de *Mein Kampf*. À medida que o tempo passava, ficou claro que ele era um total psicótico, cuja terapia consistia de esporádicos estímulos de "Te segura, malandro".

Vários dos mais desiludidos entre nós tentaram escapar, mas, para seu desgosto, descobriram que as cercas em volta da fazenda eram eletrificadas. Embora Perlemutter insistisse que era um profundo especialista da mente, notei que vivia recebendo telefonemas de Yasser Arafat e, se não fosse pela invasão da fazenda pelos agentes de Simon Wiesenthal, não sei o que teria nos acontecido.

Bem, a essa altura, eu já havia substituído a tensão pelo mais absoluto cinismo. Fui morar em San Francisco, ganhando a vida do único jeito que podia a partir de agora: como agitador do movimento estudantil de Berkeley e dedo-duro para o FBI. Durante alguns meses, dedei inúmeras pessoas e colaborei num plano da CIA para testar a resistência dos habitantes de Nova York, derramando cianeto de potássio no reservatório de água da cidade. E, com isso, fui vivendo, embora às vezes tivesse de fazer um bico como autor de diálogos de filmes pornográficos.

Então, certa noite, abri a porta de meu apartamento para botar o lixo para fora, quando dois homens saltaram das sombras do corredor e, envolvendo minha cabeça com um lençol, jogaram-me no porta-malas de um carro. Lembro-me de ter sido injetado com alguma coisa e, pouco antes de apagar, ouvi vozes dizendo que eu parecia mais pesado do que Patty Hearst, mas mais leve do que Jimmy Hoffa. Acordei trancado num quarto escuro onde fui forçado a sofrer privação total dos sentidos durante três semanas. Em seguida, submeteram-me à tortura das cócegas por autênticos peritos, e dois sujeitos cantaram música caipira para mim até que concordei em fazer o que eles quisessem.

Não posso dizer que tudo o que aconteceu depois foi resultado dessa lavagem cerebral com Omo, mas levaram-me a uma sala onde o presidente Gerald Ford apertou minha mão e convidou-me a segui-lo em suas viagens pelo país, dando-lhe uns tiros de vez em quando, apenas tomando o cuidado de errar. Disse que isso lhe daria uma chance de parecer corajoso e serviria também para distrair a atenção do povo a respeito dos assuntos verdadeiramente importantes, com os quais ele não se sentia muito competente para lidar. Enfraquecido do jeito que estava, acabei topando. Dois dias depois, aconteceu o incidente da bala no hambúrguer.

Um passo gigantesco para a humanidade

Almoçando ontem em meu restaurante favorito, fui forçado a ouvir um teatrólogo de minhas relações defendendo sua última peça contra uma coleção de críticas negativas que mais parecia o *Livro dos mortos* tibetano. Tentando estabelecer tênues ligações entre o diálogo de Sófocles e o seu próprio, Moisés Goldworm devorou seu último croquete e esbravejou contra os críticos de teatro de Nova York. Eu, naturalmente, não podia fazer mais do que ouvi-lo com certa paciência e assegurá-lo de que a frase "um dramaturgo com talento igual a zero" não era exatamente uma restrição. Foi então que, na fração de segundo que a bonança leva para se transformar em tempestade, nosso fracassado Piñero levantou-se da cadeira, subitamente incapaz de falar. Agitando os braços freneticamente e agarrando a própria garganta, o pobre--diabo foi apoderado de um tom de azul que se costuma atribuir a certa fase de Picasso.

"Meu Deus, o que é isto?", gritou alguém, ao ruído de pratos e talheres caindo ao chão e cabeças se virando de todas as mesas para presenciar o espetáculo.

"Ele está tendo um faniquito", berrou um garçom.

"Não, é um enfarte!", berrou outro.

Goldworm continuou a debater-se, mas com elegância cada vez menor. Então, enquanto várias almas histéricas e bem--intencionadas sugeriam medidas profiláticas, o teatrólogo confirmou o diagnóstico do segundo garçom e capotou no chão como um saco de chumbo. Inerme ali, Goldworm parecia destinado a ir desta para melhor antes que uma ambulância viesse socorrê-lo, quando um sujeito de quase dois metros de altura, ostentando a superioridade de um astronauta, abriu caminho em meio à multidão e declarou dramaticamente: "Deixem comigo, rapazes. Não precisamos de médico – ele não teve um enfarte. Ao levar a mão à garganta, o nosso amigo fez o sinal universal, conhecido nos quatro cantos do globo, para indicar que tinha se engasgado. Os sintomas podem parecer os mesmos de um ataque cardíaco, mas este homem – eu lhes asseguro – pode ser salvo pela Manobra de Heimlich".

Assim dizendo, o herói da tarde enlaçou o meu amigo por trás e alçou-o a uma posição decente. Aplicando seu punho exatamente sob o esterno de Goldworm, deu-lhe uma cutilada, fazendo com isto que uma considerável porção de ervilhas fosse disparada da traqueia do dramaturgo e atingisse violentamente os cabides à nossa frente. Goldworm voltou a si e agradeceu profusamente ao seu salvador, o qual dirigiu então nossa atenção para um cartaz afixado no quadro de avisos do restaurante, fornecido pela Secretaria de Saúde. O cartaz descrevia o drama que havíamos acabado de presenciar com absoluta fidelidade. Falava das três fases do "sinal universal de engasgar": 1) Incapacidade de falar ou respirar; 2) Ficar azul; 3) Desmaiar. A solução para o problema era a mesma que o homem tinha aplicado: uma abrupta cutilada, exatamente como a que tinha evitado que Goldworm tivesse ido encenar peças nas nuvens.

Alguns minutos depois, caminhando pela Quinta Avenida, imaginei se o dr. Heimlich, cujo nome é hoje nacionalmente conhecido como o inventor da maravilhosa manobra que ele executara diante dos meus olhos, tinha alguma ideia de que estava sendo *furado* por três anônimos cientistas que, há meses, vinham pesquisando uma cura para o mesmo problema, tão comum em certos restaurantes. Perguntei-me também se ele conhecia a existência de um certo diário escrito por um dos membros do trio – um diário que acabou em minhas mãos, meio por engano, durante um leilão, devido à sua semelhança em cor e formato com uma obra ilustrada, intitulada *Escravas do harém*, pelo qual arrisquei dois meses de salário.

Seguem-se alguns excertos do tal diário, exclusivamente devido ao seu interesse científico:

3 DE JANEIRO: Conheci hoje meus dois colegas e gostei de ambos, embora Wolfsheim não fosse exatamente como eu imaginava. Primeiro, porque parece mais gordo do que na foto (acho que ele só divulga fotos antigas). Sua barba é do tipo que cresce como aquele capim chamado barba-de-bode. Somem-se a isto sobrancelhas espessas como arbustos e, sob os olhos, bolsas que dariam para carregar os mil olhos do dr. Mabuse, apesar de escondidos sob lentes que parecem feitas de vidro à prova de balas. Sem falar nos tiques. O homem tem um repertório de trejeitos que mereciam ser orquestrados por Stravinsky. No entanto, Abel Wolfsheim é um brilhante cientista, cuja pesquisa sobre o engasgo tornou-o famoso no mundo inteiro. Ficou envaidecido ao saber que eu conhecia a sua teoria sobre o Engasgo Ocasional e revelou-me que minha antiga teoria, antigamente vista com escárnio, de que o soluço é inato, era agora coisa corriqueira no Instituto de Tecnologia de Massachussetts.

Mas, se Wolfsheim parece excêntrico, o outro membro de nosso triunvirato é exatamente o que eu esperava que ela fosse ao ler a sua obra. Shulamith Arnolfini, cujas experiências com espinhas de bacalhau levaram-na à criação de um germe capaz de cantar "Parabéns pra você", é extremamente britânica – com seu casaco de tweed, maus dentes e óculos de aros de chifre sobre o nariz adunco. Como se não bastasse, possui um certo defeito de dicção que, estar ao seu lado quando ela pronuncia uma palavra como "sequestrado", é como estar sob uma tempestade tropical, tal a quantidade de perdigotos. Gosto de ambos e prevejo grandes descobertas.

5 de janeiro: Coisas não correm tão bem como eu imaginava, desde que eu e Wolfsheim tivemos um ligeiro desentendimento sobre certos assuntos. Sugeri iniciarmos nossas experiências com ratinhos, mas para ele isso é desnecessariamente tímido. Prefere usar condenados à prisão perpétua, alimentando-os com carne a cada cinco segundos, com instruções para não deixá-los mastigar antes de engolir. Só então, diz ele, poderemos observar as dimensões do problema em sua verdadeira perspectiva. Mencionei os aspectos éticos e Wolfsheim reagiu negativamente. Perguntei-lhe se achava que a ciência estava acima da ética e impliquei com sua insistência em comparar seres humanos a hamsters. E discordei frontalmente quando ele me acusou de "careta". Felizmente, Shulamith ficou do meu lado.

7 de janeiro: Um dia produtivo para Shulamith e eu. Trabalhando 24 horas por dia, induzimos um rato a estrangular-se. O que só conseguimos depois de fazer o roedor ingerir grande quantidade de queijo Palmira e obrigá-lo a rir. Como esperávamos, o alimento entrou pelo caminho errado e o animal engasgou. Segurando-o firmemente pela cauda, agitei-o como um látego até o alimento se desprender. Shulamith e eu tomamos inúmeras notas sobre o acontecimento. Se pudermos transferir aos seres humanos esse tratamento de agarrar pela cauda, talvez consigamos alguma coisa. Cedo para dizer.

15 de fevereiro: Wolfsheim tem uma teoria que insiste em pôr à prova, embora eu a considere muito simplista. Está convencido de que uma pessoa engasgada pode ser salva se (literalmente) "lhe derem um copo d'água". A princípio, achei que estava brincando, mas do jeito com que olhava e falava, vi que estava profundamente comprometido com o conceito. Copos e mais copos de água, cheios nos mais diversos níveis, provaram-me que ele estava pesquisando essa linha há dias. Quando pareci cético a respeito, ele me acusou de destrutivo e começou a ter tiques como quem dança numa discoteca. Dá para descrever como ele me odeia?

27 de fevereiro: Tiramos o dia livre. Shulamith e eu fomos passear de moto pelo interior. Em contato com a natureza, a simples ideia de engasgar pareceu distante. Shulamith disse-me que já tinha sido casada uma vez, com um cientista que pesquisava isótopos radioativos, e cujo corpo inteiro se desvaneceu no meio de um bate-papo. Falamos de nossos gostos e preferências pessoais, até descobrirmos que éramos vidrados na mesma bactéria. Perguntei a Shulamith como ela se sentiria se eu a beijasse. Ela respondeu: "Ficaria fissurada", aspergindo-me com as miríades de gotas que tanto a caracterizavam quando enunciava certos grupos consonantais. Acabei chegando à conclusão de que era uma bela mulher, principalmente quando vista através de um raio X.

1º de março: Tenho certeza agora de que Wolfsheim é louco. Testou dezenas de vezes a sua teoria do "copo-d'água", embora tenha fracassado em todas elas. Quando o aconselhei a parar com aquilo, para não perder tempo ou dinheiro, ele tentou me enfiar um bico de Bunsen pela goela. É sempre assim: a frustração leva ao desespero.

3 de março: Na impossibilidade de obter cobaias para nossas perigosas experiências, fomos obrigados a visitar restaurantes e lanchonetes, na esperança de encontrar alguém com problemas de engasgo em quem pudéssemos trabalhar. Na lanchonete Sans Souci, tentei içar a sra. Rose Moscowitz do chão e, embora tivesse arrancado um monstruoso pedaço de pizza de sua garganta, ela não ficou nem um pouco agradecida. Wolfsheim sugeriu que tentássemos dar tapas nas costas das vítimas, argumentando que isto lhe tinha sido sugerido por Fermi num congresso em Zurique há 32 anos, mas que nunca tinha conseguido uma bolsa para tal pesquisa devido a certas prioridades nucleares. Por falar nisso, Wolfsheim tentou rivalizar comigo em relação a Shulamith, ontem, no laboratório de biologia. Só que, ao beijá-la, levou na cara um macaco congelado. Um homem complexo e triste, é só o que posso dizer.

18 de março: Hoje, no Marcello's, deparamo-nos com a sra. Guido Bertoni engasgada com o que tanto poderia ser um *cannelloni* quanto uma bola de pingue-pongue. Como eu previra, dar-lhe um tapinha nas costas de nada adiantou. Wolfsheim, arraigadíssimo às suas ultrapassadas teorias, tentou administrar-lhe um copo d'água, mas, infelizmente, tentou arrancá-lo de uma estátua no jardim, no que todos fomos expulsos.

2 de abril: Shulamith mencionou hoje a hipótese de usarmos pinças – ou seja, um instrumento com o qual pudéssemos extrair objetos do esôfago, tais como ossos de frango ou amendoins. Cada cidadão seria obrigado a carregar consigo tal instrumento e instruído no seu uso pela Cruz Vermelha. Para testar a proposta, voamos para um famoso restaurante de frutos do mar a fim de remover uma casquinha de siri, com casca e tudo, do esôfago da sra. Faith Blutzstein. Infelizmente, a mulher ficou agitada quando tirei do bolso as gigantescas pinças, e cravou os dentes em meu pulso, fazendo-me deixar deslizar o instrumento por sua garganta abaixo. Só mesmo a pronta atitude de seu marido, que a segurou pelas pernas e a balançou como um ioiô, impediu uma fatalidade.

11 de abril: Nosso projeto chega ao fim – sem sucesso, lamento dizer. Cortaram nossos recursos, desde que a fundação decidiu que o dinheiro seria mais bem aplicado numa pesquisa sobre bilboquês. Ao receber a notícia, senti necessidade de ar fresco e, ao caminhar sozinho pela beira do rio, não pude deixar de pensar nas limitações da ciência. Quem sabe as pessoas estão destinadas a engasgar? Talvez faça parte do seu destino cósmico. Somos tão convencidos a ponto de achar que a ciência pode *tudo*? Um homem engole uma porção excessiva de farofa – e engasga. E daí? Querem melhor prova da absoluta harmonia do universo? Nunca saberemos a resposta.

20 DE ABRIL: A tarde de ontem foi nosso último dia. Vi Shulamith na secretaria, dando uma olhada numa monografia sobre a nova vacina contra herpes e mastigando uma ou duas bolachas enquanto fazia hora para o jantar. Aproximei-me virilmente por trás e, tentando surpreendê-la, enlacei-a, como só um homem apaixonado é capaz de fazer. Imediatamente ela engasgou, com uma das bolachas atravessada em sua garganta. Meus braços estavam ao seu redor, e foi puro acaso que minhas mãos estivessem justamente sob o seu esterno. Alguma coisa – sei lá, instinto ou sorte científica – me fez cravar o pulso contra o seu peito. Em menos de um segundo, os cacos de bolachas voaram de sua boca e ela estava ótima de novo. Quando falei disso a Wolfsheim, ele comentou: "Tudo bem. Dá certo com bolachas. Mas dará certo com metais ferruginosos?".

    Não sei o que ele quis dizer com isto e não estou ligando. O projeto terminou e, embora seja verdade que fracassamos, outros virão em nossas pegadas e certamente triunfarão. Na realidade, nós três prevemos o dia em que nossos filhos ou, quem sabe, netos, viverão num mundo em que, independentemente de raça, cor ou credo, todos estarão livres da universal maldição do engasgo.

    Para terminar com uma nota mais pessoal, Shulamith e eu vamos nos casar, mas, enquanto as finanças não melhoram um pouco, ela, Wolfsheim e eu decidimos preencher uma lacuna no mercado e abrir um salão de tatuagens.

O mais idiota dos homens

Sentados na lanchonete, discutindo a respeito das pessoas mais idiotas que conhecíamos, Koppelman mencionou o nome de Lenny Mendel. Koppelman disse que Mendel era positivamente o maior babaca que conhecera na vida, incapaz de perder para qualquer um – e, para exemplificar, contou a seguinte história.

Durante anos houve um jogo de pôquer semanal, mais ou menos entre as mesmas pessoas. Era um jogo baratinho, jogado meio de brincadeira num quarto de hotel. Os jogadores apostavam, blefavam, comiam, bebiam, falavam de sacanagem e de negócios. Depois de algum tempo (ninguém conseguiu precisar exatamente a semana), todos começaram a notar que Meyer Iskowitz não estava com uma cara muito boa. Quando alguém comentou a respeito, Iskowitz fez-se de desentendido.

"Estão malucos? Estou ótimo. Querem apostar?"

Mas, à medida que se passavam os meses, sua aparência continuou piorando, até que num dia em que ele não apareceu para jogar surgiu a notícia de que se internara num hospital com hepatite. Mas todo mundo sacou qual devia ser a verdade e, assim, ninguém se surpreendeu muito, três semanas depois, quando Sol Katz ligou para Lenny Mandel na TV NBC, onde este trabalhava, e disse: "Meyer está com câncer, coitado. Último grau. Internado no hospital Sloan-Kettering".

"Que horror", disse Mendel, meio trêmulo, enquanto tomava sua coalhada no outro lado do fio.

"Fui visitá-lo hoje. O cara não tem família. Está com péssimo aspecto. Você se lembra como ele era forte, não? Oh, merda de mundo! Enfim, está no Sloan-Kettering, 1275, York. A hora de visita é entre meio-dia e oito da noite."

Katz desligou, deixando Lenny Mendel *muito* mal. Mendel tinha 44 anos e achava-se ótimo de saúde. (Bateu na madeira.) Tinha apenas seis anos menos que Iskowitz e, embora não fossem assim tão íntimos, tinham jogado pôquer uma vez por semana, durante seis anos seguidos. Coitado do cara, pensou Mendel. Talvez eu devesse enviar algumas flores. Mandou Dorothy, uma das secretárias da NBC, ligar para um florista e dar os detalhes. A notícia da morte iminente do Iskowitz pesou sobre Mendel aquela tarde, mas o que estava realmente começando a incomodá-lo era a terrível suspeita de que seria obrigado a visitar seu parceiro de pôquer qualquer hora dessas.

Que coisa desagradável, pensou Mendel. Sentiu-se culpado pela vontade de fugir ao compromisso, embora detestasse saber que Iskowitz estava daquele jeito. Naturalmente, Mendel sabia que todo mundo acaba morrendo um dia, e até encontrou algum consolo numa frase que leu num livro, a qual dizia que a morte não é o contrário da vida, mas que até faz parte dela. No entanto, quando se dava conta da certeza da sua própria destruição, não conseguia evitar sentir um certo pânico. Assim, como não era muito religioso, não se sentia tão heroico nem estoico e, na sua vida cotidiana, evitava toda espécie de enterros, velórios ou hospitais. Quando cruzava com um cortejo na rua, aquela imagem permanecia horas em seu íntimo. Naquele momento, Mendel imaginava Meyer Iskowitz com algodão nas narinas e ele próprio fazendo piadas e tentando parecer engraçado na capelinha.

Como ele odiava hospitais, com suas paredes brancas, lençóis imaculadamente limpos, bandejas esterilizadas, gente falando aos sussurros, todos de aventais engomados e o ar impregnado de germes exóticos. E se for verdade que o câncer é um vírus? Devo ficar no mesmo quarto com Meyer Iskowitz? Quem sabe é contagioso? Pensem bem: o que os médicos sabem sobre essa doença terrível? Nada! Talvez algum dia concluam que uma das suas miríades de formas de transmissão seja a tosse de Iskowitz em minha cara. Ou levando minha mão ao seu peito! A ideia de ver Iskowitz expirando à sua frente era horrível.

Imaginou seu velho conhecido (já não passava de um conhecido, não era mais um amigo), antigamente tão saudável, hoje emaciado, dar o último suspiro e agarrar-se a Mendel gemendo: "Não me deixe morrer... Não me deixe morrer!". "Meu Deus", pensou Mendel, com a testa empapada de suor. "Não quero ir visitar Meyer. E por que iria, afinal? Nunca fomos íntimos. Via o cara uma vez por semana. Jogando baralho. Raramente trocamos mais de duas palavras. Nesses cinco anos, nunca nos vimos fora daquele quarto de hotel. Só porque ele está morrendo, sou obrigado a visitá-lo? Que história é essa de que, de repente, somos íntimos? Todos os outros eram muito mais do que eu – deixe que os outros o visitem! Afinal, quem disse que uma pessoa tão doente está a fim de ver uma multidão no quarto?

"O cara está morrendo. O que ele quer é sossego, e não um desfile de gente dizendo coisas vazias. Seja como for, hoje não posso ir, porque tenho ensaio do programa. O que eles pensam que eu sou – um desocupado? Acabo de ser promovido a produtor associado! Tenho milhões de coisas para fazer. E nos próximos dias também não posso, porque vem aí o especial de Natal e é um programa de pirar. Está bem, vou visitá-lo semana que vem. Não é sangria desatada, é? Semana que vem, tipo sexta ou sábado. Mas será que ele vai durar até lá? Bem, se durar, tudo bem, estarei lá; se não durar, qual é a diferença? Acham que sou cruel? A vida é que é cruel. Enquanto isso, preciso dar uma olhada no monólogo que abre o programa da semana que vem. As piadas estão sem-graça. Deve ser por isso que me pediram para dar uma apimentada na coisa. Há-há!"

Usando um pretexto ou outro, Lenny Mendel evitou visitar Iskowitz por duas semanas e meia. Quando se viu mais obrigado do que nunca, sentiu-se pior ainda ao constatar que estava mais ou menos esperando a notícia da sua morte, de modo a desobrigá-lo do compromisso. Já que a morte é certa – ele pensou – por que não já? Por que prolongar o sofrimento do cara? Quer dizer, sei que isso parece insensível – ele pensava –, mas algumas pessoas encaram essas situações melhor do que outras, e eu não sou tão forte nesse departamento. Acho deprimente visitar gente morrendo.

Mas Meyer insistia em não morrer. Enquanto isso, o pôquer continuava, com as inevitáveis observações.

"Puxa, você ainda não foi visitá-lo? Pois devia. Ele recebe poucas visitas. Quando vai alguém, adora."

"Ele sempre gostou de você, Lenny."

"É, ele sempre gostou de Lenny."

"Eu sei que você deve andar muito ocupado com o programa, mas devia arranjar uma horinha para ir ver Meyer. Afinal, há quanto tempo o homem está internado?"

"Está bem, está bem! Vou vê-lo amanhã!", disse Mendel – mas quando chegou a hora, recuou de novo. A verdade é que, quando tirou dez minutos para a visita fatal, era mais para manter intacta a sua imagem perante os outros do que por qualquer sentimento de compaixão por Iskowitz. Mendel sabia que se Iskowitz morresse e ele não o tivesse visitado, por medo ou coisa parecida, todos saberiam que era um covarde. Vão achar que tenho sangue de barata – pensou. Por outro lado, se visitar Iskowitz e agir como um homem, me tornarei uma pessoa melhor aos meus próprios olhos e aos olhos dos outros. O fato é que a necessidade de Iskowitz de conforto e consolo *não era* o que o movia a visitá-lo.

Bem, neste ponto a história dá uma virada, porque estamos falando de idiotice, e as dimensões da superficialidade de Lenny Mendel estão apenas começando a emergir. Numa noite fria de terça-feira, às 19h50 (de modo a que sua visita não pudesse passar de dez minutos, nem que ele quisesse), Mendel penetrou no quarto 1.501, onde Meyer Iskowitz jazia só, surpreendentemente com boa aparência, considerando-se o avançado estágio de sua doença.

"E aí, Meyer? Como vão as coisas?", disse Mendel, tentando manter uma respeitável distância da cama.

"Quem é? Mendel? É você, Lenny?"

"Andei superocupado. Queria ter vindo antes."

"Oh, que bom que você veio. Estou feliz em te ver."

"Como tem passado, Meyer?"

"Como tenho passado? Vou derrotar a doença, Lenny. Pode tomar nota do que eu digo. Vou dar a volta por cima."

"Claro, Meyer", disse Lenny Mendel, tenso e com voz tíbia. "Em seis meses, vai voltar a trapacear. Há, há, você sabe que estou brincando, você nunca trapaceou." "Vamos com calma", pensou Lenny, fazendo umas brincadeiras, tratando-o como se ele não estivesse morrendo, " li um artigo não sei onde dizendo que é assim que se deve fazer." Mas, naquele quarto abafado, Mendel via-se respirando milhares de germes do câncer que pareciam emanar diretamente de Iskowitz e multiplicar-se na morna atmosfera.

"Trouxe-lhe o jornal", disse Lenny, depositando-o na mesinha.

"Sente-se. Está com pressa? Acabou de chegar", sussurrou Meyer.

"Não estou com pressa. É que as visitas são instruídas a não demorar muito, para que os pacientes não se cansem."

"O que anda acontecendo por aí?", perguntou Meyer.

Conformado por ter de conversar fiado até oito em ponto, Mendel puxou uma cadeira (não para muito perto da cama) e tentou papear sobre pôquer, futebol, negócios e atualidades, mas sempre consciente do terrível fato de que, apesar do otimismo de Iskowitz, ele nunca deixaria vivo aquele hospital. Mendel suava. A pressão, a descontração forçada e a certeza de sua própria e frágil mortalidade faziam seu pescoço enrijecer e sua boca ficar seca. Se pudesse, cairia fora dali naquele momento. Já eram oito e cinco e ninguém ainda lhe tinha pedido para sair. Muito relaxado, aquele hospital. Encolheu-se na cadeira enquanto Iskowitz falava dos velhos tempos e, cinco minutos depois, Mendel pensou que iria desmaiar.

Então, quando parecia que não conseguiria aguentar mais, algo fantástico aconteceu. A enfermeira – a srta. Hill, 24 anos, louríssima, olhos azuis, cabelos compridos e um rosto absolutamente lindo – entrou no quarto, olhou Lenny Mendel fixamente nos olhos e disse com um sorriso: "A hora da visita terminou. Vocês terão de se despedir". Justo nesse momento, Lenny Mendel, que nunca tinha visto uma criatura mais bonita em toda a sua vida, apaixonou-se. Foi assim, sabe como é? Seu queixo caiu, como cairia o de qualquer homem que tivesse finalmente posto os olhos na mulher dos seus sonhos. "Meu Deus", ele pensou, "é como no cinema." E não havia a menor dúvida: a srta. Hill era uma coisa! Nem mesmo o uniforme branco conseguia esconder as suas curvas, para não falar dos olhos enormes e dos lábios grandes e sensuais. Seios incríveis, também! E uma voz absolutamente doce e encantadora, que podia ser ouvida murmurando coisas reconfortantes para Meyer Iskowitz, enquanto ela ajustava os lençóis e afofava os travesseiros. Finalmente, ela piscou para Lenny Mendel e sussurrou: "É melhor ir agora. Ele precisa descansar".

"Esta é a sua enfermeira de todos os dias?", Mendel perguntou a Iskowitz, depois que ela se retirou.

"A srta. Hill? Não, ela é nova. Muito legal. Gosto dela. Não é chata como as outras, Bem, é melhor você ir. Gostei de te ver, Lenny."

"É, foi ótimo. Tchau, Meyer."

Mendel levantou-se meio tonto e caminhou pelo corredor, esperando esbarrar com a enfermeira antes de chegar ao elevador. Mas não a viu mais, por mais que se demorasse, e quando chegou à rua decidiu que teria de vê-la novamente. "Meu Deus", ele pensou, enquanto ia de táxi para casa, "conheço montes de atrizes, modelos e, de repente, cruzo com uma enfermeira que dá de dez a zero em todas elas. Por que não falei com ela? Devia ter levado um papo qualquer. Será que é casada? Não – se *é srta.* fulana! Por que não perguntei mais a Meyer sobre ela? Mas ele não sabe, já que ela é nova..."

Mendel checou todos os *se*, temendo ter perdido sua grande oportunidade, mas consolou-se com o fato de que pelo menos sabia onde ela trabalhava e podia localizá-la de novo, assim que recobrasse a segurança. Ocorreu-lhe também que, quem sabe, ela mostrasse ser tão burra e tapada como tantas outras mulheres bonitas que ele conhecia no show-business. Claro que, sendo enfermeira, ela deveria ter sentimentos mais profundos e humanos e menos egoístas do que as outras. Podia ser também que, conhecendo-a melhor, ela poderia não passar de uma ajeitadora de lençóis e afofadora de travesseiros. Não! A vida não podia ser tão cruel assim! Mendel brincou com a ideia de esperá-la na saída do hospital, mas imaginou que seus turnos deveriam ser variáveis e ele não a encontraria. Além do que, ele poderia assustá-la, se a abordasse muito diretamente.

Voltou no dia seguinte para visitar Iskowitz, levando-lhe um livro chamado *Como fazer amigos* e qualquer coisa assim, achando que isso tornaria sua visita menos suspeita. Iskowitz ficou maravilhado ao vê-lo de novo, mas a srta. Hill não estava trabalhando aquela noite e, em lugar dela, um batráquio chamado srta. Caramanulis entrava e saía do quarto. Mendel dificilmente conseguia esconder sua decepção, tentando interessar-se o mais possível pelo que Iskowitz tinha a dizer, o que não era muito. Como estava mais para lá do que para cá, Iskowitz não chegou a perceber que Mendel estava louco para dar o fora.

Mendel voltou no dia seguinte e reencontrou o divino objeto de suas fantasias novamente a cargo de Iskowitz. Um rápido bate-papo com o enfermo e, pimba, viu-se no corredor com a enfermeira. Metendo-se numa conversa entre ela e uma jovem colega, Mendel pareceu ter a impressão de que ela tinha um namorado e de que os dois iriam ver um musical no dia seguinte. Tentando parecer o mais desinteressado possível, enquanto esperavam pelo elevador, Mendel ouviu cuidadosamente, tentando descobrir quão sério era aquele relacionamento, mas não pôde entender todos os detalhes. Em certo momento, pareceu ter certeza de que ela "estava noiva" ou coisa assim.

Sentiu-se desanimado e imaginou-a ligada a algum jovem médico – talvez um brilhante cirurgião que partilhasse com ela os seus mais profundos interesses. Quando a porta do elevador se fechou, condenando-o a descer até a rua, sua última visão da deslumbrante enfermeira foi a de um par de quadris rebolando pelo corredor sobre duas pernas absolutamente perfeitas.

"Essa mulher tem que ser minha", pensou Mendel, consumido pela paixão, "mas não posso estragar a coisa como fiz no passado. Tenho de ir aos poucos. Nada de agir precipitadamente. Tenho de saber mais sobre ela. Será realmente tão maravilhosa como a imagino? E, se for, estará assim tão comprometida com a tal outra pessoa? E, mesmo que ele não existisse, eu teria alguma chance? Não vejo por que eu não possa disputá-la e ganhá-la. E mesmo ganhá-la do tal sujeito. Mas preciso de tempo! Tempo para saber mais sobre ela, tempo para batalhar. Para conversar, rir, mostrar-lhe que eu posso ser a pessoa mais fascinante do mundo." Mendel esfregava as mãos uma na outra como um príncipe Médici. "A estratégia mais óbvia para vê-la é visitar Iskowitz e, aos poucos, sem pressa, estabelecer pontos de contato com ela. Devo ser oblíquo. Aproximações diretas revelaram-se fracassadas no passado. Agora é hora de ser discreto."

Isto decidido, Mendel passou a visitar Iskowitz diariamente. O paciente mal conseguia acreditar na existência de uma visita tão dedicada. Mendel trazia sempre alguma coisa muito interessante – e que, principalmente, despertasse a admiração da srta. Hill. Belíssimas flores, uma biografia de Tolstói (ele a ouvira dizer como gostava de *Ana Karenina*), poemas de Wordsworth, caviar. Iskowitz não entendia nada. Tinha horror a caviar e nunca ouvira falar de Wordsworth. Mendel só faltou presentear Iskowitz com um par de brincos que ele tinha certeza que a srta. Hill iria adorar.

Tudo era motivo para conversar com a srta. Hill. Sim, ela era noiva, mas não estava assim tão fissurada. O noivo era um advogado, mas ela tinha fantasias a respeito de alguém ligado ao ramo artístico. O fato é que Norman – o noivo – era alto, moreno e lindo de morrer, o que botava Mendel ligeiramente em desvantagem. Claro que Mendel não deixava um só minuto de apregoar as suas glórias profissionais para o já agonizante Iskowitz, num tom de voz tão alto que seria impossível a srta. Hill não ouvir. Mendel achava que a estava impressionando, mas, a cada vez que sua posição parecia mais forte, os planos entre ela e Norman metiam-se na conversa. "Que sortudo, esse Norman", pensava Mendel. "Passam mil horas juntos, riem, se beijam, ele a despe de seu uniforme de enfermeira – bem, quem sabe, deixa que ela fique com o quépi na cabeça. Oh, meu Deus", suspirava Mendel, frustradíssimo e já morto de ciúmes.

"O senhor não faz ideia do que essas visitas significam para o sr. Iskowitz", disse ela a Mendel certo dia, com os olhos faiscando e a boca aberta num largo sorriso. "Ele não tem família e a maior parte de seus amigos não tem muito tempo. Em minha opinião, a maioria das pessoas não tem a piedade ou a coragem de dedicar muito tempo a um caso perdido. Lamentam que uma pessoa morra, mas não gostam de se dedicar a ela. Por isso, em minha opinião, o seu comportamento é – bem... – incrível!"

A história de que Mendel ia ver Iskowitz diariamente acabou chegando à roda de pôquer, e ele foi muito cumprimentado pelos parceiros.

"O que você tem feito é maravilhoso", disse Phil Birnbaum a Mendel, contemplando uma trinca de reis. "Meyer me disse que ninguém o visita tão regularmente quanto você. Diz ele que às vezes pensa que você passa antes em casa para trocar de roupa." Mas a mente de Mendel fixava-se, naquele segundo, nos quadris da srta. Hill, que ele não conseguia tirar do pensamento.

"E como está ele? Firme?", perguntou Sol Katz.

"Quem está firme?", perguntou Mendel, meio distraído.

"Como quem? Meyer, claro! Pobre Meyer!"

"Ah, sim, Meyer está vendendo saúde", disse Mendel, sem ao menos se dar conta de que tinha na mão um *straight-flush*.

As semanas se passaram e Iskowitz não melhorou nem um pouco. Certo dia, levantou os olhos e murmurou: "Lenny, eu amo você. De verdade". Lenny tomou aquela mão estendida e disse: "Obrigado, Meyer. Escute, a srta. Hill esteve aqui hoje? Hem? Pode falar mais alto um pouquinho? De que vocês falaram? Ela mencionou o meu nome?".

Mendel, naturalmente, jamais ousara avançar sobre a srta. Hill, descobrindo-se na estranha posição de não querer que ela suspeitasse de que ele visitava diariamente Meyer Iskowitz por qualquer outro motivo.

Às vezes, o fato de estar às vésperas da morte costumava inspirar o paciente a filosofar e a dizer coisas como: "Estamos aqui e não sabemos por quê. Morremos antes de descobrir. O negócio é desfrutar cada momento. Estar vivo é ser feliz. Acredito que Deus existe e, quando vejo o Sol ou as estrelas pela janela, acho que tudo faz parte de um plano, e que o final será feliz".

"Claro, claro", respondia Mendel. "E a srta. Hill? Ainda está noiva de Norman? Você perguntou a ela aquilo que eu queria saber? Assim que ela vier vê-lo, não se esqueça."

Num dia chuvoso de abril, Iskowitz morreu. Pouco antes de expirar, disse a Mendel que o amava e que a preocupação de Mendel para com ele nos últimos meses tinha sido a mais tocante e profunda experiência que havia tido com qualquer outro ser humano. Duas semanas depois, a srta. Hill e Norman romperam, e Mendel começou a sair com ela. Tiveram um caso que durou um ano e depois também se separaram.

"Que história", disse Moscowitz, quando Koppelman terminou de contar o caso a respeito da idiotice de Lenny Mendel. "Mostra bem como algumas pessoas não passam de perfeitos babacas."

"Não foi o que eu tirei dessa história", disse Jack Fishbein. "Ela mostra apenas como o amor por uma mulher faz com que um homem supere até os seus temores pela própria morte – pelo menos durante algum tempo."

"Vocês são uns idiotas", ganiu Abe Trochman. "A moral da história é a de que um homem agonizante pode se tornar o beneficiário da súbita adoração de um amigo por uma mulher."

"Mas não eram amigos", argumentou Lupowitz. "Mendel foi lá por obrigação. E só voltou por interesse."

"E daí?", disse Trochman. "Iskowitz adorou. Morreu confortado. E isso foi motivado pelo tesão de Mendel pela enfermeira, não?"

"Tesão? Quem disse tesão? Apesar de sua intensa babaquice, deve ter sido a primeira vez que Mendel conheceu o amor na vida!"

"E daí, digo eu?", martelou Bursky. "Que importa a mensagem do autor? Se é que existe uma mensagem. Foi só uma história interessante. Deixem de frescura e apostem."

O ópio das massas

(Excertos de uma das mais excitantes resenhas do crítico de restaurantes Fabian Plotnick, após uma visita ao Fabrizio's, uma tradicional cantina da Segunda Avenida – durante a qual, como sempre, Plotnick provoca profundas reflexões sobre a vida.)

Da maneira como são tratadas por Mario Spinelli, *chef* do velho e respeitado Fabrizio's, as massas são uma expressão digna do neorrealismo italiano. Spinelli faz com que seus fregueses salivem intensamente antes da comida chegar. Seu *fettuccine*, por mais maliciosamente duro e cru que possa parecer, deve muito ao de Barzino, cujo uso do *fettuccine* como instrumento de transformação social é conhecido de todos. A diferença é que, com Barzino, o freguês é levado a esperar *fettucine* branco e é servido de *fettuccine* branco. No Fabrizio's, servem-lhe logo *fettuccine* verde. Parece gratuito, não? Mas só nos parece assim porque, como conformistas que somos, não estamos preparados para a grande revolução. Donde aquela inesperada massa verde, por mais deliciosa, francamente nos choca. Sentimo-nos desconcertados, embora esta não seja a intenção do *chef*.

O *linguine*, por outro lado, é delicioso, sem ser absolutamente didático. É verdade que guarda certas insidiosas características marxistas, mas quase imperceptíveis por causa do molho. Spinelli é membro do Partido Comunista Italiano há muitos anos e não se furta a dissimular as mais saborosas palavras de ordem em seu *tortellini*.

Iniciei minha refeição pelo antepasto, o que, a princípio, pareceu a todos sem sentido, até que concentrei a atenção de minhas papilas gustativas nas anchovas. Tudo então ficou claro.

Insanidade mental

Estaria Spinelli tentando me dizer que a vida era representada ali pelas azeitonas pretas, como um intolerável lembrete da nossa própria mortalidade? Mas, se assim fosse, onde estariam os pepinos? Seria a omissão deliberada? No Jacobelli's, o antepasto consiste exclusivamente de pepinos. Mas Jacobelli é eurocomunista, embora seu *fusilli alla calabresa* nos ensine mais sobre o envolvimento americano na Guerra do Vietnã do que todos os livros a respeito.

E, no entanto, o inesquecível *fusilli* do Jacobelli's foi um escândalo na época. Hoje, parece insignificante diante da *braciola alla finochio* do Gino's Vesuvio – um diabólico bife rolê, recheado com bacon e *chiffon* preto. Spinelli, ao contrário dos atuais *chefs* de vanguarda, raramente vai às últimas consequências. É dado a hesitar em algumas situações cruciais, como ao preparar o seu imortal *ravioli di ricotta al burro fuso*, quando se esquece de acrescentar a ricota, embora raros clientes deem pela sua falta.

Há sempre um toque de ousadia no estilo de Spinelli – particularmente no seu tratamento do *spaghetti al vongole*. (Antes de fazer psicanálise, Spinelli sentia-se fisicamente ameaçado pelas minúsculas amêijoas. Não suportava a ideia de abri-las e, quando era obrigado a olhar dentro delas, desfalecia. Em suas primeiras experiências com o *spaghetti al vongole*, tentou substituir os tradicionais frutos do mar por amêijoas de plástico, que mandava fabricar sob encomenda, mas mesmo estas provocaram-lhe um colapso nervoso. Finalmente, a psicanálise curou-o.)

Uma das delícias do Fabrizio's é o frango desossado *alla parmigiana*. O título é irônico, porque Spinelli recheia o frango com mais alguns ossos extras, como que nos dizendo que a vida não deve ser ingerida muito depressa, nem sem cuidados. O ato constante de remover os ossinhos da boca e de depositá-los na borda do prato chega a dar um caráter sonoro à refeição. Lembramo-nos imediatamente de músicos dodecafônicos ou concretos. Robert Craft, escrevendo sobre Stravinsky, chamou-nos a atenção para a influência de Schoenberg e Webern sobre as saladas de Spinelli e a influência de Spinelli sobre o *Concerto em ré* de Stravinsky.

De fato, o *minestrone* é um grande exemplo de atonalidade, porque é quase impossível tomá-lo sem produzir ruídos com os lábios e a língua – ruídos aproximadamente semelhantes aos de "slurp" ou de "flurp", que se repetem numa espécie de ordem serial. A primeira noite em que fui ao Fabrizio's, dois clientes – um rapaz e um senhor de idade – tomavam sua sopa simultaneamente e provocaram tanta excitação entre as demais mesas que, depois da última colherada, foram aplaudidos de pé.

Como sobremesa, pedimos *tortoni*, o que me trouxe à cabeça versos de Leopardi – ou de Rita Pavone, se bem me recordo. Muito a propósito! Os preços do Fabrizio's, como Hannah Arendt me disse certa vez, são "razoáveis, sem serem historicamente inevitáveis". Estou de acordo.

Cartas dos leitores

Sr. Editor:

Os comentários de Fabian Plotnick sobre o Fabrizio's são corretos e perspicazes. Só se esqueceu de dizer que, embora o Fabrizio's seja um restaurante dirigido por uma família, não segue o típico padrão de estrutura familiar italiana, mas, curiosamente, lembra mais a organização familiar dos mineiros galeses de classe média antes da Revolução Industrial. A relação de Fabrizio com sua mulher e filhos segue esse modelo, mas os hábitos sexuais dos empregados são tipicamente vitorianos – especialmente os da garota encarregada da caixa. As condições de trabalho também refletem o ambiente das fábricas inglesas: os garçons são forçados a trabalhar de oito a dez horas por dia usando guardanapos que não obedecem às mínimas condições de segurança.

Dove Rapkin

Insanidade mental

Sr. Editor:

Em sua resenha sobre o Fabrizio's, Fabian Plotnick classificou os preços de "razoáveis". Classificaria ele de "razoáveis" os poemas dos *Quatro quartetos* de T. S. Eliot? O retorno de Eliot a um estágio mais primitivo da doutrina do Logos reflete uma compreensão imanente do mundo, mas oito dólares por um prosaico *gnocchi al sugo* é demais! Tomo a liberdade de sugerir ao sr. Plotnick a leitura de um penetrante ensaio publicado em *Seleções* de fevereiro de 1958, intitulado "Eliot, reencarnação e cappelleti in brodo".

EINO SHMEEDERER

Sr. Editor:

O que o sr. Plotnick deixa de levar em consideração ao mencionar o *spaghetti* de Mario Spinelli é o tamanho das porções ou, para ser mais claro, a quantidade de fios em cada prato: havia tantos fios na porção que me foi servida quanto unidades de nhoque no prato de minha acompanhante, segundo cheguei a contar. O que desafia qualquer lógica, donde o sr. Plotnick não está autorizado a usar o termo "spaghetti" com exatidão. Se chamarmos o *spaghetti* de x e chamarmos de b a constante igual à metade da média de porções servidas, teremos que $a = x/b$. Donde teremos de concluir que o *spaghetti é o cappelleti!* O que, naturalmente, é ridículo. Logo, a equação não pode ser traduzida por "O *spaghetti* estava delicioso", mas por "O *spaghetti* e o *cappelleti* não são o *papardelle alla toscana*". Como Gödel não se cansou de repetir, "Tudo deve ser traduzido em algum cálculo lógico antes de ser digerido".

PROF. WORD BABCOCKE
Instituto de Tecnologia de Massachusetts

Sr. Editor:

Li com grande interesse a crítica do sr. Fabian Plotnick sobre o restaurante Fabrizio's e concluí ser ela mais um chocante exemplo contemporâneo de revisionismo histórico. Parece que já nos esquecemos de que, durante o pior período dos expurgos stalinistas, o Fabrizio's não apenas continuou aberto, como ainda aumentou sua freguesia. Ninguém em suas mesas jamais abriu a boca contra a repressão política na União Soviética. Na realidade, quando o Comitê de Libertação dos Dissidentes Soviéticos pediu ao Fabrizio's que eliminasse o *provolone* de seus menus até que os russos libertassem o conhecido cozinheiro trotskista Gregor Tomshinsky, o *chef* recusou-se. Àquela altura, a KGB já havia confiscado as dez mil páginas de receitas de Tomshinsky.

Onde estavam os famosos "intelectuais" que frequentavam o Fabrizio's? Degustando impunemente um *agnellotti crema e uva passa*, como se nada estivesse acontecendo. Nenhuma garçonete do Fabrizio's ousou levantar sua voz, mesmo sabendo que suas camaradas garçonetes na União Soviética, naquele mesmo momento, estavam sendo obrigadas a servir a mesa para os membros do Politburo. Devo recordar-lhes que quando dezenas de físicos soviéticos foram acusados de comer demais e, por isso, presos, muitos restaurantes ocidentais fecharam em protesto, mas o Fabrizio's continuou com suas portas abertas e ainda instituiu a política de oferecer gratuitamente balas de hortelã após as refeições!

Eu próprio comi no Fabrizio's durante os anos 30 e posso garantir que alguns stalinistas infiltrados na cozinha tentaram servir caviar aos desavisados fregueses que haviam pedido lasanha. Dizer que muitos fregueses não sabiam o que se passava na cozinha é absurdo. Quando alguém pedia língua de pato e, em troca, serviam-lhe arenque marinado, era fácil perceber o que estava acontecendo. Mas a verdade é que os intelectuais *preferiam* não enxergar a diferença. Jantei lá certa vez com o prof. Gideon Quéops, que bebeu de um só gole toda uma sopa *borscht* e palitou os dentes com os ossos de um frango à Kiev – após o que, virou-se para mim e disse: "Fantástico macarrão!".

Prof. Quincy Mondragon
Universidade de Nova York

Fabian Plotnick *responde:*

O sr. Schmeederer mostra que nada entende de preços de restaurantes e muito menos dos *Quatro quartetos.* O próprio T. S. Eliot classificou o preço de sete dólares por uma pizza de *mozzarella* como "passável – mesmo em abril, o mais cruel dos meses".

Agradeço ao sr. Dove Rapkin por seus comentários sobre a família nuclear, e também ao prof. Babcocke por sua penetrante análise linguística, embora questione sua equação e sugira, em troca, o seguinte modelo:

1) Uma lasanha não é um ravióli;
2) Um ravióli não é um nhoque;
3) Um nhoque não é uma lasanha, donde uma lasanha só pode ser um *scaloppe* com *funghi!*

Wittgenstein usou o modelo acima para provar a existência de Deus e, mais tarde, Bertrand Russell usou-o para provar não apenas que Deus existe, como Ele achava que Wittgenstein tinha joanetes.

Finalmente, a resposta ao prof. Mondragon. É verdade que Spinelli trabalhou na cozinha do Fabrizio's durante a década de 30 – talvez por mais tempo do que deveria. Mas deve-se-lhe fazer justiça e acrescentar que, quando os gorilas macarthistas pressionaram-no para substituir o *prosciutto com melão* pelo *prosciutto com figos* (considerado politicamente menos bandeiroso), Spinelli levou o caso à Corte Suprema e conseguiu que, desde então, todas as entradas compostas de presunto ficassem sob a ampla proteção da Constituição dos Estados Unidos. O que mais quer o prof. Mondragon?

Retribuição

O fato de que Connie Chasen tenha correspondido à minha inevitável atração por ela à primeira vista deve ser considerado uma coisa inédita na história do West Side de Nova York. Se quiserem uma pálida descrição da gatona, só posso dizer que, com aquele corpo, alta, loura, atriz quase profissional, inteligentíssima e com um agudo senso de humor, superado apenas pelo tesão úmido e sinuoso que cada curva do seu corpo despertava, ela era o insuperável objeto do desejo de todos os homens da festa. E as maçãs do seu rosto! Que ela tenha se interessado justamente por mim – Harold Cohen, esquálido, narigudo, 24 anos, fanho e com remotas aspirações a dramaturgo – era tão absurdo quanto minha avó ter óctuplos. É verdade que costumo dizer algumas coisas engraçadas e sou capaz de sustentar uma conversação sobre uma vasta gama de assuntos, mas não deixei de ficar surpreso quando aquele monumento fixou-se tão rápida e completamente em meus dotes insignificantes.

"Você é adorável", ela me disse, depois de uma hora de enérgicos carinhos encostados a uma estante. "Vai me telefonar um dia?"

"Telefonar? Se pudesse, iria para casa com você agora!"

"Hmmm, que bom", ela sorriu, tipo coquete. "Sabe que achei que você não estava me dando a mínima?"

Fiz um ar de quem achava aquilo muito natural, enquanto meu sangue era bombeado através das veias até que alguns hectolitros se concentraram no meu rosto. Como era de se esperar, corei – um velho hábito.

"Você é fantástica!", eu disse, fazendo-a enrubescer de modo ainda mais incandescente. Na realidade, ainda não me sentia pronto para ser aceito assim tão imediatamente. Minha agressiva investida sobre ela era só uma tentativa a fim de preparar o terreno para o futuro – para que, quando eu efetivamente mencionasse a palavra cama, digamos, alguns dias depois, a coisa não soasse surpreendente nem violasse nenhuma das leis de Platão. O fato é que, apesar de minhas cautelas, sentimentos de culpa e grilos, aconteceu naquela noite mesmo. Connie Chasen e eu tínhamos nos entregado um ao outro de tal jeito que todos os bodes se dissiparam e, uma hora depois, executávamos um soberbo balé sob lençóis, seguindo apenas a coreografia da paixão.

Para mim, foi sexualmente a noite mais erótica e satisfatória que eu já experimentara e, enquanto ela repousava nos meus braços, plena e relaxada, eu me perguntava o que o Destino me reservava em troca de tanto prazer. Ficaria cego? Paraplégico? Que hercúleas tarefas seriam atribuídas a Harold Cohen para que o cosmo pudesse continuar vivendo em harmonia? Que pelo menos demorasse um pouco...

As quatro semanas seguintes foram o paraíso. Connie e eu nos exploramos ao fundo e nos deliciamos com cada descoberta. Ela era brilhante, excitante e desbundante; tinha uma imaginação fértil e suas referências eram eruditas e variadas. Era capaz de discutir Gramsci e citar pensadores hindus. Letras de Cole Porter? Sabia todas de cor. E, na cama, era desinibida, topava tudo – um autêntico espécime do futuro. Seria preciso ser absolutamente do contra para descobrir-lhe qualquer defeito. É verdade que ela costumava ser um pouquinho temperamental. Tinha o hábito de mudar de ideia nos restaurantes, depois de já feito o pedido há mais de vinte minutos. E, naturalmente, não gostava quando eu argumentava que isso não era exatamente justo para com os garçons ou o *chef*. Tinha também a mania de mudar diariamente de dieta, dedicando-se a cada uma com fanático fervor para trocá-la por outra no dia seguinte, apenas porque esta última estava em moda.

Não que Connie tivesse a mais remota grama em excesso – ao contrário! Seu corpo devia matar de inveja a mais bela modelo da *Vogue,* mas um complexo de inferioridade só comparável ao de Franz Kafka fazia-a debater-se com uma gigantesca autocrítica. Quem a ouvisse falar acharia que não passava de uma idiota balofa que nada tinha a ver com essa história de ser atriz, e muito menos interpretando Tchékhov. Continuei incentivando-a moderadamente, mesmo sabendo que, se o desejo que ela me despertava não era aparente pela maneira como eu fitava com adoração o seu corpo e o seu cérebro, nada que eu dissesse seria suficiente.

Por volta da sexta semana do nosso relacionamento, sua insegurança chegou ao ápice. Seus pais iriam oferecer um churrasco, na sua fazenda em Connecticut, e finalmente eu iria conhecer toda a família.

"Papai é um tesão", ela disse, suspirando, "além de ser gênio. Mamãe também é linda. E seus pais?"

"Bem, eu não diria exatamente lindos", admiti. Na realidade, eu não fazia uma ideia muito boa da aparência física de minha família, geralmente comparando os parentes de minha mãe a alguma coisa parecida com a família Adams. Não que não fôssemos íntimos e não nos gostássemos – apenas vivíamos brigando o tempo todo. Em toda a minha vida, não me lembro de um membro da família ter feito qualquer referência elogiosa a qualquer outro – tendo chegado a suspeitar, certa vez, que isso vinha desde o tempo em que Deus fez aquele acordo com Abraão.

"Meus pais nunca brigam", disse Connie. "Podem ficar um pouquinho *altos,* mas são sempre carinhosos. E Danny também é ótimo." Irmão dela. "Quero dizer, meio louco, mas ótimo. Faz música."

"Estou ansioso para conhecer todos eles."

"Só espero que não se apaixone por minha irmã caçula, Lindsay."

"Ora, ora..."

"Ela é dois anos mais nova do que eu, brilhante e sensual. Todo mundo fica doido por ela."

"Puxa, parece uma coisa!", exclamei. Connie me deu um tapa no rosto.

"Bem, não se atreva a gostar mais dela do que de mim", disse meio rindo, como se só assim pudesse expressar seu temor com graciosidade.

"Se eu fosse você, não me preocuparia", assegurei-lhe.

"Promete?"

"Vocês são assim tão competitivas?"

"Não. Nos adoramos. Mas ela tem um rosto de anjo e um corpo que vou te contar! Puxou à mamãe. Sem falar num Q.I. que mais parece um placar de basquete, além de um fantástico senso de humor."

"Você é linda", eu disse, beijando-a. Mas devo admitir que, pelo resto daquele dia, fantasias a respeito de Lindsay Chasen, uma gracinha de 21 anos, não saíam da minha cabeça.

"Meu Deus", pensei, "e se Lindsay for mesmo essa maravilha? E se for tão irresistível como Connie a descreve? Será que vou resistir? Do jeito que sou, a fragrância do corpo e a incrível cabeça de uma garota chamada Lindsay (mas logo Lindsay!) não me desviarão de minha paixão por Connie em busca de algo ainda mais fresco?" Afinal, só conhecia Connie há umas seis semanas e, embora tudo estivesse mais do que ótimo entre nós, não me sentia perdidamente apaixonado por ela. O fato é que Lindsay teria de ser qualquer coisa de inacreditável para perturbar a torrente de luxúria que tinha me tornado um inquilino do paraíso naquele último mês e meio.

Naquela noite, fiz amor com Connie, mas, quando dormi, foi Lindsay quem habitou meus sonhos. Delícia de Lindsay, com seu cérebro de superdotada, rosto de estrela de cinema e charme de princesa. Virei, mexi e acordei de madrugada com um estranho sentimento de excitação e de algo proibido.

Pela manhã minhas fantasias se acalmaram e, logo depois do café, Connie e eu fomos para o churrasco em Connecticut, levando vinhos e flores. Revezamo-nos na direção, ouvindo Vivaldi na FM e trocando nossas observações sobre as últimas novidades no caderno de artes e espetáculos do *New York Times*. E, então, momentos antes de cruzarmos o portão de entrada da propriedade dos Chasen, imaginei mais uma vez se não estava prestes a pirar pela tal irmã de Connie.

"O namorado de Lindsay também foi convidado?", perguntei, fazendo um falsete cheio de culpa.

"Não, terminaram", disse Connie. "Lindsay não os aguenta por mais de um mês. Eles ficam alucinados demais."

"Hmmm", pensei, "como se não bastasse, a moça está disponível. Será que ela é mesmo mais incrível do que Connie?" Achava difícil acreditar nisso, mas, por via das dúvidas, tratei de me preparar para qualquer eventualidade. Qualquer uma – exceto, naturalmente, a que me ocorreu naquela fria e azulada tarde de domingo.

Connie e eu nos juntamos ao churrasco, realmente animadíssimo. Fui apresentado a todos da família, um a um, à medida que eles iam chegando com seus amigos, e, embora a garotinha Lindsay fosse realmente tudo que Connie havia dito – linda, charmosa, engraçada –, não a preferi a Connie. Das duas, sentia-me ainda muito mais atraído pela mais velha. A mulher pela qual perdi irremediavelmente a cabeça naquele dia foi nada menos que a fabulosa mãe de Connie – Emily.

Emily Chasen, 55 anos, robusta, bronzeada, rosto decidido, cabelos grisalhos, penteados para trás, e curvas firmes e suculentas que se expressavam com a leveza de um Brancusi. *Sexy* Emily, cujo sorriso largo e claro e riso franco e forte criavam à sua volta uma aura de calor e sedução irresistíveis!

Que protoplasmas, os desta família! – pensei. Que produção em série de genes premiados! E coerentes também, já que

Emily Chasen parecia sentir-se tão à vontade comigo quanto sua filha. Parecia-me óbvio que ela curtia a minha presença, deixando que eu a monopolizasse, a despeito da presença de tantos outros hóspedes. Discutimos fotografia (seu *hobby*) e literatura. Ela estava lendo (e adorando) um livro de Joseph Heller. Estava achando-o engraçadíssimo e, enquanto enchia meu copo, dizia: "Meu Deus, vocês judeus são tão exóticos!".

Exóticos? Ela devia conhecer os Greenblats. Ou o casal Sharpstein, amigo de meu pai. Ou meu primo Tovah. *Aquilo*, sim, é que é exótico. Isto é, se pode ser considerado exótico alguém que vive dando conselhos a respeito da melhor maneira para combater a indigestão ou a que distância se deve sentar da televisão.

Emily e eu falamos horas sobre cinema, sobre minha vontade de escrever para teatro e sobre seu interesse em colagens. Era óbvio que aquela mulher tinha muitas aspirações criativas e intelectuais, as quais, por alguma razão, ainda não conseguira realizar. No entanto, parecia também que não tinha queixas da vida, já que ela e seu marido, John Chasen – uma versão mais velha do homem que você gostaria de ver comandando o seu avião –, viviam aos beijos e abraços, rindo e bebendo. Para dizer a verdade, em comparação com os meus pais, que tinham continuado inexplicavelmente casados durante quarenta anos, Emily e John podiam ser comparados a Lynn Fontanne e Alfred Lunt. Meu pai e minha mãe, por sua vez, não conseguiam sequer discutir a temperatura sem se lançarem numa série de acusações mútuas, que quase os faziam atirar-se às carótidas um do outro.

Quando chegou a hora de voltarmos para casa, eu me sentia cheio de sonhos sobre Emily e não conseguia tirá-la da cabeça.

"São uns doces, não são?", perguntou Connie, quando chegávamos a Manhattan.

"Muito", concordei.

"Papai não é um tesão? Acho-o uma graça."

" Hmmm." A verdade é que eu não tinha chegado a trocar dez frases com o pai de Connie.

"E mamãe estava fantástica hoje. Melhor do que há muito tempo. Ela andou gripada ultimamente."

"É. Ela é uma coisa", eu disse.

"As fotos e colagens que ela faz são muito boas também", disse Connie. "Gostaria que papai a incentivasse mais, em vez de ser tão careta. Mas essas coisas criativas nunca fizeram o gênero dele."

"Uma pena", eu disse. "Espero que não venha sendo muito frustrante para ela esse tempo todo."

"Mas tem sido. E Lindsay? Não se apaixonou por ela?"

"Ela é uma delícia – mas não chega aos seus pés. Pelo menos na minha opinião."

"Estou mais aliviada agora", riu Connie, dando-me um beliscão na bochecha. Supremo verme que eu era, não podia confessar-lhe, é claro, que era sua mãe que eu desejava ver de novo. Mas, enquanto dirigia, minha cabeça piscava e fazia bipes como um computador, tentando bolar esquemas para desfrutar um pouco mais aquela maravilhosa mulher. Se você me perguntar aonde eu esperava que aquilo tudo iria levar, confesso que não fazia a menor ideia. Só sei que, enquanto dirigia por aquela noite de outono, tinha a impressão de que, em algum lugar, Freud, Sófocles e Eugene O'Neill deviam estar morrendo de rir.

Nos meses seguintes, dei um jeito de ver Emily Chasen muitas vezes. Geralmente, saíamos inocentemente a três, com Connie e eu indo encontrá-la na cidade e levando-a a um museu ou concerto. Uma ou duas vezes, saí sozinho com Emily, quando Connie estava ocupada. Connie adorava saber que sua mãe e seu namorado se davam tão bem. E outras poucas vezes encontrei-me "por acaso" com Emily, no que acabávamos dando um passeio ou tomando um drinque fora do programa. Discutíamos música, literatura, vida, essas coisas, e ela parecia adorar minhas observações.

Era óbvio que a ideia de me considerar como algo mais do que um amigo não lhe passava nem remotamente pela cabeça. E, se lhe passasse, ela não dava a menor bandeira. Nem podia ser de outro jeito. Eu estava vivendo com sua filha. Coabitando honoravelmente numa sociedade civilizada, em que certos tabus ainda são observados. E, afinal de contas, quem eu achava que ela era? Uma *vamp* amoral, saída de algum filme alemão, capaz de seduzir o amante de sua própria filha? Na verdade, eu perderia todo o respeito por ela, caso confessasse qualquer sentimento a meu respeito ou tomasse atitudes menos do que impecáveis. Tudo bem – só que eu estava a fim dela. Tinha-lhe uma estima sincera e, por mais que pareça contraditório, rezava por uma pista de que seu casamento não fosse tão perfeito quanto parecia ou que, por mais que ela disfarçasse, estivesse fatalmente atraída por mim. Havia ocasiões em que eu considerava a ideia de fazer qualquer lance mais agressivo, mas, imediatamente, manchetes dos jornais de crime me vinham à cabeça e eu abandonava a ideia.

 Claro que eu vivia angustiado, querendo desesperadamente explicar esses sentimentos confusos a Connie, para que ela me ajudasse a sair honrosamente dessa embrulhada – mas, não sei por quê, a ideia de fazer isso também me cheirava a carnificina. Assim, em vez de assumir a atitude de um verdadeiro homem, preferia continuar farejando pistas sobre os sentimentos de Emily a meu respeito.

 "Levei sua mãe para ver a exposição de Matisse", disse a Connie certo dia.

 "Eu sei. Ela adorou."

 "Que mulher de sorte. Parece ser tão feliz. Tem um casamento ótimo. Não é?" Pausa.

 "Ahn – quero dizer, ela te disse alguma coisa?"

 "Disse que vocês bateram um ótimo papo depois, sobre as fotos dela."

 "Foi." Pausa. "Disse mais alguma coisa? Sobre mim? Quer dizer, será que não tomei demais o tempo dela?"

 "Oh, não. Ela te adora."

 "É mesmo?"

"Com Danny passando cada vez mais tempo com papai, ela te vê quase como um filho."

"Filho?", exclamei, atônito.

"Acho que ela gostaria de ter tido um filho que se interessasse pelo trabalho dela, como você. Alguém mais chegado à cultura do que Danny, mais sensível às suas necessidades artísticas. Acho que você lhe preenche essa carência."

Claro que fiquei de mau humor aquela noite e, enquanto via televisão com Connie, meu corpo ardia para se enroscar apaixonadamente no daquela mulher que, aparentemente, não via em mim mais do que o seu filho. Ou não? Não seria essa uma opinião infundada de Connie? Será que Emily não acharia um barato descobrir que um homem, muito mais jovem do que ela, achava-a bonita, sensual, fascinante, e estava louco para ter com ela um caso que nada tinha de filial?

Será que uma mulher da idade dela, principalmente com um marido que não estava nem aí para seus desejos mais profundos, não aceitaria emocionada a atenção de um admirador apaixonado? Não estaria eu também sendo traído pela minha mentalidade de classe média, achando que ela se importaria com o fato de eu estar vivendo com sua filha? Afinal, essas coisas vivem acontecendo, principalmente entre os mais bem-dotados artisticamente. Tinha que dar um jeito naquilo e pôr um fim àqueles sentimentos que já estavam atingindo as proporções de uma obsessão. A situação estava me corroendo as entranhas. Por isso resolvi que ou iria agir ou iria tirar aquela mulher de minha cabeça.

Decidi agir.

Campanhas passadas e bem-sucedidas sugeriram-me imediatamente a estratégia a seguir. Eu iria levá-la ao Trader Vic's, um covil polinésio de delícias, com sua iluminação sugestiva, cantinhos moços e bebidinhas aparentemente suaves, mas que despertavam como um vulcão a mais adormecida libido. Uma ou duas doses de Mai Tai e ela estaria madura para o abate.

Uma mão em seu joelho. Um beijo súbito e molhado. Dedos entrecruzados. A bebida milagrosa faria sua mágica infalível. Nunca tinha falhado no passado. Mesmo que a vítima, tomada de sobressalto, perguntasse que diabo eu estava tentando fazer, sempre se podia recuar graciosamente, pondo a culpa nos efeitos do demônio do álcool.

"Perdão" – era um bom álibi –, "acho que fiquei alterado pela bebida. Não sabia o que estava fazendo."

É isso mesmo. Chega de papo furado, pensei. Estou apaixonado por duas mulheres, e não há nada de anormal nisso. Que importa se são mãe e filha? Maior ainda o desafio! Eu estava ficando histérico. Só que, bêbado de autoconfiança como estava naquele momento, devo confessar que as coisas não saíram exatamente como eu planejei.

Sim, fomos ao Trader Vic's numa tarde fria de fevereiro. Ficamos nos olhando nos olhos um tempão e dizendo coisinhas um para o outro, enquanto sorvíamos copos e copos daquela bebida branca e espumante – mas ficou por aquilo mesmo. E isto aconteceu porque, apesar de já desbloqueado para ir até o fim, senti que a coisa destruiria completamente Connie. Foi mais a minha consciência pesada – ou, digamos, meu retorno à sanidade – que me impediu de depositar a mão sobre o joelho de Emily e concretizar minhas intenções abjetas. A súbita certeza de que eu estava apenas fantasiando loucamente e que, na realidade, amava Connie e nunca poderia me arriscar a feri-la acabou por me derrotar. É isso aí: Harold Cohen era um tipo mais convencional do que ele próprio gostaria de admitir. E mais apaixonado por sua garota do que queria fazer crer. Esse tesão por Emily Chasen teria de acabar e ser esquecido. Por mais penoso que me fosse controlar meus impulsos pela mãe de Connie, a razão e a decência teriam de prevalecer.

Após uma tarde maravilhosa, que deveria ter sido coroada por flamejantes beijos nos grandes e convidativos lábios de Emily, pedi a conta e dei por encerrado o assunto. Saímos rindo do bar, caminhamos pela neve e, depois de levá-la até seu carro, observei-a sumindo no fim da rua, em direção à casa, enquanto eu voltava para sua filha com uma nova e profunda sensação de calor pela mulher que, toda noite, partilhava a minha cama. "A vida é mesmo um caos", pensei. Os sentimentos são tão imprevisíveis. Como uma pessoa consegue ficar casada durante quarenta anos? Para mim, isso parecia um milagre ainda maior do que a divisão do Mar Vermelho, embora meu pai, na sua ingenuidade, considere essa última façanha muito mais impressionante. Chegando em casa, beijei Connie apaixonadamente, confessei-lhe todo o meu amor e, naturalmente, fomos direto para a cama.

Como se diz no cinema, cortem para alguns meses depois. Connie já não conseguia fazer sexo comigo. Por quê? Eu mesmo toquei no assunto, como se fosse o trágico protagonista de uma tragédia grega. Nossa vida sexual tinha começado a ratear havia algumas semanas.

"O que aconteceu?", perguntei. "Que que eu fiz?"

"Oh, meu Deus, não é sua culpa. Merda."

"Então, o quê? Me diga!"

"Não sei, só sei que não estou com vontade. Temos de fazer sexo *toda* noite?" O que ela queria dizer por *toda* noite não passava de algumas vezes por semana e, ultimamente, muito menos do que isso.

"Não quero", ela dizia, cheia de culpa, quando eu tentava demonstrar minhas péssimas intenções. "Você sabe que não estou numa boa."

"Como não está numa boa?", eu insistia, incrédulo. "Está saindo com mais alguém?"

"Claro que não."

"Ainda me ama?"

"Antes não te amasse."

"Então, qual é o grilo? Por que está desse jeito?"

"Não sei. Só sei que não consigo trepar com você", ela confessou certa noite. "Você me lembra meu irmão."

"O quê?"
"Você me lembra Danny. Não me pergunte por quê."
"Seu irmão? Você está brincando."
"Não."
"Mas ele tem 23 anos! É louro, bonito pra cacete, trabalha no escritório de advocacia do seu pai, e *eu* faço você se lembrar *dele*?"
"Sei lá, é como ir para a cama com ele", ela soluçou.
"Está bem, está bem, não chore. Tudo vai terminar bem. Vou tomar uma aspirina e me deitar. Não estou me sentindo bem."

Levei as mãos à cabeça, como se fosse vítima de uma enxaqueca, mas era óbvio até para mim que meu forte relacionamento com sua mãe tinha feito com que Connie passasse a me ver de modo bastante fraternal. O destino ajustava as contas com o locutor que lhes fala. Eu seria torturado como Tântalo, tão próximo do corpo dourado e macio de Connie Chasen, mas impossibilitado de tocá-la, exceto se – pelo menos até então – pronunciasse o clássico expletivo "Pô!". Dentro daquele quadro absolutamente irracional que se desenha na maioria das relações humanas, eu tinha me tornado pouco mais do que o irmãozinho dela.

Vários estágios de angústia caracterizaram os meses seguintes. Primeiro, a dor de ser rejeitado na cama. Em seguida, o fato de vivermos dizendo para nós mesmos que aquela situação era temporária – o que era acompanhado pelas minhas tentativas de ser compreensivo e paciente. Lembro-me que, certa vez, quando era estudante, fracassei na cama com uma colega de turma porque ela me lembrava minha tia Alzira. (A tal garota nada tinha a ver com a cara de esquilo de minha tia, mas a ideia de fazer sexo com a *irmã* de minha mãe me embananou por completo.) Eu sabia o que Connie estava passando, o que não impedia que a frustração sexual ficasse a cada dia mais avassaladora.

Depois de algum tempo, meu autocontrole passou a expressar-se em observações sarcásticas e ligeiras ansiedades de botar fogo na casa. Mesmo assim, continuei tentando não degringolar e procurando preservar o que, sob outros aspectos, era um bom relacionamento com Connie. Minha sugestão de que consultasse um psicanalista entrou e saiu pelas orelhas dela, como se, pelo fato de ser judeu, eu lhe tivesse sugerido uma ideologia exótica oriunda de Viena.

"Por que não procura outras mulheres?", ela dizia. "O que mais posso oferecer?"

"Não preciso de outras mulheres. Amo você."

"E eu amo você. Você sabe. Mas não consigo ir para a cama com você."

Realmente, eu não fazia o gênero de quem sai comendo todo mundo porque, apesar de minha antiga obsessão pela sua mãe, nunca tinha traído Connie. Claro, claro, já havia experimentado fantasias a respeito de umas e outras mulheres ao acaso – uma atriz aqui, outra garçonete ali, e até mesmo alguma antiga colega de olhos esbugalhados –, mas nunca teria sido capaz de ser infiel ao meu amor. Tinha conhecido nesse ínterim mulheres bem agressivas, algumas inclusive predatórias, mas mantivera-me leal a Connie. E duplamente até, naquele período em que ela se confessava impotente. Naturalmente que me ocorreu voltar à carga sobre Emily, a quem continuava vendo, com ou sem a companhia de Connie, mas sentia que avivar a brasa que, com tanto custo, eu conseguira fazer dormir, só iria tornar tudo ainda mais miserável.

Isto não quer dizer que Connie me tenha permanecido absolutamente fiel. Não. A triste verdade é que, pelo menos em algumas ocasiões, ela andou sucumbindo diante de estranhos, prevaricando com atores, escritores etc.

"O que você quer que eu diga?", ela admitiu certa madrugada, quando a flagrei em contradição numa série de álibis. "Só faço isso para ter certeza de que não sou uma aberração, de que ainda sou capaz de gostar de sexo."

"Quer dizer que você gosta de sexo com todo mundo, menos comigo?", repliquei furioso, roído por sentimentos de injustiça.

"Isso mesmo. Você me lembra meu irmão."

"Chega dessa asneira. Não quero mais saber disso."

"Eu disse a você para procurar outras mulheres."

"Tentei evitar, mas agora estou vendo que vou ter de fazer isso."

"Por favor. Não evite. É uma maldição sobre nós", ela soluçou.

Era mesmo uma maldição. Porque, quando duas pessoas se amam e são forçadas à separação devido a uma aberração quase cômica, o que mais pode ser? Era inegável que a causa tinha sido o meu íntimo relacionamento com sua mãe. Talvez eu estivesse me achando muito gostoso ao pensar que podia deslumbrar e comer Emily Chasen, depois de já ter papado sua filha.

Um espanto: eu, Harold Cohen, um homem que nunca na vida se considerara superior aos batráquios, via-se crucificado por excesso de lubricidade! Difícil de acreditar, mas era verdade. E, por isso, eu e Connie nos separamos. Penosamente, continuamos amigos, mas seguimos nossos caminhos, cada qual por si. É verdade que apenas dez quarteirões nos separavam e nos falávamos todos os dias, mas a relação acabara. Só então me dei conta de quanto tinha adorado Connie. Lembrava-me de nossos melhores momentos, das incríveis horas de sexo que tínhamos vivido e, na solidão de meu apartamento, cheguei a chorar. Tentei sair com várias garotas, mas, inevitavelmente, tudo parecia sem sentido. O desfile de tietes ou de secretárias em volta de minha cama era ainda mais vazio do que passar a noite com um bom livro. O mundo inteiro era para mim um lugar chato e desesperante para viver – até que, um dia...

Até que, um dia, a espantosa notícia de que a mãe de Connie deixara seu marido e de que iriam divorciar-se. Claro que, nesse momento, sofri a primeira taquicardia em meses. Imagine – meus pais brigavam mais que Pafúncio e Marocas e ficaram juntos a vida inteira. Já os pais de Connie bebericavam martinis entre uma e outra frase de efeito, civilizadíssimos, e, de repente – pimba! –, divorciavam-se!

Minha estratégia agora era óbvia. Trader Vic's de novo! Já não haveria obstáculos entre eu e Emily. Embora ainda parecesse estranho, já que eu tinha namorado Connie há tão pouco tempo, a situação não mais oferecia as insuperáveis dificuldades do passado. Éramos agora frilas na vida. Meus sentimentos adormecidos por Emily Chasen incendiaram-se novamente. Era possível que uma cruel brincadeira do destino tivesse arruinado minha relação com Connie, mas nada mais se interporia no meu caminho para conquistar sua mãe.

No auge da excitação, liguei para Emily e marcamos um encontro. Três dias depois, estávamos novamente aconchegados num cantinho do restaurante polinésio e, com apenas três drinques daqueles pesados, ela abriu o coração sobre seu descasamento. Quando chegou à parte sobre as possibilidades de uma nova vida, eu a beijei. Sim, ela ficou um pouco surpresa, mas não gritou. Confessei meus sentimentos a seu respeito e beijei-a de novo. Pareceu confusa, mas não virou a mesa sobre mim. No terceiro beijo, eu já sabia que ela sucumbiria. Ela partilhava os meus sentimentos. Levei-a a meu apartamento e fizemos amor. Na manhã seguinte, quando os efeitos do álcool haviam se dissipado, ela ainda me parecia maravilhosa e fizemos amor outra vez.

"Quero me casar com você", eu disse, com os olhos cheios de adoração.

"Não brinque", ela respondeu.

"Não estou brincando e não deixo mais barato", insisti.

Tomamos o café da manhã, entre beijos e planos para o futuro. Naquele mesmo dia, fui dar a notícia a Connie, preparado para uma reação que não chegou a acontecer. Esperava que ela morresse de rir ou ficasse puta da vida, mas o fato é que Connie tirou a coisa de letra. Ela própria estava levando uma agitada vida social, saindo com um bando de homens, cada qual mais atraente, e andava preocupada com o futuro de sua mãe desde que esta se divorciara. De repente, um respeitável jovem saía das sombras para cuidar da dama. Alguém que ainda mantinha um belo relacionamento com ela, Connie. Não era uma sorte? O sentimento de culpa que Connie ainda alimentava a meu respeito acabaria. Emily ficaria feliz. Eu ficaria feliz. Donde, por que não Connie levar a coisa na maior, como, aliás, se esperava de sua criação?

Meus pais, por outro lado, correram diretamente para a janela de seu apartamento no décimo andar e brigaram para ver quem saltava primeiro.

"Nunca ouvi nada parecido", gemeu minha mãe, retorcendo seu roupão e trincando os dentes.

"Ele está louco. É um idiota!", grunhiu meu pai, pálido e com sufocações.

"Uma *shiksa* de 55 anos?!", grasnou tia Rose, empunhando uma espátula e apontando-a contra seus próprios olhos.

"Mas eu a amo", protestei.

"Ela tem mais que o dobro de sua idade", berrou tio Louie.

"E daí? "

"É contra a lei!", berrou meu pai, invocando o Torá.

"Vai se casar com a mãe da namorada?", ganiu tia Tillie, um segundo antes de desmaiar.

"Uma *shiksa* de 55 anos", uivou minha mãe, vasculhando os bolsos em busca de uma cápsula de cianureto que tinha reservado para tais ocasiões.

"Quem é ela? Uma marciana? Ela o hipnotizou?", perguntou tio Louie.

"Idiota! Imbecil!", trovejou papai. Tia Tillie recobrou a consciência, olhou-me bem nos olhos e desmaiou novamente. No outro lado da sala, tia Rose estava de joelhos, entoando o Sh'ma Yisroel.

"Deus vai te castigar, Harold", rogou papai. "Prenderá a sua língua contra o céu da boca, fará morrer todo o seu gado, secará um décimo da sua colheita e..."

O fato é que me casei com Emily e não houve suicídios. Os três filhos de Emily compareceram, além de uns dez ou quinze amigos. O evento se deu no apartamento de Connie, e champanhe correu como água. Meus pais não puderam comparecer, já que estavam previamente compromissados com o sacrifício de um carneiro. Dançamos, rimos muito e tudo correu otimamente. Em certo momento, vi-me sozinho no quarto com Connie. Brincamos um com o outro, recordando nossa relação, os altos e baixos, e como eu tinha sido sexualmente louco por ela.

"Foi gratificante", ela admitiu, calorosamente.

"Pois é. Como não deu certo com a filha, capturei a mãe."

Bem, o que aconteceu em seguida foi que Connie enfiou sua língua inteira em minha boca. Quando consegui liberar minha própria língua, só pude dizer:

"Que diabo é isso? Está bêbada?"

"Você me provoca um tesão que nem imagina", ela disse, me arrastando para a cama.

"O que deu em você? Virou ninfomaníaca?", protestei, levantando-me, mas inegavelmente excitado por aquela súbita agressividade.

"Tenho de ir para a cama com você. Se não agora, o mais depressa possível."

"Comigo? Harold Cohen? O cara que viveu com você? E que te amou? E que não podia nem encostar em você? Aquele que virou uma espécie de versão falsificada do seu irmão Danny? O símbolo do seu irmão?"

"Agora é diferente", disse Connie, agarrando-se a mim. "Casando-se com minha mãe, você se tornou o meu pai." Beijou-me de novo e, um segundo antes de voltar para a festa, sentenciou: "Não se preocupe, papai. Haverá muitas oportunidades..."

E voltou para a sala.

Sentei-me na cama e olhei pela janela, em direção ao espaço infinito. Pensei em meus pais e me perguntei se deveria abandonar a mania de escrever para o teatro e me tornar rabino. Pela porta entreaberta, vi Connie e Emily, ambas rindo para os convidados e, ao me olhar no espelho, só consegui murmurar para mim mesmo uma velha expressão de meu avô, significando aproximadamente "Que loucura...".

IMPRESSÃO:

Pallotti
GRÁFICA EDITORA
IMAGEM DE QUALIDADE

Santa Maria - RS - Fone/Fax: (55) 3220.4500
www.pallotti.com.br